パルウイルス

装幀　鈴木大輔（ソウルデザイン）

写真　©Yuliya Vassilyeva/awl images /amanaimages
traffic_analyzer/DigitalVision Vectors/gettyimages

地図　中村文（tt.office）

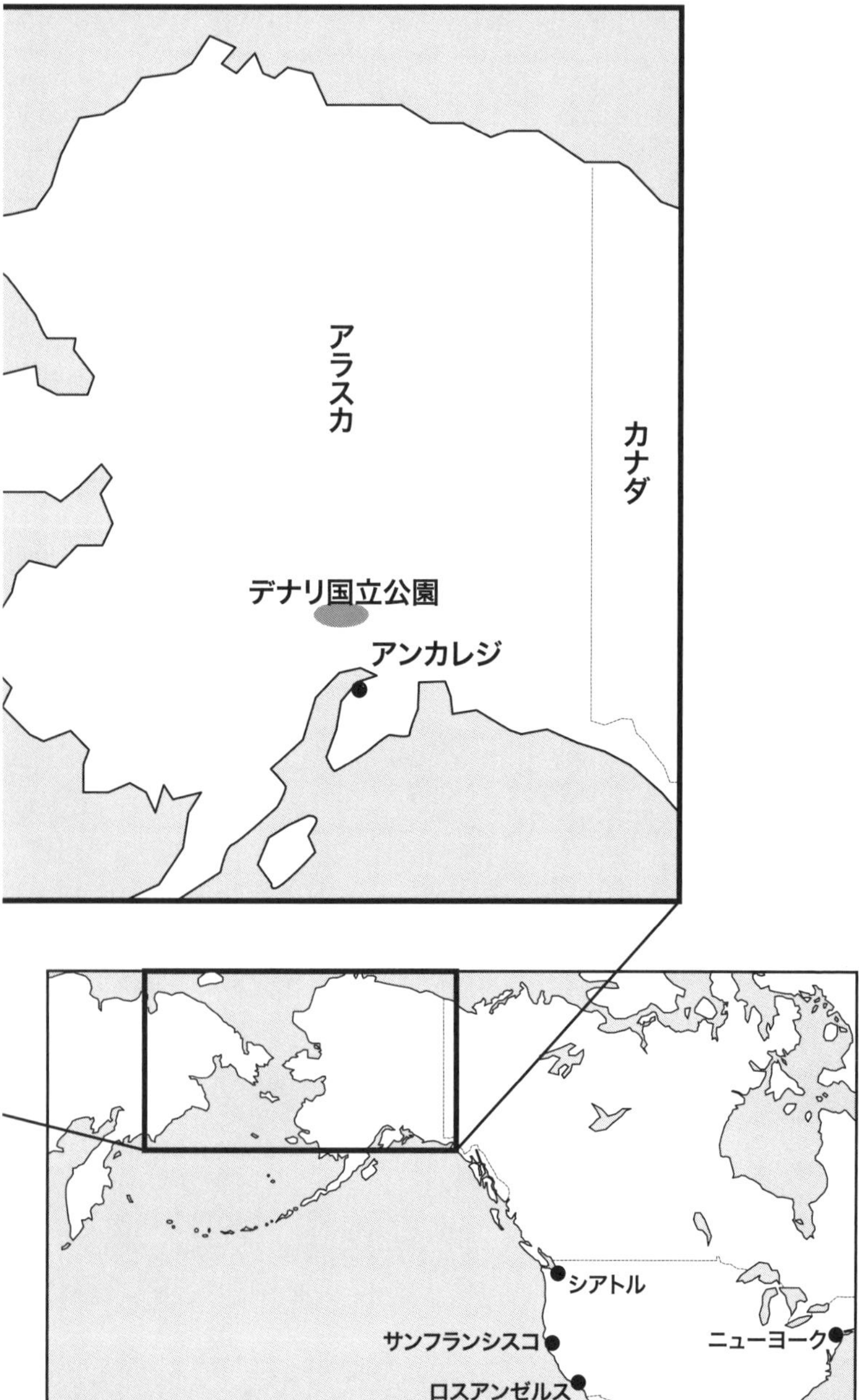

アラスカ
カナダ
デナリ国立公園
アンカレジ
シアトル
サンフランシスコ
ロスアンゼルス
ニューヨーク

シベリア（ロシア）
ベーリング海

プロローグ

男は立ち上がり腰を伸ばした。ギシギシ音を立てそうだ。

そろそろ十時間がすぎようとしていた。

氷点下十五度。身体《からだ》は芯《しん》から冷え切っているはずだ。しかし、寒さは感じない。精神は張りつめ、かつ興奮は隠しきれない。

「落ち着け。全神経を集中しろ」

周りの者たちに声をかけた。自分自身に言い聞かせる言葉でもある。

自分を含めて七人の男女が、洞窟《どうくつ》の壁にへばりつくようにして凍土を削っている。すでに頭部と前足の部分は掘り出している。毛並みはいい。皮膚の状態も今まで掘り出されたものの中では、最高だ。問題は、内臓がどこまで残っているかだ。

「復元も夢じゃないな。少なくとも、かなり正確な遺伝子情報が期待できる」

無意識のうちに呟《つぶや》いていた。

この十時間で口にしたものは、チーズ二切れとチョコレートを五個ほどだ。カップ二杯のコーヒーは脳の働きをハッキリさせるためと、体力維持のためだ。このままだと、倒れてしまう。他の者たちも同じだろう。全員、話すこともなく作業に熱中している。

目の前の鉄のように硬い凍土を少しずつ、少しずつ削り取っていく。中に埋まっているモノをわずかでも傷付けてはならない。現状のままで掘り出すのだ。

「あと二時間でヘリが迎えに来る。この機会を逃したら次はいつになるか分からない」

「俺《おれ》はこのまま続ける。ヘリはどのくらい待たせることができる」

「せいぜい一時間だ。彼らにはこの発見の学術的な重要性はまったく分からないからな」

「これから温度が急激に下がります。このまま続けるにはムリがあります」

現地で採用した若者が言った。二十代半ばだが発掘には慣れている様子だった。

現在、外は本が読めるくらい明るいが、あと二、三時間で陽《ひ》が沈むと温度は急激に下がる。

「取り出したら直ちに外に運び出して梱包《こんぽう》しろ。少しの傷も付けないようにだ。温度管理には特に注意をするように。私はこのまま作業を続ける」

洞窟に入り掘り始めてから、初めて会話らしい会話をした。

凍土の中に凍り付いた頭部の毛を見つけた時から、神経は高ぶり、時折声をかけ合いながら、手だけは動いている。手を止めればそのまま動きが止まり、求めているモノが消えてしまいそうな気がしていた。

「ライト」

いちばん年配の男が叫ぶように言う。光があてられた凍土は黒茶色の岩肌を輝かせた。

凍土の中に、子牛ほどの黒っぽい塊が見える。作業はさらに続けられた。

「注意して取り出すんだ」

「まだ子供だ。おそらく二歳程度。皮膚の状態は――良好だ」

ヘリの音が聞こえてくる。

「急ぐんだ。あいつらは待ってくれない」

男は身体をかがめ、外に出た。いつのまにか陽が沈んでいる。

腰を伸ばし空を見上げた。北の空に赤、青、緑、黄色……。原色の光のカーテンが祝福するように揺らいでいる。オーロラだ。

極東シベリアの村、スタロスコエの外れ、永久凍土の洞窟の中で、三万年眠っていたマンモスの遺体を見つけた。


「このペースで地球温暖化が進めば後退できない状況に陥ります。二〇三〇年が大きな区切りになるでしょう。平均気温上昇を一・五度以内に抑えることができなければ、地球温暖化は制御できなくなり、温度は上がり続けるという論文を出している気象学者もいます」

国連事務総長、スーザン・アボットは、静まり返っている会場を見渡した。

地球温暖化防止会議が、パリで開かれていた。

まだ世界の一部の国では残り火のようにコロナウイルスは存在するが、ワクチンが行き渡るにつれ、世界を震撼《しんかん》させたパンデミックの収束は時間の問題となった。地球温暖化防止のワクチンがあればいいのに、本部の職員が呟いたというこの言葉が標語のように世界に広まっている。

「今、世界は三年以上にわたり続いたコロナの被害から、やっと脱出しようとしています。都市や国がロックダウンされた、あの閉ざされた時から、やっと抜け出すことができました。しかし、残念なことに我々の地球には、次なる危機が迫っています。我々が直面している地球温暖化は、コロナウイルスの恐怖とつながるところがあります。見えないところで暗黒の時代が迫っているのです。氷河の後退、永久凍土の融解は続いています。しかもその速度は年々、速くなっていきます。それに伴い、新種のウイルスが現れることを懸念する科学者の声も上がっています。我々、地球に住む人間として、一致団結し、協力していかなければ、解決できない問題なのです。この会議で決める二酸化炭素削減目標を断固守るべき努力を――」

アボット事務総長は目を閉じた。耳の奥に拍手が続いている。

コロナウイルスの起源を見つけよう。喉元《のどもと》まで出かかった言葉を何とか飲み込んだ。言葉を発した途端、拍手のトーンは変わる。日付が変わる深夜まで、各国の代表たちと話し合った。結局、事務総長のアボットに任されたのだ。

「地球は呻《うめ》き声を上げています。開発は進み、コウモリやネズミなどの森林の小動物たちは行き場をなくして、町に、我々の生活圏に近づいています。ウイルスと共に」

アボットは言葉を止めて、もう一度会場中を見回した。

このくらいでやめておこう。一歩一歩、進めばよい。しかし、残された時間は多くはない。

「なんだこれは」

男は思わず声を上げた。

部屋の壁には一メートル四方の北極圏の地図が貼《は》られている。中央になっているのはベーリング海峡だ。左にロシアの極東シベリア、右にはアメリカ合衆国のアラスカ州とカナダの一部が含まれている。シベリアとアラスカにはそれぞれ三、四カ所、赤丸が記されていた。何もない場所だ。

地図の両側にはA4のカラー写真が十枚貼られている。雪原と山の写真だ。シベリアの崖《がけ》は永久凍土が溶け出しているのか。おそらくここ二カ月以内に撮られたものだ。右下の数字は緯度と経度か。

「スキー旅行の下調べじゃないか。オーロラ観光かも知れない」

冗談のつもりで言ったのだろうが誰も笑わない。

「これって、遺伝子の塩基配列じゃないのか」

もう一人の男が声を上げた。

反対側の壁に貼られた横長の用紙を見ている。GATCの連なりだ。塩基配列にはいくつかの部分に、赤いマーカーで印が付いている。

横には、端に三つの小さな輪がついた棒状の物体の写真が貼ってある。全体が染めたような濃紺の生物だ。いや、生物といえるのかどうか。

「エボラウイルスだ」

男がかすれた声を出した。

部屋にいた五名の男女が集まってくる。

「似てるけど違うだろ。こんな色はしていないし、『目』も三つある。てっぺんのは小さいけれど。でも、専門家に見てもらう必要がある。もしエボラウイルスの新種だったら、奴《やつ》らはバイオテロを企《たくら》んでるということか」

「部屋のものには、いっさい触らないで。至急、本部に報告して。ただし、これは極秘事項よ。マスコミに知られるとパニックが起こる。コロナがやっと終息しかかってるときに、なんてことなの」

リーダー格の中年女性が指示を出した。

女性は窓に行き、通りを見た。ＦＢＩのバンが二台止まっている。

通りを行き交う者は若者が多い。大部分が学生だ。

シカゴ大学近くのアパートの一室だった。

部屋の広さは十メートル四方で寝室とバスルームが別についている。

デスクの上に、デスクトップパソコンが二台置かれている。横の棚には本と数枚のカラー写真。

いずれも同じような毛虫の先に三つ目の、おそらく生物が写っている。

その横に業務用の多機能プリンター。

地図と遺伝子配列のデータシート、写真が壁の二面を埋めている。

女性は腕を組んでそれらを眺めた。

棚に置いてある紙の束の一枚を手に取った。

「地球を護《まも》れ、自然を護れ、動物を護れ。醜い人間の手から」

宇宙から見た青っぽい地球、山々と森林の風景、子供を連れたクマとウサギの写真。そして中央に、高く上げた両手に銃と斧《おの》を持った人間が仁王《におう》立《だ》ちしている写真が載っている。この人間には赤のバツ印が大きくついている。グレート・ネイチャーのロゴだ。グレート・ネイチャーは自然保護を謳《うた》う過激派集団だ。

二時間ほど前、シカゴのＦＢＩ支局に、怪しい男が出入りしていると通報があったのだ。爆弾でも作っているのかと踏み込んだら、一見、理学部の大学生風の部屋だったのだ。いや、バイオテロを企《くわだ》てる最悪のテロリストのアジトなのかもしれない。

「私も自然保護には反対はしない。人間も護ってほしいけどね」

女性は呟《つぶや》いてその紙を元に戻した。

その後、到着したウイルスの専門家を交えて五時間、部屋中を探したがウイルスの痕跡らしきものはなかった。

第一章　謎のウイルス

1

息ができない。

この表現は正確ではない。空気を吸い込むことはできる。しかし、いくら空気を吸っても、必要な酸素を肺が吸収することができないのだ。全身が酸素を求めて喘《あえ》いでいる。酸素吸入器はどこだ。必死に腕を伸ばし、つかもうとするが空を切るばかりだ。

全身が熱っぽい。脳はねばつく膜で覆われていて、思考が焦点を結ばない。懸命に意識を呼び戻そうとするが、魂が体内から抜け落ちたようだ。その脳の中でドラムを叩《たた》くような音が響き、鼓膜を振動させている。何度同じ夢を見たことか。

すべてが夢で、鼓膜を揺るがしている音はスマホの呼び出し音であることは分かっている。

放《ほう》っておけ。脳はそう呼び掛けているが、それに反して腕は伸びていた。

〈一時間後に車で迎えに行く。それまでに、酒臭い息だけは消しておけ〉

それだけ言うと電話は切れていた。スマホのディスプレイには金曜日、午後九時と表示されている。

カールは目を閉じ、声の意味が脳に届くまでスマホを耳に当てたままでいた。

スマホを置いてサイドテーブルに腕を伸ばしたが、空のコップとウイスキーのボトルが転がっているだけだ。

時計を見るとすでに十分がすぎている。ベッドを出てバスルームに入った。

無精髭《ひげ》が伸び、青ざめた顔の男が立っている。頰《ほお》がこけ、目が落ちくぼんだ、ピラミッドから掘り出されたミイラに見詰められている気がした。思わず目をそらせた。母が見たら何というだろう。

コップに水を満たして一気に飲み干し、全身の力を抜いた。便器に顔を近づけ、喉《のど》の奥に指を突っ込む。胃酸を含んだアルコール臭い液体が喉に込み上げてくる。目に涙がにじんだ。同じ動作を二度繰り返した。こんな苦しい行為は二度とごめんだ、と思うが意思通りにはいかない。

トイレを流してから、水を三杯続けて飲んだ。

髭を剃《そ》り、水のシャワーを浴びた。アルコールが抜け、全身に水分が行き渡ると、脳の奥に縮んでいた意識が引き出されてくる。まともに考えられるようになったのは何日ぶりか思い出そうとしたが、面倒になってやめた。

部屋の隅に脱ぎ捨ててある比較的ましだと思える下着と衣服を身に着けた。

一時間五分がすぎている。

部屋を出て、マンションの前に立った。その五分後、角を曲がって現れた黒塗りの車がカールの前に止まった。

カールは助手席に乗り込んだ。

「十分遅れたぞ」

「前はこっちが三十分待たされた」

運転席の男にカールが言うと、男が答えた。

カール・バレンタイン、三十二歳。プリンストン大学、遺伝子研究所の教授だ。医学部を卒業後、遺伝子工学の研究を続けている。しかしここ三年間、休職扱いになっている。二〇二〇年に始まったコロナ禍では、アメリカ疾病予防管理センター、CDCの顧問として去年まで働いていた。以後は、自宅に籠《こも》って一年がすぎようとしている。

迎えに来た男はニック・ハドソン、四十一歳だ。ナショナルバイオ社の副社長だ。大学の研究室の先輩にあたる研究者だったが、ある時期から経営者に転向した。会社はコロナ期には製薬会社と提携して、ワクチン、抗ウイルス薬の開発に貢献している。コロナが収束に近づいている最近は新しい分野を探している。企画担当の責任者でもあると聞いている。

車は一時間ほど走ってスピードを落とした。ニューヨークの郊外パークシティだ。

町にはナショナルバイオ社の研究所がある。車は正門にある警備室の前に止まった。ニックが身分証を見せてカールに入所証を発行して中に入った。カールは何度か来たことがあるが同じことの繰り返しだ。

敷地面積三万平方メートル。職員五百名と聞いている。

セキュリティチェックは厳重で、副社長とはいえ、カールと共に十分近くかけて研究所に入った。

バイオ関係企業の研究所は宝の山だ。遺伝子のチョットした情報が数億ドルの利益を生むことも夢ではない。また、その逆もあるのだ。

ニックは事務棟にある自分の部屋には行かず、直接、研究棟に向かった。

すでに午後十一時を回っていて、職員の大半は帰宅しているが、まだ電気のついている部屋もいくつかある。

この研究棟にはＨＩＶやＨ５Ｎ１といった危険なウイルスやバクテリアを扱えるＰ３実験室がある。建設時にはエボラやラッサも扱えるＰ４レベルの実験室を計画していたが、住民の反対でＰ３実験室になった。だが、Ｐ４レベルの研究をやっているという噂《うわさ》は絶えない。

カールはニックに連れられて、実験室の一つに入った。

ニックが冷凍ボックスをカールの前に置いた。中に三本の試験管が入っていた。ニックの表情が変わっている。

「この細胞から遺伝子を取り出してほしい」

「その程度ならあんたらでも、できるだろ」

ニックは生命工学の博士号を持っている。自分では才能不足に気が付いて、自分の才能でより社会貢献のできるビジネス界に入ったと言っている。しかし、それは半分以上は嘘《うそ》だろう。単に科学より金に興味があったからだ。

「遺伝子がかなり傷んでいる。修復が必要だ。だからきみに頼んでる」

カールは、クリスパー・キャス9を使った遺伝子の切り貼《ば》りの専門家だ。彼の論文はネイチャーにも載り、高く評価されている。

クリスパー・キャス9は遺伝子を切り貼りできる、キャス9という人工酵素を使った技術だ。細胞の核に含まれるDNAを切断して遺伝子の働きを失わせたり、別の遺伝情報を挿入して、新しい遺伝子を作り上げることができる。

「何の遺伝子だ」

「秘密厳守も振り込んだ金に入ってる。きみは言われたことをやればいい」

昨日、ニックから電話があった。

〈かなり古い肉片がある。そこからDNAを取り出してほしい。不完全な場合は修復してくれ〉

三万ドル出すと言う。翌日にでも、ニックに借りに行くつもりだった十倍の金額だ。

「半分の一万五千ドル、今日中に振り込んでくれれば、引き受ける」

その一時間後には銀行に振り込まれていた。

カールは冷凍ボックスを持ったニックに連れられて奥の部屋に進んだ。

「どこに行く」

「黙ってろ。沈黙も三万ドルに含まれている」

「P3なのか」

答える代わりにニックがドアのプレートに目を向けた。P3の表示とともに、入室の注意事項が細かく書いてある。

この研究所には何度か来たことがあるが、P3に入るのは二度目だった。最初は、変異したコロナウイルスの遺伝子解析の時だ。

「三万ドルじゃ安すぎたか」

「着替えてくれ」

カールに答えず、ニックは壁に並べられている防護服を目で指した。

P3ラボは感染力のあるウイルスやバクテリアを扱う実験室だ。入室には完全防護服の着用が義務づけられている。

ウイルスやバクテリアを扱う研究施設では、生物が施設外の大気、水、土などに拡散しないよう封じ込め措置を取らなければならない。その対策レベルは扱う病原体によって、P1、P2、P3、P4と順を追って高度なものとなる。

P1は人に無害な病原体や生ワクチンなど、P2は食中毒菌、季節性インフルエンザ、はしか、水疱など、P3は結核菌、狂犬病、H5N1、HIVなどに対応できる。P4はエボラウイルスなど致死性の高いものを扱う。

P3ラボは内部が陰圧になっていて、室内の空気はフィルターで処理された後、施設の外に排気される。部屋の出入りの時は二重扉を通る。

実験室内は安全キャビネットや排水設備が完備されている。さらに研究員は感染予防のため、フード一体型の「カプセルスーツ」と呼ばれる防護服を着用する。

「念のためだ。危険なものじゃない。扱いなれているだろう」

ニックも着替えている。彼も一緒に入るつもりなのだ。こんなことは初めてだった。

カールはそれ以上聞かず、防護服に着替え始めた。

カプセルスーツを着て、さらに手袋は二重だ。

二人は二重ドアの中に入り、Ｐ３ラボに進んでいく。

実験室内には、光学顕微鏡、レーザー顕微鏡、さらに電子顕微鏡などの高価な機器が並んでいる。さらに最新式のＤＮＡシーケンサーがある。数時間で人の遺伝子も読み取れる。

壁際にあるのは試験管や遠心分離機、排気実験台、培養機などで、大学の実験室にもみられる機器だ。

ニックが冷凍ボックスをデスクの上に置いた。

カールはさりげなくボックスのシールを探したが、中身や所属を示す情報は何もない。

冷凍ボックスを開けると、試験管に入った凍結肉片が入っている。人間の肉片かと思ったが、人間のものではない。動物だとしたら、何だ。聞いてもどうせ答えないだろう。

「気を付けてくれ。貴重なものだ」

「気が散る。出て行ってくれないか」

貴重なものと言ったが、Ｐ３ラボを使うからには危険なものなのだ。バクテリアか、ウイルスに感染したものかもしれない。

「危険なものなのか。それも高額報酬に入ってるのだろ」

「沈黙もだと言った」

作業自体はさほど高度なものではない。バラバラになっている複数の遺伝子から、無傷な部分を探し出してつなぎ合わせ、できる限り元の遺伝子に近いものを作り上げる。Ｐ３ラボ内での遺伝子合成作業。これがカールに頼んできた仕事なのだ。

カールは国内でも有数のアセンブルのスペシャリストだ。肉片から遺伝子を抽出して、遺伝情報を読み取っていく。壊れている所を、正常な遺伝情報に置き換えるのだ。テクニックと共に、根気の必要な作業だ。

ＤＮＡを抽出するには、まず細胞膜を界面活性剤、変性剤、強アルカリなどの化学的処理や熱処理で破壊し細胞を溶解する。細胞にはＤＮＡ以外にタンパク質やＲＮＡなど他のものが存在しているため、変性剤やプロテイナーゼで変性、分解したり、フェノール抽出などでＤＮＡとタンパク質などを分離する。

次にＤＮＡ溶液にエタノール、ナトリウム塩やアンモニウム塩などを加え、遠心分離を行うとＤＮＡの負電荷が中和され、親水性の下がったＤＮＡが凝集し、沈殿していく。その後エタノールを除去し、沈殿したＤＮＡを水などに溶解させれば純度の高いＤＮＡが得られる。

遺伝子の塩基配列は、対象ＤＮＡに蛍光物質を付け、シーケンサーと呼ばれる機械で読み取る。

その際、第一段階としてDNAポリメラーゼという酵素を使ってDNAを複製する。これを電気泳動させたところにレーザー光を当てることでDNA鎖の長さと塩基の種類を検出し、塩基配列を決定する。そのデータから重複をのぞき、ゲノムDNAの塩基配列へと再構成していく。この操作がアセンブルだ。

「どのくらいかかる」

「かなり古そうで細胞も脆《もろ》い。壊れた箇所が多すぎる。修復にも時間がかかる。やってみなければ分からない」

ニックは一瞬考え込んだが出ていった。彼も簡単にはいかないことは分かっているのだ。

試験管の中には、一センチ四方の肉片が入っている。状態はいいとは言えない。水分は保っているが、細胞の損傷はかなりひどいだろう。その中の遺伝子も当然、ダメージを受けているはずだ。

ニックの様子からして、かなり珍しいものであることは確かだ。考えてみたが、見当もつかなかった。だが、莫大《ばくだい》な金を生み出すことは確かなのだ。カールには想像もつかない額なのだろう。ニックは悪い奴《やつ》ではないが、頭にあるのは自分と会社の利益だ。

しかし、このP3ラボで遺伝子を扱うということは危険なものなのだ。その危険を冒してもやる価値のあるものなのだ。

カールは考えるのをやめ慎重に作業に入った。

肉片を試験管から取り出す。肉片を切り分けて、溶液につける。細胞を溶かして、そこから正常に近い遺伝子を取り出すのだ。

顕微鏡で肉片を調べた。やはり人間のものではない。動物の細胞だが今までに見たことのないものだ。

いつの間にか作業に没頭していた。

2

気が付くと五時間がすぎていた。

部屋の二カ所にカメラが付いてるのには気付いていた。ニックが別の部屋でコーヒーを飲みながら見ているのだ。あるいは寝ている。

P3ラボに入ると、防護服の着脱が容易ではないことと部屋の気密性を保つために飲食はもとよりトイレにも行けない。

〈まだ時間がかかりそうか〉

頭上で声がした。見上げるとスピーカーが付いている。ニックは寝てはいなかった。

「肉片はかなり古いものだろう。細胞のダメージが大きい。正常な遺伝子は見つからない。大部分に修復が必要だ」

〈きみはプロなんだろ。コロナウイルス禍にも献身的に貢献した。変異株を三種類発見した〉

カールは仕事に集中しようとした。徐々に興味も湧《わ》いてきている。

これは何の細胞だ。古くてこの状態ということは、長く凍っていたものだ。

カールは身体《からだ》の向きを変えて、カメラに死角を作った。肉片をデジタル顕微鏡にセットした。最新式のレーザー顕微鏡だ。試料を置くだけで拡大映像がディスプレイに映る。

肉片の細胞が映し出された。カールは倍率を上げていった。やはり、かなり古い肉片だ。細胞膜も原形をとどめていない箇所が多い。細胞の中にいくつかの線のような異物が含まれている。

さらに倍率を上げると、形がぼやけ始めた。光学顕微鏡なので、最小一マイクロメートル程度までしか見えない。

〈遺伝子の抽出はできたか〉

「慌てるな。やってると言っただろ。細胞が相当古いので、崩れやすいし、ＤＮＡもダメージが大きい。かなり時間がかかりそうだ。何度も言わせないでくれ」

〈午前中には終わらせろ〉

カールはデジタル顕微鏡のモニターの位置を調整して、カメラからは見えなくした。

デジタル顕微鏡の倍率を上げる指先の動きが遅くなった。同時に動悸《どうき》が速くなる。

無意識のうちに身体を移動させて手元をカメラの死角にした。何をやっているか知られたくない。

呼吸が浅くなり、指先に神経を集中させる。Ｐ３の実験室だ、一つのミスも許されない。

その時、カールの手が止まった。細胞の中に異質のものが含まれている。

「電子顕微鏡を使えないか。ＤＮＡの状態をよく見たい」

電子顕微鏡は試料に電子線をあてて像を拡大する顕微鏡だ。肉眼で見える限界が〇・一ミリ程度だとして、一般的な双眼実体顕微鏡でその二十倍程度。それに対して電子顕微鏡は二千倍から百万倍程度まで拡大することができる。一マイクロメートルから〇・一ナノメートルの物を見ることができる。大きさが二ナノメートルのDNAも見ることが可能だ。装置はデスクトップパソコンのような形で、一般的なモニター、キーボード、マウスが付属している。

〈休みの日でも昼には守衛が見回りに来る。時間がない。まず、修復だけを考えろ〉

電子顕微鏡にかけるには時間がかかる。

ウイルスの大きさは、十ナノメートルから二百ナノメートルほどで、電子顕微鏡を使わなければ見ることはできない。バクテリアであれば大きさ一マイクロメートル程度で、光学顕微鏡でもなんとか観察可能だ。人間の大きさを地球くらいと考えると、バクテリアはゾウほどの大きさ、ウイルスはネズミほどの大きさになる。

カールはディスプレイを調整して、何とか細胞の形を鮮明にしようとした。

頭に血が上るのを感じる。ウイルスだ。ウイルスの形については知り尽くしているが、そのどれとも微妙に違っている。光学顕微鏡で形を識別できるということは、かなり大きい。

青みをおびた棒状のもので、見たことのないものだ。エボラウイルスがよぎったが、エボラではない。大きさも倍近くある。形は似ているが、未知のウイルスだ。少なくともカールにとっては初めて見るウイルスだった。だが死んでいる。単なる有機物の破片だ。

「ウイルスがいる」

思わず声を出していた。

〈何をしてる。よけいなことをするな〉

「遺伝子操作に必要なことだ」

〈活性化しているか〉

「おそらく不活性だ。死んでる。だが生きているものもあるかもしれない」

〈適切に保管してくれ。あとでうちのチームが調べる〉

「なんの細胞だ。これは重要なことだ」

〈何度も言わせるな。この仕事は何も聞かないことも条件の一つだ〉

ニックの声が大きくなった。

「用心しろ。未知のウイルスだぞ」

カールはもう一度言うと気を取り直して、遺伝子の抽出を続けた。

ウイルスは現在、約二千八百種が発見されていて、そのうち病気の元となるのは数百種類とされる。ウイルスはＤＮＡまたはＲＮＡのどちらかの遺伝子を微少に保有しているだけで、自分で生きられない。だから他の生物の細胞に潜り込む。

〈何をしている。早く終わらせろ〉

苛立《いらだ》ちを含んだニックの声がスピーカーから聞こえてくる。

「正常な細胞を探している。これは何なんだ。言ってくれないと、手の打ちようがない」

〈おまえの役割は、遺伝子の抽出と修復だ。他のことは考えるな。相応の金は払った〉

Ｐ３の実験室、三万ドルの報酬。何か普通のものではないことは確かだった。

肉片の持ち出しはできない。カールはディスプレイのウイルスを頭の中に刻み込んだ。

顕微鏡のスイッチを切って、肉片からのＤＮＡの検出に神経を集中した。

さらに五時間がすぎた。

遺伝子を抽出し、切り貼りをしてアセンブルは終わったが、完全なものはできなかった。ウイルスが気になったが、どうしようもない。Ｐ３の中のものを外部に持ち出すことはできない。


ラボを出るとニックが待っていた。

「残りの一万五千ドルは振り込んでおいた。チェックしてくれ」

カールはスマホを出して振り込みを確認した。

「あれは何の細胞だ」

ニックを見すえて再度聞いた。

「おまえは知らなくていい」

「あの肉片はかなり昔のものだ。数百年以上。いや、数千年前か。冷凍保存の状態がよければ、それ以上昔のものか。すでに絶滅した種のものか」

「恐竜かもしれないな。復活したら教えてやるよ」

ニックの顔には笑みが浮かんでいる。

「ウイルスがいた。すでに死んでいるが、エボラに似たものだ。ただし大きさは倍近い」

ニックの表情が変わった。平静を装っているが、その努力は全く報われていない。

「電子顕微鏡を使ったのか」

「おまえはダメだと言っただろ。時間もない」

「エボラに似ていると言った。どうやって調べた」

「勘だよ。何となくだ。遺伝子がばらばらで特定のしようがない」

「だったら、放っておくのがいちばんだ。世界はウイルスには敏感だ」

コロナウイルスについて言っているのだ。この数年間、世界はコロナウイルスに翻弄《ほんろう》された。ワクチンの普及と共に収束しつつあるが、いつ感染力、致死率ともにさらに高いウイルスが現れるか分からない。

「この部屋は暑すぎる。額に汗をかいてるぞ。ひょっとして、具合が悪いのか」

「こんな所で長時間待たされたからだ。体調だって悪くなる」

「あんな厄介な仕事を持ってくるからだ。僕でなかったら、倍の時間を費やしても満足なものは出来ない」

単なる寝不足にしてはニックの目は赤く、動きにも切れがない。迫力と行動力が取り柄の男なのだが。

くしゃみが出そうになって、ニックはハンカチで鼻と口を押さえた。カールは思わず半歩下がり、息を止めた。コロナ禍で神経質になっている。

ニックが研究所の正面ホールまで送ってきた。ロータリーにはタクシーが止まっている。

「マンションまで送ってくれる。料金はすでに払ってある。チップ込みでね」

ニックが早く帰れというふうにカールの肩を叩いた。

カールはタクシーの方に歩き始めたが、立ち止まり振り向いた。

ニックはすでに背を向けて歩き始めている。

「ウイルスの扱いには気を付けろ。我々は恐さを十分に知ったはずだ」

カールはニックに向かって怒鳴った。ニックは振り向きもせず片手を上げて、急ぎ足で施設内に戻っていく。

ナショナルバイオ社は、ニューヨークに本社と研究所を置くバイオ医薬品企業だ。カリフォルニアのサンバレーには最大の研究所がある。

製薬会社としては世界四位にランクされ、約五万人の従業員が働いている。そのうち、三万人が研究者だ。昨年の売上高は四百六十億ドル。六十五億ドルを研究開発に費やしている。

十九世紀末にビタミン、麻酔薬などの製造で成長、二〇一三年に免疫疾患、ウイルス感染症・C型肝炎、神経系の研究開発型医薬品事業を重点領域として独立する形で設立された。世界七十カ国以上にビジネス拠点を持ち、百七十カ国以上で医薬品が利用されている。

カールはタクシーに乗ると、受付から取ってきたナショナルバイオ社のパンフレットを出した。その余白部分にウイルスを描《か》いた。形のバランス、表面感触を含めて、可能な限り正確に描いていく。最後に使用した顕微鏡の種類と倍率を書いて手を止めた。

眺めると、やはりエボラウイルスによく似ている。しかし大きすぎる。

ニックはこのウイルスの存在を確認するために、カールに肉片の遺伝子の修復を頼んだのかもしれない。ふっと頭に浮かんだ。目的は細胞の遺伝子の修復ではなく、このウイルスの遺伝子の修復ではないのか。好奇心と不安が入り混じった気持ちが湧き上がってくる。

人類は新型コロナウイルスのパンデミックで、感染症の恐ろしさが身に染みたはずだ。わずか三年余りの間に六億人の感染者と、七百万人近い死者を出している。コロナ禍による自殺者や関連死の者を含めるとその数はさらに増えるだろう。多くの都市や国でロックダウンが行われ、経済と人の精神に大きな影響を与え、貧困層はますます貧困になり、人と国に大きな悲劇をもたらした。

経済損失は十兆ドル以上にも及び、あと数年は尾を引くと言われている。立ち直るためには、膨大な時間と努力と資金が必要だ。さらに人の心の再生だ。

しかし、損害を被った人と企業がある一方、コロナによって莫大な利益を得た人と企業もあるのが現実だ。さまざまな思いがカールの脳裏をかすめた。

部屋に戻ると、ノートを出してスケッチをさらに精巧なものに仕上げた。

一時間近く、そのスケッチを眺めていた。

頭の奥に鈍い痛みが生まれた。この痛みはあと十分もすると、百倍の鋭い痛みとなってカールの脳を刺激する。その前に鎮痛剤を飲めば、半分の痛みに軽減できる。横になってしばらく動きを止めておくと、自然に消えていく。運が良ければの話だ。時に制御できないものとなる。これもコロナ後遺症の一つなのか。それとも精神的な問題が大きいのか。

一瞬、ニックが言った守秘義務が脳裏に浮かんだが、そんなものクソくらえだ。スケッチを眺めながらスマホの番号を押した。

「最近、新しいウイルスについての報告はないか」

〈コロナが収束に向かっている最中よ。世界中がピリピリしている〉

ジェニファーは「最中」という言葉を使った。WHOも収束という表現はしていない。アフリカと西アジアの発展途上国には、まだ感染者がゼロにはなっていない国がいくつかある。ワクチン接種の途中で、収束は目の前だ。

ジェニファー・ナッシュビル博士はCDCのメディカルオフィサーだ。カールの医学部時代の同級生で、成績はジェニファーの方が良かった。しかし教授に評価されたのはカールだった。カールは大学に残り、ジェニファーはCDCに就職した。コロナ禍のときにはジェニファーがカールをCDCに誘ったのだ。

「ないってことか」

〈コロナだけで十分。今度はもっとうまくやれる。でも、当分はもうたくさん。なにかあったの〉

「ニックを知っているか。ニック・ハドソンだ」

〈研究室の大先輩。ナショナルバイオ社の副社長でしょ。コロナ治療薬の開発のとき、誰《だれ》かから紹介された〉

「彼に細胞から遺伝子を抽出する仕事を頼まれた」

〈あなたでなくてもできるでしょ〉

「古い遺伝子で完全なものじゃない――」

頭痛がひどくなった。この痛みは脳の中心から始まり、全身に広がっていく。

〈どうかしたの。大丈夫なの〉

異常を感じたのか、声が返ってくるが答えることができない。

「また、電話をする」

それだけ言うのがやっとだった。スマホを置いてポケットからピルケースを出す。鎮痛剤と軽い睡眠薬だ。錠剤を呑《の》むとソファに倒れ込んだ。

カールは深く息を吸って、痛みに耐えるために強く目を閉じた。ＣＤＣのオフィスでスマホを持って立ち尽くすジェニファーの姿が浮かんだが、次第に意識が消えていく。


ＣＤＣ、アメリカ疾病予防管理センターは、アメリカ政府の保健福祉省所管で感染症対策の総合研究所であり、本部はジョージア州アトランタにある。本部職員は約七千人、支部職員は合計八千五百人いる。年間予算は七十七億ドルだ。

脅威となる疾病には国内外を問わず駆けつけ、勧告文書は世界の多くの文献やデータの収集結果を元に作成するため影響力は大きい。職種は医療専門家だけでなく、気象学者、統計学者、理学者、微生物学者、細菌学者、事務職、プログラマー、官僚、軍人など広域にわたる。

特にエボラウイルスなど、バイオハザード対策については、世界中がＣＤＣに依存している。

さらに、危険なウイルスの保存も行う。地球上では撲滅された天然痘ウイルスを公式に保管する機関は、CDCとロシア国立ウイルス学・生物工学研究センターだけだ。

3

スマホの呼び出し音で目が覚めた。

痛みは消えているが、脳が薄い膜に覆われている感じだ。全身に倦怠感《けんたいかん》が残っている。何度経験しても、慣れることはない。

窓を見るとすでに外は明るい。二十時間近く眠ったことになる。

〈大丈夫なの。昨日は行けなかったけど〉

ジェニファーの静かで落ち着いた声が聞こえる。

「いつも心配かけて悪いと思ってる。でも、もう大丈夫だ」

彼女はカールの症状を心得ている。初めて症状が出たときには、意識が戻るとジェニファーが覗《のぞ》き込んでいた。カールの電話で緊急性を感じて飛んで来たのだ。

その時、カールは床に倒れたまま意識を失っていた。マンションの隣人を呼んできて、ベッドまで運んだという。

ジェニファーはニューヨークの北、ジョンズタウンに住んでいる。カールのマンションまで車で、一時間かかる。

それ以後、数カ月に一度程度の割合で発作を起こしている。頭痛と立ち上がれないほどの倦怠感が襲ってくる。脳にストレスがため込まれて、一定量になると放出される。地震と同じだ、と最初にかかった医師は言った。地震は、地下のプレートに蓄えられているストレスが一定量に達すると爆発的に放出される現象だ。コロナ後遺症の一つかもしれないと思ったが、確かめる気にもならなかった。今では一つの罰のようなモノだと受け入れている。

ジェニファーの診断は少し違っていた。潜在的な罪悪感によるストレスと生活の不規則。アルコールや不眠、不規則な食事と栄養の偏りも挙げた。要するに身体に良くないことを全《すべ》てやっている。彼女の専門は感染症だが、自分は心理カウンセラーの資格も持っていると自慢している。

〈もっとリラックスして生活したら〉

「十分してる。生きていることを感謝しながらね」

〈皮肉はやめて。心配してるの〉

送話口の表情が浮かぶほど、真剣な口調の声が返ってくる。

「悪かった。わずかだがよくなってる」

背後で〈ドクター・ナッシュビル。すぐに来てください〉と、ジェニファーを呼ぶ声が聞こえた。

「心配してくれて、感謝してる。また、連絡する」

ジェニファーの声が返ってくる前にスマホを切った。

ソファから起き上がり、シャワーを浴びた。いくぶん、頭がはっきりする。

デスクの上に昨日スケッチした絵がある。カールは手に取って眺めた。細胞の中にいたウイルスだ。これは何だ。

ニックの携帯に電話した。

呼び出し音はしているが出る気配はない。

迷ったがナショナルバイオ社に電話をした。

「ニック・ハドソンと話せないか。彼は副社長だ」

一瞬、戸惑うような気配が伝わってくる。

「僕はカール・バレンタイン教授。ニックとは友人です。ちょっと気になったことが――」

〈ハドソン副社長は入院しました〉

カールがしゃべり終わらない内に声が返ってきた。

一瞬、カールの頭から次の言葉が消えた。昨日、別れるときのニックの姿が甦《よみがえ》ったのだ。得体のしれない不安が湧き上がってくる。それは恐怖にも通じるものだ。

「病名は分かりますか。あるいは病状は」

〈私の方では分かりません〉

「病院を教えてくれませんか。僕は彼の友人だ。一昨日《おととい》も彼と一緒に研究所に行きました。正門警備室の名簿に載っている」

カールは名前を繰り返して、やっと入院している病院を聞き出した。

妙な胸騒ぎがした。ニックの顔にラボで見たウイルスが重なる。再度、頭が痛み始めた。慌ててクスリを通常の倍飲んで、しばらく横になっていた。

一時間後、カールはなんとか立ち上がり、上着とコートを着ると外に出た。

ニックは州立病院に入院している。


病院の受付で聞いた病室に行くと、ニックの妻のエイミーがいる。

彼女とはニックの家に招待されたときに何度か会っている。

「なんともないか。ニックときみの体調についてだ」

カールはエイミーを見るなり聞いた。

「いいわけないでしょ。意識が混濁して、熱も四十度近くあったの。今は点滴とクスリで下がってるけど」

エイミーはニックに視線を向けて答える。

「きみの方はどうなんだ」

「私――私は元気よ。変なこと聞かないで」

「だったらいいんだ」

ニックは眠っていた。低いいびきが聞こえる。顔の血色はよく、とても病人には見えない。

「薬で眠らせてる。いっとき、錯乱状態にもなったの。お医者さんは高熱のためだと言うけど」

「症状をもっと詳しく教えてほしい」

「あなたは医師免許も持ってたわね。昨夜は、発熱、頭痛、腹痛、発汗、下痢。病気の症状全てを集めたような状態。コロナよりひどい」

その時、ドアが開き医師が入ってきた。

「彼のウイルス検査はやりましたか」

「ウイルス性腸炎だと思って、ウイルス検査を行いました。陽性です」

「他の感染性は？」

「まだ分かりません。もう少し経過を見てからでないと――」

「彼には他の感染症の疑いがある。隔離したほうがいい。エイミーには気の毒だが」

カールは途中からエイミーに視線を向けた。彼女は不安そうな表情を浮かべている。

医師が怪訝《けげん》そうな顔でカールの方を見ている。

「きみは誰なんだ。医者か」

「医師免許は持っている。感染症の患者はコロナで散々見てきた」

「ニック・ハドソン氏はコロナとは違う。むしろ、ウイルス性腸炎の疑いがある。発熱に腹痛、下痢――」

「議論する前に、僕の言葉に従ってほしい。この病院から新型感染症の患者、第一号を出したいのか。コロナ以外の感染症だ」

カールは医師の言葉をさえぎり、ＣＤＣの身分証を出した。一年ほど前に退職しているが、まだ身分証は返却していない。

医師はカールと身分証を交互に見ている。

「待ってくれ、院長に来てもらう」

医師はポケットからスマホを出した。

カールの脳裏に、コロナ禍の病棟が甦ってくる。病室は患者で溢《あふ》れ、廊下にも簡易ベッドが並べられていた。患者の呻《うめ》き声と消毒液の臭《にお》いが充満し、汚物の臭いさえ漂っている。その隙間《すきま》を医師と看護師たちは命を救うために懸命に行き交った。

「急ぐんだ。この病室じゃだめだ。隔離病室に移せ」

思わずカールは大声を出した。医師が驚いた顔でカールを見ている。

「あれはコロナウイルスじゃないですよ。症状が違う」

「ウイルスが発見されたのか」

「死骸《しがい》と言うか、破片と言うか。血液検査でウイルスの一部が発見されました。でも、無害です」

「ウイルスの特定はできてるのか」

「現在行っています。おそらく腸炎でしょう。彼はかつて腸炎にかかっています。抗体があるので重症化しても一過性です」

医師が言い訳のように言う。

ノックと共にドアが開き、スーツ姿の男が入ってくる。

「院長のトマス・マードックです。ＣＤＣの方が来ておられるとか」

カールは身分証を出した。マードックは身分証を見て、カールに右手を出した。

「カール・バレンタイン教授ですか。ワシントンＤＣで一度お会いしています」

カールはマードック院長の手を握った。

「彼を隔離病室に移していただけませんか。濃厚接触者として彼の奥さんも。その他、感染が疑われる者すべてです」

用心のためです、と付け加えた。

マードックは困惑した表情を浮かべている。

「コロナですか。すでにワクチンも抗ウイルス剤も十分に――」

「ニックの血液検査の結果はいつ分かる」

カールはマードックの言葉をさえぎり、医師に聞いた。

「急がせれば明日中には」

「明日の朝だ。もっと急がせろ」

医師がマードックに視線を向ける。マードックは頷《うなず》いた。

「血液検査の結果を見て、今後の方針を決めたいと思います。それまでは、あなたも静観していてください」

「つまり、騒ぐなということですか」

「その通りです。やっと、コロナ収束の目処《めど》が見えてきたところです。これ以上、住民を恐れさせたくない」

マードックがカールをなだめる様に言う。

「ただし、血液検査の結果によれば、適切な方法を取ります。それまでも、ニック・ハドソン氏には隔離に準じた対応を取ります」

カールは頷かざるを得なかった。

マードックは医師にその旨を伝えた。

カールはマードックに連れられて院長室に行った。内密に話したいことがある、と言ったのだ。

カールはスマホを出して、ナショナルバイオ社のＰ３ラボで見たウイルスのスケッチを見せた。

「彼の実験室でこのウイルスを見たというんですね。しかもＰ３ラボで」

「そうです。守秘義務の書類にサインしているので、詳しいことは言えませんが」

すでに言っていると思いながら話した。

「ウイルスは不活性状態だったんですね」

「そうです。でも、すべてを調べたわけじゃない。生きているウイルスもいたかも知れない」

「エボラに似ているが、エボラじゃない。形も微妙に違うし、大きすぎる」

「僕もそう思うが、用心したほうがいい」

カールはどこまで話すべきか考えながら言った。

「とにかく待ちましょう。私にもことの深刻さは分かります」

マードックは再度、スマホの写真を見ながら言った。

エボラウイルスが原因のエボラ出血熱は、アフリカ中央部のウガンダやスーダンなどで主に感染が広まった。二〇一四年、アメリカにも上陸し一名の死者が出ている。

コウモリが自然宿主と考えられており、人に感染した場合、潜伏期間は二日から二十一日。人への感染はまれだが、感染すれば重症化し、致死率は平均五十パーセントと高い。

症状は発熱、倦怠感、筋肉痛、頭痛、咽頭痛《いんとう》などが突然あらわれ、続いて嘔吐《おうと》、下痢、発疹、腎機能・肝機能障害が起こる。さらに、内出血や歯肉出血、血性便、さらに白血球減少、血小板減少、肝酵素の上昇が見られることもある。現在、ワクチンや治療薬はなく、対症療法のみである。基礎疾患がなく、体力があり、運のいい者が生き残る。

カールは病院のレストランに行き、スマホのメモリーボタンを押した。

「やはりこっちに来てくれないか。気になることがある」

〈相当悪いの、コロナの後遺症。前会ったときは、かなりひどそうだった〉

ジェニファーの真剣な声が返ってくる。

「僕は大丈夫だ。ニックが入院した」

〈彼は一度、コロナにかかったでしょ。異常なほど用心深かったけど〉

カールはニックの症状と医師の診断を説明した。

ジェニファーは無言で聞いている。

「僕は隔離病室に移すべきだと主張したが、彼らは懐疑的だ」

〈そっちの医師はウイルス性腸炎だと言ってるんでしょ。しばらく、様子を見た方がいいと思う〉

「手遅れの怖さは、コロナで十分に学んだ。感染症は時間との戦いだ」

〈それとは違う。まずはそちらの医師の判断にしたがって――〉

「待っていたら手遅れになる。いや、もう遅いかもしれない」

思わず声が大きくなった。

〈冷静になって。過剰反応はよけい悪い結果を引き起こす。あなたの状況はよくわかるけど〉

「僕が過剰反応だというのか」

気が付くと電話を切っていた。すぐに鳴り始めたが、スマホの電源を切った。

カールの脳裏にニックの姿と、コロナ禍の病院の状況が交錯する。

しばらく考えたが、ウイルスのスケッチの写真をジェニファーに送った。

その五分後、「今日の午後にそっちに着く」とメールがあった。

4

ジェニファーは昼前に病院に到着した。確実に制限速度以上で運転している。ことの深刻さを知っているのだ。

リュックを担ぎ、大型の旅行カバンを引いている。出張のときのジェニファーのスタイルだ。中には「命を護《まも》る神器」と呼んでいる感染症対策のセット、医療用マスク、フェイスガード、ゴム手袋が入っているのだ。

「プロが感染することは、恥ずべきこと」彼女の口癖だ。それは、仲間への警告と共に自分への戒めを込めた言葉でもある。医師が感染することは、戦力が欠けるとともに仲間の負担を増やすことにもなる。

カールはジェニファーを連れてマードック院長の部屋に行った。

「これは緊急事態です。しかし、パニックを避ける最大限の努力はします。病院に隔離エリア、レッドゾーンを作ります。その内部に入る医師と看護師は制限して、感染予防対策を徹底してください。ナショナルバイオ社の研究所のＰ３ラボは閉鎖です。これはニック・ハドソン氏の血液検査の結果が出るまで継続します」

ジェニファーが一気に言った。

「ＣＤＣの他の職員は来るのですか」

「現在、待機しています。状況を見て私が要請すれば一時間以内に到着し、病院を閉鎖します」

「なぜ、すぐ来ない」

カールがジェニファーに向かって言う。

「私もそう言った。でもこれは、上の方針なの。これ以上、国民の恐怖心をあおるのは極力避ける。まだコロナの影響は続いているのよ」

「そういう考えが、コロナを世界にまん延させた」

「正しい情報は恐怖を和らげる。今の状態で推測を知らせるとパニックが起こる。そうすれば、感染はますます広がる」

ジェニファーが納得を求めるように、マードックに言う。

「分かりました。病院は全面的に協力します」

ジェニファーは病院のスタッフを集めた。

院長とさらに、手の空いている医師と看護師だ。

「ニック・ハドソン氏を隔離します。妻のエミリーさんもです。さらに、彼に接触した担当医と看護師たちです。彼らで、ハドソン氏を担当してください。他の患者より、詳しい経過報告をしてください。わずかでも新型ウイルス感染の兆候が見られれば、病院封鎖を要求します」

「救急外来はどうする。この病院はこの地区の基幹病院だ。コロナの時も多くの重症患者を受け入れた」

「感染症の対応には慣れているということね。その経験を十分に生かしてください」

「うかつな行動は取れません。パニックが起こります」

「そうならないように、最大限の注意を払います」

ジェニファーはそう言うと、立ち上がって院長に手を差し出した。

「私の指示に従ってください。私が指示すれば、今日中にＣＤＣの医師が数名来ます。それまでは、ハドソン氏の隔離は徹底してください。今日、病院に来たすべての人の名簿を提出してください。ＣＤＣで追跡調査をやります。さらに入院前のハドソン氏の行動履歴を調べて報告してください」

ジェニファーは手際よく指示を出した。

指示が実行され始めたのを確認して、二人で病院を出た。

ジェニファーをホテルに送っていくためだ。

車に乗るや否や、ジェニファーがカールに聞いてくる。

「あのスケッチはどこで手に入れたの」

「僕が描いたんだ。ほぼ正確なはずだ」

「あのウイルスをどこで見たの。想像だ、なんて言うんじゃないでしょうね」

ジェニファーが聞き直した。

カールは迷った。守秘義務のサインはした。訴えられれば、多くの犠牲を払うことになる。

「ある研究所のP3ラボだ」

カールが覚悟を決めて言う。

「ナショナルバイオ社ね。ニックが副社長をしている企業でしょ。これは私の想像。あなたが言ったんじゃない。だから守秘義務違反にはあたらない」

カールは答えない。

ジェニファーがシートベルトを外した。

「確認に行くのか」

「その前にこの病院と研究所を封鎖する。それに、あなたを私の監視下におく。本当は隔離すべきなんだけど、今はあなたが必要。事態は進展した」

スマホを出して言う。

CDCメディカルオフィサーであるジェニファーの指示により、病院とナショナルバイオ社の研究所は封鎖された。

三十分後、カールとジェニファーはナショナルバイオ社の研究所にいた。

会議室にはジェニファーの指示で研究所の幹部たちが困惑した顔で集まっていた。

ジェニファーは未知の感染性ウイルスが、研究所に持ち込まれた可能性について話した。

「私たちは何も聞かされていません。ニック・ハドソン副社長は、本社にいて研究所にはほとんど顔を見せません。P3ラボの使用申請も出ていません」

研究所の所長がジェニファーに向かって言った。

嘘をついているとは思えない。深夜、カールとニックの二人だけで行った行為だ。

一時間ほどやりあったすえ、カールとジェニファーは防護服に着替えて、P3ラボに入った。

「この部屋のどこかにあるはずだ」

カールはラボを見回しながら言う。冷凍ボックスは常にニックが持っていた。それをP3ラボの中でカールに渡した。

「僕は実験後、肉片を元の試験管に戻して、冷凍ボックスに入れた。ボックスはデスクの上に置いた」

カールは自分の行動を確認しながら話した。

基本的にこの部屋に持ち込んだものは持ち出せない。ウイルスに汚染されている可能性があるからだ。

「ニックが他に移したということはないの」

「どこに移すというんだ。この町でＰ３ラボがあるのはここだけだ」

「冷凍庫にもキャビネットにも、冷凍ボックスなんてない」

「研究所の封鎖は解除すべきじゃない。ニックの血液検査の結果が出るまでは。ニックが感染していれば、町も封鎖することになる」

カールの言葉にジェニファーが考え込んでいる。

「やはりもう少し待ちましょ。今は時期が悪すぎる。あなたにとっては関係ないでしょうけど」

そう言ったジェニファーがカールを見て眉《まゆ》をひそめた。

「あなた、大丈夫なの。顔色が悪い。汗をかいてるんじゃないの」

「何ともない。反応が鈍いので腹が立っているだけだ」

「やはり、普通じゃない。満足に寝てないんじゃないの」

二人は病院に戻った。ニックの血液検査の結果はまだ出ていなかった。

ジェニファーが無理やりカールに鎮静剤を飲ませて、ソファーに横になるように言った。

カールの脳裏に様々な光景が流れていく。コロナ感染者が廊下にまで溢れる病院、患者の呻き声と、緊急事態を告げる看護師の声、公園に作られたテント張りの臨時診療施設、人の消えた町。

そして、呼吸困難で意識を失った患者たち。その中に母の姿もあったはずだ。この時ほど、自分の無力を思い知ったことはない。意識は徐々に消えていった。

コロナが世界に流行する一年前、カールの父親は六十七歳で亡くなった。末期の肺がんだった。三十五年間連れ添ったカールの母親は一人になった。もとから身体の弱かった母親の衰えは目に見えていた。

大学の近くに住んでいたカールは母と一緒に住み始めた。

そんな時、コロナが流行《はや》り始めたのだ。カールは大学からＣＤＣの研究所に出向した。変異の激しいウイルスの特定と、遺伝子解析によってウイルスの性質を把握するためだった。カールは研究所に泊まり込み、精力的に働いた。感染終息のために州と連邦政府に提言をし、その実行のために働いていた。

患者からの血液採取と病状の把握のために病院に行き、患者とも積極的に関わった。「プロが感染するようなことがあってはならない」「ミスがあるから感染する」カールの口癖だった。

そんな中、週に一度は家に帰った。自宅に閉じこもっている母親の様子を見て、食料や生活必需品を届けるためだ。

一年後、カールは感染した。症状はかなりひどく、一週間生死の境をさ迷ったが、回復した。三週間に及ぶ入院の後、退院した。退院の日に知らされたのは、母の死だった。カールの入院の翌日、母はコロナが発症し、直《ただ》ちに入院した。六十五歳で病弱だった母は、五日後死亡した。ちょうどカールが生死の境から抜け出した日だった。医師が感染してどうする。言い続けてきた自分が感染し、母を感染させ、死なせてしまった。この事実はカールの自信と自尊心を砕き苦しませた。以後、カールはますますＣＤＣの仕事にのめり込んでいった。

パンデミックの三年目の夏をすぎてやっとコロナの終息期に入り始めたころ、退院当時からあったコロナ後遺症がひどくなった。不眠と倦怠感。さらに頭痛が加わってきた。張りつめていた神経が緩んだのと、母は自分の代わりに死んだという思いがカールの精神を苦しめ、眠れない日々が続いた。デスクの引き出しには常にウイスキーのビンが入っていた。

そうしたある時、してはならないミスを犯してしまった。患者の採取血液を取り違えたのだ。幸い看護師が気付き事なきを得た。それ以来、現場に立つのが恐ろしくなった。一週間後にはCDCに辞表を出していた。家にこもり、大学に復帰してもいない。ウイスキーのビンはデスクの引き出しから、デスクの上に移っていた。

5

辺りは漆黒の闇《やみ》だ。低い唸《うな》りが聞こえる。

地の底から響いてくるような、心の奥まで突き刺すような重い響きだ。全身がどこかから伸びた太い腕で締め付けられる。必死で逃れようとするが、絡みつく力はますます強く、執拗《しつよう》に闇の中に引き込もうとする。

身体が揺れている。同時に声が聞こえる。誰かが肩をつかんでカールの全身を揺らしている。

目を開けると、ジェニファーの顔が目の前にあった。

「すごくうなされてた」

そう言いながらティッシュでカールの額の汗をぬぐった。

カールは起き上がりソファに座った。

「起こしてくれればよかったのに」

「だから、起こしたでしょ」

ジェニファーが封筒を出した。

「ニックの血液検査の結果よ。大きな異常は見られなかった」

カールは検査結果の用紙を見た。

「ウイルスについては何か言っていたか。僕が書いたスケッチのウイルスだ」

「あなたの言う通りウイルスはいた。ただし、ウイルスの身体の一部で、完全に死んでる。全体の形は分からない。害はない」

「どこから検出された」

「鼻の粘膜から。私がニックの全身を調べさせた」

「肉片から空気中に浮遊したウイルスをニックが吸い込んだ。あるいはウイルスの付いた手で目か口に触った」

「たぶん、その通りなんでしょ。でも、新種のウイルスだと断定するほどの根拠はない。発見されたのは死んだウイルスのごく小さな断片」

ジェニファーが複雑な表情で言う。彼女にとっては大きな意味を持つのだ。病院も研究所の封鎖もジェニファーの責任で行われている。

「CDCの医者が来るんだろ」

「キャンセルした。ギリギリセーフだった。私は上司の信用を無くし、嫌味を言われ、同僚に笑われるでしょうけど」

ジェニファーは話しながらもニックのカルテを見ている。

「封鎖したのは最小限のエリアだけ。それでも、かなりの風当たりはあるでしょうね」

「本当は病院全体を封鎖すべきだ」

「そんなことやってたら、他の患者はたまらない。この階だけを封鎖したけど、十件以上の手術が延期になった」

「しかし、感染者は出なかった」

カールの言葉にジェニファーはかすかに頷いた。


ドアがノックされて、看護師が入ってきた。

「ニックさんが目を覚ましました。何か質問があれば会ってもいいそうです」

カールとジェニファーは、看護師に案内されて部屋に急いだ。

二人が病室に入ると、ニックが身体を起こそうとしている。

「何が起こったんだ」

横にいた医師が昨夜からの経過を話した。

「俺《おれ》がウイルスに感染してるって。冗談だろ」

「おまえは自宅で気を失って、ここに搬送された」

ニックは一瞬、考え込む仕草をしたが、すぐにカールに視線を向けた。

「単なる過労だ、ここ半月は国中を飛び回っていた。アラスカやシベリアまで行ったんだ」

「アラスカとシベリアだと。どういうことだ」

「言葉の綾《あや》だ。地の果てまで飛び回ったと言いたいんだ」

慌てて言い直している。

「あの肉片に関係があるんだな。肉片にウイルスを見つけた。あの肉片は何だ」

「知る必要はない。俺は問題ないんだから」

回復を誇示するように両腕を高く上げた。

「棒状のウイルスだ。エボラに似ていたような気がするが、大きさが違う。倍はある」

ニックが腕を下ろしてカールを見つめている。

カールはスマホを出してスケッチを見せた。

ニックの表情が変わり、無言でスケッチを見つめている。

「エボラウイルスとは違う」

「それは分かっている。特定しようとしたが、できなかった。未知のウイルスだ」

「すでに死んでいる。無害だ」

「サンプルの全てを調べたわけじゃない。生きているウイルスがいるかもしれない。もしいるとしたら――。マスコミに発表すべきだと思っている」

「冗談を言うな。俺は一日で回復した。病名はウイルス性腸炎だ」

「マンモスの肉片でしょ。あなたはシベリアでマンモスを手に入れた。遺伝子を取り出し、損傷があれば修復して、マンモスのクローンを作る」

二人の話を黙って聞いていたジェニファーが、突然口を開いた。

「夢みたいな話だ。何の根拠があって――」

「去年、あなたが出たテレビ番組を見た。マンモスのＤＮＡを使ったケナガマンモスの復活。ナショナルバイオ社の特別企画だとあなたは話していた」

ニックの表情が変わっている。

「あの肉片はマンモスの肉片だったのか。数万年前のものだ。道理で損傷が激しかった。ウイルスもだ」

「ウイルスは死んでたんだろ。たとえいたとしても」

「これだけの騒ぎになったんだ。みんな、ジェニファーの話を信じる。あの肉片はマンモスのだ。なんなら、ネットに流してもいい」

カールの言葉にニックは考え込んでいる。

しばらくして、ニックが顔を上げた。

「確かにあの肉片はマンモスのものだ」

覚悟を決めたように言う。

「二歳程度の子供だ。ほぼ完璧《かんぺき》な状態で見つかった。だが、二万七千年前のマンモスだ。遺伝子には損傷があった。だから、おまえに頼んで遺伝子を複製しようとした」

「あれは肉片だ。マンモスの本体はどこにある」

「アラスカの研究所だ。温度管理は完璧にしている。あとはジェニファーのいう通りだ。肉片を採取して、遺伝子を取り出し、修復しようとした」

ニックは淡々と、しかし時に情熱を込めて話した。たしかに、夢のある話ではある。

「我々は三年前からマンモスのクローン・プロジェクトをやっている。マンモスとゾウは近縁だ。マンモスの遺伝子情報を取り出し、ゾウの卵子に入れて胚《はい》をつくる。それをゾウの子宮に戻し、クローンを作る計画だ。そのためのスタッフも雇っている。遺伝子操作のエキスパートたちだ」

胚とは受精卵が細胞分裂を始めるごく初期の段階だ。通常の胚は卵子と精子が結びついて生まれ、そこには両方の遺伝情報が含まれる。

しかし今回の場合、卵子から核を除き、体細胞の核を移植したクローン胚を作り、その胚をゾウの子宮に戻し、子供を生ませる。クローン胚は精子を使わないし、卵子からも核が除かれているため遺伝情報は引き継いでいない。その代わり、マンモスの体細胞の遺伝情報を受け継いでいる。

だが、クローン動物の誕生の成功率は低く、まずクローン胚の培養成功率が約三十パーセント、さらに分娩《ぶんべん》に至るのはその十パーセントほどで、さらにその半分が内臓の奇形、肺の発育不全、免疫系の異常などで死産となる。つまり全体で数パーセントしか成功しない。理由はまだ分かっていない。

マンモス研究で現在主流なのは、マンモスから抽出したＤＮＡを使って、マンモスに近い絶滅危惧種のアジアゾウの雑種を作ろうというものだ。

アジアゾウが北極圏で生存、繁殖するためには遺伝情報を五十あまり改変しなければならない。ゾウの場合、クローン胚を子宮に戻し、胎児へと成長させるのに二十二カ月を要する。こうして生まれたマンモスのクローンは、毛が長く脂肪を蓄えたゾウでしかなく、人とチンパンジーくらい違うと言う人も多い。

「我々は世界中から情報を集めていた。求めていたのは、遺伝子の損傷の少ないマンモスだ。地球温暖化で永久凍土が解け、マンモスが発見されるようになった。正常な遺伝情報さえあれば、マンモスのクローンを作ることはさほど難しいことじゃない」

ニックは軽い息を吐いた。顔を上げて、カールとジェニファーを見ている。

「一週間前にアンカレジのナショナルバイオ社の研究施設から電話があった。至急来るようにと。到着すると、凍結したマンモスの子供を見せられた。状態はかなり良かった。毛並みは艶《つや》やかで、皮膚はまだ瑞々《みずみず》しい。これなら正常な遺伝子を取り出せると信じていた。しかし、ムリだった。そこで修復することにした」

ニックがカールに視線を向けた。

「それで僕を雇ったのか。きみたちのグループにも腕のいい遺伝子操作のエキスパートがいるんじゃないのか」

「ニューヨークにはきみしかいない」

ニックが肩をすくめた。

「あの肉片はどうした」

「焼却した。我々に必要なのは遺伝子だけだ」

一瞬の沈黙の後、ニックが言った。

ウソであることは分かっている。ニックの頭には次の計画が生まれているはずだ。カールが帰ると同時に、肉片の詳細な調査を指示するニックの姿が浮かんだ。エボラウイルスに似たウイルスを探せ。

「マンモスはどこで発掘された。アラスカか」

「シベリアだ。永久凍土から掘り出されて、アラスカのアンカレジに送られてきた」

「マンモスの体内には、まだウイルスがいるかもしれない」

「三万年近く前のウイルスだ。たとえいたとしても、生きているはずがない」

「マンモスのクローンを作ってどうするつもりだった」

「どこかで展示でもするさ。ジュラシックパークのマンモス版だ。恐竜もマンモスも大の人気者だ」

ニックが能天気な笑みを浮かべている。

カールとジェニファーは顔を見合わせた。

6

カールとジェニファーは病室を出た。

医師が約束した面会時間の三十分は一時間近くになっていた。

「マンモスの肉片だとはね。だが、あれが二万七千年前のものだとはとても思えなかった」

カールはＰ３ラボで見た肉片を思い出しながら言った。同時に、エボラウイルスに似た棒状のウイルスが鮮明によみがえってくる。確かに肉片の細胞には青みをおびたウイルスがいた。

「空振りだったわね。私は笑いものよ。でも、病室とＰ３ラボの一日間の封鎖ですんでラッキーだった。あなたの言葉に従ってたら、首が飛ぶところ」

「ウイルスは確かにいた」

「じゃあなぜ、ニックにしか感染しなかったの。あなただって肉片に触れて、ウイルスを見たんでしょ」

ジェニファーが言ってみなさいよ、と挑戦的な視線を向けてくる。

「僕は感染予防はしていた。彼だけがマンモスに直接触れていたのだと思う。それに隔離の対応が迅速で的確だったんだ。僕の言葉で病院は緊急感染予防措置を取った。コロナの経験が生かせた」

ウイルスの感染力もさほど強くない。この言葉はカールには口には出せなかった。だが、心の隅に生まれた不安は大きく膨らんでいく。もう、二度と後悔はしたくない。

カールの言葉にジェニファーの表情がわずかに変わった。

「たとえ二万七千年前にはマンモスの体内にウイルスがいたとしても、それだけの長い年月を生き抜いていたと本気で思うの」

「生きていたウイルスもいた」

「モリウイルスね」

モリウイルスは正式には「モリウイルス・シベリカム」と呼ぶ未知の巨大ウイルスだ。三万年前のシベリアの永久凍土層から発見され、今でも増殖可能だと分かっている。ウイルスの直径は六百ナノメートルで五百二十三個の遺伝子が推定されているが、そのうち六十四パーセントが不明のままだ。

「マンモスは一万年前に絶滅した。その死体の中にウイルスがいた」

「私たちはマンモスのウイルスに振り回されていたのか」

ジェニファーが肩をすくめて、呆《あき》れたように言う。

「まだ運がよかったのかもしれない。これだけですんで」

二〇一六年にはシベリア凍土から解けだしたトナカイの死体から炭疽菌《たんそきん》が拡散した。このときは、二千頭以上のトナカイに感染して、一人の少年の命を奪っている。こうしたことから凍土の融解は「感染症の時限爆弾」とも言われる。

「種が違うのよ。ヒトに感染する確率は、かなり低い」

「感染確率はゼロとは言えない。我々は更に厳重な処置をすべきだ」

鳥インフルエンザも普通、ヒトには感染しない。しかし、何かの拍子に鳥からヒトの身体に入ったウイルスが、変異を起こしてヒトからヒトへと感染するようになると、パンデミックが起こる。

「長い時間経過でウイルスは死んでいるし、モリウイルスのように生きていても、マンモスのウイルスがヒトに感染することはない」

確かにその通りだ。マンモスのウイルスがすぐにヒトに感染することはない。しかし、変異を繰り返すうちにヒトに感染し、さらに何世代もの変異を経てヒトからヒトに感染するように変異する可能性はある。もしもそのウイルスが強い感染力と高い致死率を持っていれば。

「ニックたちはマンモスのクローンを作ろうとしている。僕が見た肉片はシベリアで発見されたマンモスから採取したものだ。そのマンモスはアンカレジにある」

カールは考えをまとめるように言うと、それきり黙り込んだ。

ジェニファーが沈黙には耐え切れないという様子で聞いてくる。

「何を考えてるの。バカなことじゃないでしょうね。最近、シベリアからアンカレジに運ばれてきたマンモスなんて聞いてない」

「ニックはアンカレジからマンモスの肉片をニューヨークまで持ってきた」

「ニュースにもなってないでしょ」

「シベリアからマンモスを持ち出すには手続きがいる。最近はマンモスハンターが増えて、問題も多い。手続きで手間取っている間に、マンモスが劣化する可能性がある。ニックはすべてを省いてアラスカに運んだ」

地球温暖化でシベリアの永久凍土が解け始め、マンモスの牙が発見されるようになった。大きなものになると五メートルを超えるものもある。世界中からマンモスの牙を求めて人が集まるようになった。マンモスハンターだ。

「彼はまだ多くのことを隠している。彼の性格からして、シベリアに行ったのは彼自身だ。彼がマンモスを掘り出し、アラスカに運んだ」

「ニック自身がシベリアに行き、違法に持ち出したマンモスというわけなの。それがアラスカにある」

「おそらくね。そしてクローンを作る以上の価値に気付いたかもしれない」

カールは無意識のうちに答えていた。

「どういうことなの」

「アンカレジには、ＣＤＣの支部があるだろう」

「大きくはないけど、感染症に対するアメリカ最北の砦《とりで》よ」

アラスカ大学アンカレジ校の南東、ユニバーシティ湖のそばにある。

「何か情報は入ってないか」

「聞いてないけど、問い合わせてみる」

「早急に結果を知らせてほしい」

ドアに手をかけたジェニファーが立ち止まって、振り返った。

「行くつもりなの」

「合衆国の最北の州だ。一度、行ってみたいと思っていた。きみたちにとっては最北の砦なんだろう。きみは行きたくはないのか」

「ない。寒いのは嫌いなの」

ジェニファーが即答し、拳《こぶし》を握って震える真似《まね》をした。

「ニューヨークも十分に寒い。アンカレジはもっと寒いのよ」

カールは立ち上がり、ジェニファーを見詰めた。

「二億七千万人、五千六百万人、五千万人。何だか分かるか。ペスト、天然痘、スペイン風邪《かぜ》で死んだ人の数だ。コロナでは六百万人以上が死んでいる。時代は進んでいるが、相変わらずウイルスとの戦いは続いている。次のパンデミックでは何人だ。感染症の対策は早期発見、完全な封じ込めだ」

「何が言いたいの」

ジェニファーがカールを見すえた。

「第一次世界大戦で千五百万人、第二次世界大戦で五千五百万人が死んでいる。スターリンの粛清で二千万人、毛沢東《もうたくとう》時代の飢饉《ききん》では四千万人が犠牲になった。感染症犠牲者の方が多い」

カールは言いながら言いしれぬ不安を感じた。それはウイルスに対する人間の本能というものなのかもしれない。

「次のパンデミックウイルスの宿主はアンカレジにいると言うの」

「それを調べに行く」

「今は冬よ。アンカレジの日の出は午前十時。日の入りは午後三時。日照時間は五時間あまり。極寒の地よ」

「そんなことウイルスは気にもかけない」

「人間が住んでるんだから、ウイルスだっているかもしれない。でも――」

ジェニファーは黙り込んだ。

「僕はＣＤＣの人間じゃない。どこに行こうと僕の自由だ」

カールは歩き始めた。

「出発の時間は？」

カールの背にジェニファーの声が聞こえる。

「きみのスマホにメールで送ってある。チケットのＱＲコードも」

カールは歩みを止めることなく言った。

第二章　マンモスの復活

1

カールは窓に目を向けた。眼下にアラスカの雪原が続き、陽光を受けてキラキラと輝いている。じっと見ていると目が痛くなりそうだ。

カールとジェニファーはアンカレジに向かう飛行機に乗っていた。

ニューヨークからアンカレジへの直行便はない。ニュージャージー州ニューアーク市のニューアーク・リバティー国際空港からシアトル・タコマ国際空港を経由し、アンカレジ国際空港に行くことになる。飛行時間は約十二時間、距離はおよそ六千九百キロの旅だ。

カールはタブレットに目を戻した。

ジェニファーがタブレットを覗《のぞ》き込んでくる。

「マンモスとアラスカか。相変わらず勉強家ね。自分の興味があるモノだけだけど」

「改めて人類の起源を考えるね。今から三万年前、シベリアからアラスカへマンモスの群れが移動するんだ。それを追って古代人たちも移動していく。ベーリング陸橋を渡ってね」

マンモスは約四百万年前から一万年前頃まで生息した哺乳《ほにゅう》綱長鼻目ゾウ科マンモス属の総称だ。現在すべての種が絶滅している。

約六百万年前にインドゾウとマンモスの共通祖先から分岐したもので、アジアゾウの類縁ではあるが直接の祖先ではない。特徴は長さ五メートルにもなる巨大な牙《きば》だ。現在多く発見されているのは、シベリアと北アメリカに生息したケナガマンモスの牙だ。

氷河期にアフリカ大陸や南アメリカ大陸に広く生息した。最も古い種は南アフリカで化石が出土している。百五十万年前にはユーラシア大陸から陸続きであったベーリング陸橋を渡り、アラスカに到達している。

しかし約一万年前に氷河期が終わり、十度近く気温が上昇した。そのためシベリアに広がっていた乾燥した草原、ステップは針葉樹林へと変わり、多くの大型草食動物と共に絶滅していった。その絶滅の理由は、一度に一頭しか産まない大型動物であるために狩猟しつくされたとする説、また人間が連れてきた家畜から伝染病が広がって死に絶えた説などがある。

「シートベルトを締めてください。以後は席を立たないでください。飛行機は十分後にアンカレジ国際空港に着陸します。天候は晴れ、気温はマイナス八度です」

機内放送が始まった。

カールはタブレットを切って、デイパックに入れた。

飛行機が高度を下げ始めると、雪原の中に空港が見え始める。

十二月のアンカレジは、ジェニファーの言葉通り、日の出が午前十時すぎ、日の入りは午後四時前。日照時間は五時間あまりしかない。気温はマイナス四度からマイナス九度の間で、ほぼ曇りの日が続く。十二月は年間で最大の降雪があり、平均降雪量は二百四十四ミリに達する。

カールは思わず防寒服の襟元を押さえた。

寒気が全身に染みこみ、吐く息が白く舞い上がる。

暖房の利いた機内から、冬のアラスカの大気の中に出たのだ。

ジェニファーも身体《からだ》を強《こわ》ばらせて立ちすくんでいる。

「力を抜いて一歩を踏み出せ」

カールはジェニファーと自分自身に言った。機内で読んだ「アラスカ案内」の一ページめに書いてあったのだ。「最初の呼吸は控えめに」これも、機内のパンフレットに書いてあった。冷たい空気が肺の細胞を収縮させるのか。

到着ゲートを出ると、手を振っている若い男がいる。ＣＤＣのロゴ入りのジャンパーを着ていた。

「彼はドクター・ドミトリー・ロイス。ＣＤＣの職員。去年までニューヨーク支部にいた」

「どんなへまをやったんだ。こんなところに飛ばされるなんて」

「彼から望んだの。寒い所に行きたいと。二十八年間、暑い所にいたからしばらく寒い所に行きたいと。カリフォルニア育ちよ。カルテック出身」

「で、どうだったんだ。アラスカの感想は」

「本人に聞いてよ」

「顔を見ればわかる」

ドミトリーは顔中に笑みを浮かべてジェニファーと抱き合った後、カールに向き直った。

「噂《うわさ》は聞いています。コロナ禍のときは、ニューヨークの橋と地下トンネルを封鎖したそうですね。これで市民から車を奪った。マンハッタン島の出入りは地下鉄だけ。さらに、マスクとおしゃべり禁止を徹底させた」

「当たり前のことをやっただけだ。誰《だれ》でもできる」

「あなただからできた。そんな無謀なこと。それで感染者は半分に減った」

「マスクとおしゃべり禁止は、当時、感染者が少なかった日本に学んだ。不要な外出を制限することにも繋《つな》がった。ＩＴとＳＮＳ企業を儲《もう》けさせたけど。運が良かっただけだ」

「運だけじゃないです。当たり前のことを徹底してやるのも難しいし、勇気がいります」

当時、カールはＣＤＣの顧問として働いていた。ニューヨークは全米最大の感染者が出ていた。感染防止に重要なのは、個々の体内にウイルスを取り込まないことだ。これさえ徹底すれば、コロナには感染しない。強制も大切だが、もっとも効果的な対策は、個人が自覚して感染予防をすること。それには、なぜそうしなければならないかを個人が十分に理解することだ。カールは普通の人たちに、基本的なことを理解させることに力を尽くした。

三人は空港を出て、ドミトリーの車でアンカレジ市内のＣＤＣオフィスに向かった。

「市内のすべての病院に、最近、ウイルス性の症状で診察を受けに来た患者がいないかどうか問い合わせてくれ。それに、ＣＤＣの医療関係者を集めてほしい」

カールは車が走り出すと、ドミトリーに言った。

「アンカレジ市内の病院から感染症の報告はありません。昨夜、ジェニファーから電話があったので調べておきました。医療関係者を集めるのは何のためですか」

「ナショナルバイオ社の研究施設に行きたい。研究施設の封鎖と、血液採取のためだ。マンモスはそこに保管されている」

「アポは取ってるんですか」

「電話して断られたらどうする」

「そうですね。最近、ＣＤＣの権威も落ちてますから。そろそろ、回復を目指さないと」

ドミトリーは独り言のように言う。コロナ禍ではＣＤＣもＷＨＯも強い指導力は示せなかった。特にＷＨＯは後手後手に回り、混乱を招いたこともあった。

「ＣＤＣの職員が直接行けば、断るわけにはいかないだろ」

カールはそう言うとジェニファーを見た。

「私にそのセリフを言えと言うの」

「それは僕の役目だ。きみは僕の横に黙って立っててくれればいい」

「身分証を持ってね」

「さすが物分かりが早い」

「やはり、ナショナルバイオ社の研究施設には連絡を入れておいて」

「連絡なしで行くと言っただろ。マンモスを隠されたら意味がない」

「やはり強引すぎる。アポなしで出向いて拒否されたら終わりよ。警察に連絡するかも」

「その弱腰がコロナでは裏目に出た。もっとも重要なことは、可能な限り初期に感染を封じ込めることだ。そのためならウソでもいい。空振りであれば、謝れば済むことだ」

「謝るのはあなたってことね。慣れてるでしょ」

言ってから、ジェニファーはしまったという顔をしている。カールは気にもかけていないという顔をした。

「アンカレジのＣＤＣの職員は何人だ」

カールは聞いた。

「二十五人よ。多くはない。でも何か起こると全米から駆けつける」

三十分ほどでＣＤＣアラスカ支部に着いた。

「至急、医療関係者を含めて十人分の防護服を用意してくれ」

カールは車を降りると、ドミトリーに言った。


建物内に入ると、そのまま支部長室に案内された。

支部長のチェルス・ウィリアムスは五十前後の男だった。

ジェニファーとは個人的にも知り合いらしく、笑みを浮かべニューヨークの様子を聞いている。

「早くナショナルバイオ社の研究施設に行きたい。マンモスが保管されている。我々はそれを見つけ、その体内に未知のウイルスがいるかどうか調べる」

カールは二人に言った。

「問題は三つある。一つはマンモスが見つからない場合。二つ目はウイルスが見つからない場合。我々はマンモスやウイルスの話は初耳だ」

チェルスがカールに視線を向ける。

「だから僕がはるばるニューヨークから話しに来ました。責任は全《すべ》て僕が負います。納得してくれましたか。これから調べに行きたい」

チェルスが軽く息を吐いた。それでは何の解決にもならないと言っているのだ。

「アラスカでのマンモス発見は、我々にも報告があるはずだ」

「マンモスはシベリアで発見された。それがここに運ばれたんです」

「それでも報告はされるはずだ」

チェルス支部長の声が若干大きくなった。

「三番目の問題は何ですか」

カールが支部長に聞く。

「ナショナルバイオ社はここでは有名企業であることだ。雇用を生み出し、町の有力者ともつながりがある。前の二つが空振りに終わった場合、誰が責任を取る」

「僕が取ると言っています」

「私がとります」

ジェニファーがカールをさえぎる。

チェルスが肩をすくめた。

「ＣＤＣの職員は十人は欲しい」

カールが支部長とドミトリーに向かって再度言う。

「事務職でも警備員でもいい。全員防護服を着せてくれ」

「半分で十分。相手はせいぜい三十人です」

ドミトリーがカールから支部長に視線を移す。

「こっちが本気だということを見せなければ、ナショナルバイオ社の研究施設には、入れてくれない」

カールはさらに続けた。

「血液採取の器具も用意してほしい。もちろん、行くのは採血の資格のある職員だ。ナショナルバイオ社職員全員の血液を採取したい」

「やりすぎじゃないですか。必ずトラブルが――」

「一気にやりたい。相手に考える時間を与えないためにも。時間がかかって、マンモスを隠されれば何もできない」

カールはドミトリーの言葉をさえぎり、支部長のチェルスに向かって言う。

「血液採取は私の一存ではムリだ。本部の許可がいる」

「そんな時間はない」

「私の権限ではそんなことはできない」

支部長が繰り返した。

カールはスマホを出してタップした。

しばらく話していたが、スマホをジェニファーに渡した。

ジェニファーは数回イエスを繰り返して電話を切った。

「CDCを出てもまだ権力は健在ってわけね」

「考えがちょっと変わっただけだ。二度と同じ間違いを繰り返さないために」

「カールの言う通りにして。責任は彼が取るそうだから」

支部長が呆《あき》れたように肩をすくめる。

「誰が出たんですか」

ドミトリーがジェニファーに聞く。

「カールは顔が広いのよ。大統領補佐官にもね。政府にもたまに、彼と気が合う変人がいるのよ」

ジェニファーが皮肉を込めて言った。

「時間がない。事務職を含めて総動員してくれ。防護服の着方は、訓練で知っているだろ」

「好きにしてくれ」

支部長が諦《あきら》めたように言うとドアの方を指した。

カールたちは部屋を出た。

「大げさすぎませんか。マンモスだなんて、我々は何も聞いていません」

ドミトリーがジェニファーに小声で聞いている。

カールがドミトリーに向かって言う。

「相手にことの重要性を分からせるんだ」

「何も出なかったらどうするんですか」

「ラッキーなことだ。安心して仕事ができる」

「実は連絡を受けてから、我々もコンタクトを取ろうとしました。しかし、マンモスなどいないと一蹴《いっしゅう》されました」

「シベリアからの移動はチェックしたのか。マンモスの死骸《しがい》だ。国内に入れるには検疫が必要だろう」

「そうですが、抜け道はいくらでもあります」

「だったら、それも視野に入れてやるんだ。僕たちの仕事には多くの人の命がかかっている」

カールは低いが力の籠《こも》った声で言った。

2

ＣＤＣの職員は車三台でナショナルバイオ社の研究施設に向かった。

研究施設の前に車が止まると、カールたちを含め白い防護服を着た十二人のＣＤＣの職員が施設に入っていく。

受付の女性にカールが用件を告げると、奥の部屋に飛び込んでいった。

驚いた従業員たちが数人、正面ホールに出てくる。

「何ごとです。何が起こっているんです」

スーツ姿の男がカールの前に出てきた。

「私はここの所長のジョン・アーサーです」

「ニューヨークのナショナルバイオ社研究所で未知のウイルスが発見されています。エボラに似たウイルスです」

「そんなこと、我々は聞いていません」

しかし所長の顔色が変わっている。

「今、聞いたでしょう。みなさんも感染した疑いがあります。全員の問診と血液サンプルを取りに来ました。血液検査の結果が出るまで、少なくとも二十四時間は施設を封鎖します」

カールは所長に告げると、そのまま押しのけるように入っていく。

「どこかの部屋に社員を集めてほしい」

あわててあとを追ってくる所長に言う。

二十二人の社員が会議室に集まった。

「社員の採血と問診をやってくれ。これから血液検査の結果が出るまで、隔離措置に入ります」

「本社に報告しなければなりません。少し待ってくれませんか」

「最優先でやるつもりです。早ければ今日中。遅くても明日中には結果が出ます」

カールは所長の言葉を無視して告げる。

「こんな勝手なことをやって。弁護士を呼びました。彼が来るまで待ってくれませんか」

「しゃべらないでくれ。感染の多くが飛沫《ひまつ》感染だ。コロナウイルスもそうだった。ラッキーなことに今回も空気感染はしていない。弁護士が来たら、まずそのことを伝えてくれ。スマホでだ。施設内に入ると彼も隔離措置に入る」

コロナウイルスの単語を出すと私語が消え、全員の視線がカールに集まる。

ＣＤＣの職員たちは打ち合わせ通り、社員たちの血液採取とともに、各研究室の調査に入った。

「採血をしている間に、施設内を調べる。マンモスを探すんだ」

カールはジェニファーに小声で言う。

「何も出なかったらどうするの」

「感謝されるさ。自分たちは感染してないって」

カールとジェニファーは地下から調べ始めた。

廊下に沿って、実験室と倉庫が並んでいる。

「冷凍施設に入っているはずだ。子供と言っても、かなり大きなもののはずだ。すぐに見つかる」

カールは自分自身に言い聞かせるように言う。

「ウイルスがこれだけ騒がれてる時代だ。ある程度の感染防止設備があるはずだ」

「ニューヨークの施設では、P3が使われていたんでしょ。ここにそんな施設があるとは聞いていない。建設時にはひと騒動あるはずなのに」

アメリカ本土でもバイオ関係の実験施設の建設には、必ず住民の間に反対運動が起こる。

「アラスカではバイオ企業の誘致に反対運動は起こらないのか」

「ナショナルバイオ社の場合は雇用の創出を前面に打ち出したそうです。関連企業を含めて」

カールの問いにドミトリーが答える。

地下には不審な部屋はなかった。

社員たちは協力的で、採血はスムーズに終わった。採取した血液はCDCアラスカ支部に持ち帰り、アラスカ大学の研究室でウイルス検査が行われる。


一時間がすぎた。マンモスはまだ発見されていない。

さほど大きくない施設だ。カールたちは、すべての部屋を調べた。

所員たちに聞いても誰も知らないと言う。ウソを言っているとは思えなかった。マンモスの温度調整には細心の注意をしなければならない。

「クソッ、どこに隠してる」

カールは思わず壁を蹴《け》った。

こうしている間にもウイルスはどこかで増殖している。細胞の中に侵入して、遺伝子のコピーを作り、その細胞を乗っ取っていく。コロナウイルスの時と同じだ。

「所長を呼んでくれ」

カールはスマホを出して、所長にウイルスのスケッチを見せた。

「ここから送られてきたマンモスの肉片から見つけたウイルスだ」

所長はスケッチに見入っている。

「エボラウイルスに似ている。大きさは倍近い。もし、このウイルスがヒトに感染する力を持っていたらどうなるか。あなたには分かっているだろう。あなたの経歴を読ませていただきました。感染症、ウイルスには深く関《かか》わっておられる。僕たちはやっとコロナ禍から抜け出した。しかし多くの犠牲を払った。僕はこれ以上の犠牲は耐えられない。ここにはマンモスがいるはずだ」

カールは所長の目を見すえ、説得するように話した。

「あなたの判断で世界が救われるか、再びウイルスの恐怖に晒《さら》されるか。あなたはコロナ禍で大切な人を失っていないのですか。僕は――」

所長の顔は次第に青ざめ、視線を下げた。

「マイナス十度以下の温度で保存されているはずです。この実験施設でなければ、どこに保存しているのですか」

カールの声が詰問口調に変わったが、所長は答えない。

「あなたは歴史に残りたいのですか。致死率の高い可能性のあるウイルスを放置していた責任者として。どうか感染者が出て、死者の出る前に――」

所長が顔を上げた。

「ここには置いていません。十分な大きさの冷凍施設がありませんから」

「ニックはここで肉片を採取したのではないのですか」

「保存状態が悪くなったので、移したのです」

「どこへですか」

「近くの冷凍倉庫です」

カールは所長の腕をつかんでドアの方に歩いた。

「ここの職員たちはどうなりますか。マンモスのことを知っている者は限られています」

「マンモスに触れないまでも、数日間、一緒にいたんです。感染者が一人出れば、他の者にも感染した可能性があります。さらに濃厚接触者を探すことになります。家族、友人、その他、接触の可能性のある者。血液検査で問題なければ隔離は解除します」

所長は一人の研究者を呼んだ。

「トーマス・フランク博士、ナショナルバイオ社の上級研究員です。彼が今回のプロジェクトのアンカレジ研究所のリーダーです」

所長とトーマスは、カールとジェニファーを伴い港に向かった。


港湾近くの冷凍倉庫が並んでいる地区に着いた。

冷凍倉庫はアンカレジ港から運ばれる海産物の保管倉庫だ。一つの倉庫の広さは三百平方メートルあまりで、半分の区域に冷凍魚の箱が天井近くまで積まれている。

冷凍庫のすみにコンテナが置かれていた。

カールとジェニファー、数名のＣＤＣの職員が見守る中、所長の指示でトーマスがコンテナを開けた。

中にはビニールシートで厳重に包まれた物体が横たわっている。成牛ほどの大きさだ。

シートの一部が慎重に外された。

「これが三万年近く前のものなの」

ジェニファーが呻《うめ》くような声で言った。

目の前には子供のマンモスの半身が横たわっている。頭部はそのまま残っているが、腹から後ろ足の部分が千切れている。しかし、残っている部分の保存状態はかなり良かった。

「永久凍土に埋もれていた部分です。現在も零下十八度で保存されています。頭部と胸部、前足はほぼ無傷ですが、後ろ足と臀部《でんぶ》はありませんでした。他の野生動物に食べられたか、風雪で千切れてしまったのでしょう。まだ凍土に埋もれる前の話ですが」

トーマスが説明する。三万年という時の流れは、あらゆる可能性を納得させる。

「あなたも発掘には参加したんですか」

「今回のプロジェクトはニューヨーク本社主導です。私はアンカレジに運ばれてきたマンモスの保管とニック・ハドソン福社長の組織採取に立ち会っただけです」

トーマスはシベリアからマンモスを運んできた男から聞いたという話をした。

男がヘリでシベリアの発掘現場に到着したときには、マンモスは掘り出された状態で雪原にあったこと。直ちに安全に輸送できるように梱包《こんぽう》し、木箱に入れ、ヘリで近くの空港まで運んだこと。空港で温度管理のできるコンテナに入れて、チャーター機でアンカレジに運んだことなどだ。その間、ほぼ発掘時と同じ状態に保ったという。

ジェニファーがマンモスの周りをゆっくりと歩いている。しかしカールは気づいていた。平静を装ってはいるが、驚きの表情を必死で隠していることを。

「できるだけ、傷付けないようにお願いします。三万年前の宝です」

「時限爆弾でもある」

カールの呟《つぶや》きにトーマスが向き直った。

「あなた方が来たということは、ウイルスの心配が高いのですか」

「規則ですから。万が一、有害なウイルスやバクテリアが発見されればということです」

「我々も十分に注意しています。すでに、ウイルスやバクテリアの検査は終わっています」

「その結果も見せてください。我々にも検体が必要です」

カールはトーマスに言うと、マンモスに視線を移した。

「どこの細胞を採取しますか」

「できるだけ身体全体から。脳、内臓、足の筋肉。Ｐ３ラボで調べたのは、どこの筋肉だったか――」

カールは、劣化は感じさせるが、まだかろうじて生を感じる褐色の組織を思い浮かべた。ＤＮＡの復元可能性が高い部位の肉片に違いなかった。

「僕が扱った肉片は、おそらく足と内臓。ウイルスがあったのは内臓だと思う」

カールは話しながらマンモスの身体を調べた。

腹部の皮膚が切り開かれている。細胞を切り取った痕《あと》だ。

カールはメスを取って、周辺の肉片を切り取る。

その他、脳を含めて十か所以上の肉片を切り取った。

トーマスが食い入るように見つめていたが、何も言わなかった。

「勝手なことをしないで。ウイルスがいるとすると、危険度はかなり高くなる。ここの設備では扱えない」

ジェニファーがカールに小声で言う。

「ウイルスの有無を調べるんだ。他に手はない」

「いくらサンプルを集めても、アンカレジのＣＤＣにはＰ３ラボなんてない」

カールは考え込んでいる。

「まだウイルスがあると決まったわけじゃない。ここの施設で調べて出る分には――」

「やめてよ。また、規則やぶり。これはすごく重要なこと」

「アラスカ大学に知り合いがいる。以前、ＣＤＣに研修に来た、ドクター・サラ・アレンという研究者だ。彼女に頼めるかもしれない」

採取した肉片の入った試験管を冷凍ボックスに入れた。

カールたちは冷凍倉庫を出てナショナルバイオ社に戻った。

「みなさんは、血液検査の結果が出るまで、ここにいてもらいます。家族とは会えません。家族がここに来ることも遠慮してもらいます。そのむねを知らせてください。外部との電話は自由です。ただ、ウイルスについては話さないでほしい。パニックを起こしたくない」

カールはCDCの職員を残して、ジェニファーとアラスカ大学に向かった。

3

三十分ほどでカールとジェニファーはアラスカ大学に着いた。

アラスカ大学はアメリカ北端の州立大学で、州内にアンカレジ校の他、サウスイースト校、フェアバンクス校の三つのキャンパスに分かれている。

アンカレジ校は一九五四年創立で学生数はおよそ一万一千人。都市型キャンパスのため、学内寮に住む学生は全体の十パーセントにも満たず、大部分は自宅や知人宅などから通学している。

「やはりだめ。ここでウイルスを調べることはできない。十分な設備はないでしょ。あなたがニューヨークで使ったのはP3レベルの実験室。ニックはそれだけの危険を感じたからそうした」

大学を見た途端、ジェニファーが言い始めた。カールはかまわず車を駐車場に止めた。

「彼にそれだけの思慮はない。人に知られたくなかったのと、たまたま空いてたからだ。ここでも用心すれば問題ない」

「あなたらしくない。もっと慎重に、時間をかけてもいい」

それで、今も後悔している。カールはその言葉を呑《の》み込んだ。慎重さよりも、スピードが優先されるときもある。自分は身をもってそれを体験した。

「もしウイルスが生きていて、感染力が強ければ、すでに僕たちも感染している。あの研究施設の職員も、その家族も、この町全体もね。僕たちが調べることでそれが分かる。急ぐ必要があるんだ」

カールは考え込んでいるジェニファーを促し、車を降りた。

「僕たちに残された時間は二十四時間。それまでに、上が納得するものを見つけなきゃならない」

カールはジェニファーを押しのけて歩き始めた。


サラは用意をして待っていた。

カールは冷凍ボックスをデスクの上に置いた。

「ここで最高レベルの安全性が確保できる研究室で調べたい」

「何を調べたいんですか。バレンタイン教授」

「カールでいいと言っただろ。調べたいのは、このサンプルにウイルスがいるか、いないか。電子顕微鏡で見るだけだ」

カールがウイルスのスケッチを見せると、サラの表情が変わった。

「エボラウイルスですか」

「違う。三万年前のウイルスだ。すでに死んでいる。生きているウイルスはいない、と言いたいが、実はそれを確かめたい」

カールは冷凍ボックスから試験管を取り出した。中には一センチ四方の肉片が入っている。

ジェニファーがカールを監視するように見ている。

エボラウイルスの場合、ウイルス性出血熱が疑われた患者から採取した血液を調べればいい。ウイルスが生きている場合、ウイルスのＲＮＡから合成したＤＮＡを増殖させて、ＰＣＲ検査で調べることができる。死んでいる場合は、電子顕微鏡でウイルスの有無を調べる。

「サンプルはなんですか。カール」

「ゾウの親戚だ」

サラが困惑した顔でジェニファーに視線を移す。

「マンモスよ」

「エボラウイルスに似たウイルスに感染しているんですか」

「それを知りたいんだ」

「危険すぎないですか」

「僕たちはエキスパートだ。可能な限りの感染対策をとる。だから――」

ジェニファーが右手でカールの言葉を遮った。

「やはりあなたにも知っていてもらいたい。それだけの危険を冒すのだから」

ジェニファーが現在、アンカレジで起こっていることを話した。自分たちはマンモスの肉片から発見されたエボラウイルスに似た棒状のウイルスを追って、ここに来たこと。そのマンモスはナショナルバイオ社の者が発見し、港の倉庫に保管されていることを話した。

サラは真剣な表情で聞いている。これから調べることの重要性と危険を十分に理解しているのだ。

「分かりました。私に出来る最善を尽くします」

カールとジェニファーはサラに連れられて、実験室に入った。

普通の実験室で、Ｐ２程度の感染対策しかとられていない。

「手袋は二重にして、フェイスガードとマスクは必ずつけろ。検査に使った器具の消毒は徹底する。これだけで、大部分の感染は防げる」

電子顕微鏡は試料を真空容器に入れて観察する。電子線を試料表面に照射し、放出された二次電子の強弱を画像化するのだ。生物の場合、試料の表面を金パラジウムなどでコーティングして導電膜を作る必要がある。そのためテクニックを要し、時間もかかる。

サラは手際よくサンプルを処理して電子顕微鏡にセットした。モニターにはサンプルの拡大映像が映し出されている。サラは拡大縮小を繰り返してサンプルをスキャンしていく。途中でカールがサラに代わった。

顕微鏡をのぞき始めて二時間が経過した。

「私たちはないものを探している。もう、諦めましょ」

ジェニファーがカールに言う。

カールは答えず、顕微鏡を操作している。

「ニックもただの腸炎ウイルスの感染だった。そうでしょ」

「これを見てください」

サラが顕微鏡と同期しているディスプレイを指した。ひも状のものがいくつか映っている。

ウイルスらしいが、いくつかに分かれている。

「千切れていますが、くっつけるとエボラウイルスに似ています。スケッチのウイルスじゃないですか」

「画像を動かすことはできないか。切れている断片をつなぎ合わせる」

カールの言葉でサラがウイルスの断片の移動を始めた。

三つの断片がかろうじて並んだ。

「やはりエボラウイルスに似ている。このウイルスがマンモスの中にいたんですか。だったら、かなり危険じゃないですか」

「我々がいいと言うまでは、誰にもしゃべらないでほしい。パニックが起こり、世界に広まる恐れがある。コロナの二の舞は避けたい。約束してほしい」

カールに見つめられ、サラが青ざめた顔で頷《うなず》いている。

「鳥インフルエンザと同じよ。ウイルスは野鳥を宿主として存在するが、簡単にはヒトに感染しない」

ジェニファーが慰めるように言う。

「それが変異して、ヒトへの感染力を持つウイルスになることもある」

「このウイルスがそうだと言うの」

「あくまで可能性の話だ」

「三つに千切れていた。明らかに死んでいる。他にウイルスは見つかっていない」

ジェニファーがモニターを覗き込んだ。

「このウイルスは二万七千年前には生きていて、増殖していた」

「ただし、マンモスの中でね。私たちは、もっと調べる必要がありそうね」

モニターに目を向けたままジェニファーが言う。

「やっと、その気になってくれたか」

「ナショナルバイオ社の研究施設に戻らなきゃ。マンモスをあのままにしておくのは危険」

「その前に、これらのウイルスのＤＮＡ配列を調べる必要がある。過去のウイルスと比べれば何か分かるかもしれない」

「この写真をニューヨークのＣＤＣに送りましょ。ここでは設備も人も足らないし、下手な騒ぎを起こしたくない」

「やっと意見が一致した」

コロナウイルスのパンデミックが収束に向かいつつある時だ。チョットした不安や動揺が大騒ぎを引き起こす可能性は十分にある。今まで以上に慎重にやらなければならない。

「ニックの症状はひどくない。彼の家族はウイルスに感染していなかった。感染力は弱いはずだ」

「ここの職員もなんの症状も出ていない。でも、安心はできない。結果が出るまでは」

カールに続けてジェニファーが言う。

「ニックはゴム手袋はしていても、マンモスの内臓に触れ、肉片を切り出した。運んだ人たちは、せいぜい表皮に触れた程度だ」

気休めにすぎないという思いもあった。もし生き残っているウイルスがいたら、永久凍土から解放されたことにより永《なが》い眠りから目覚めるかもしれない。

さらに二時間をかけてウイルスを探した。同じように分断されたウイルスが三組発見されたが、生きているウイルスはいなかった。

カールは検体の焼却廃棄をサラに頼んだ。P３レベルの実験室に持ち込んだ物は、原則持ち出せないことになっている。ここだって同じだ。

カールとジェニファーはアラスカ大学を出て、再度ナショナルバイオ社の研究施設に向かった。すでに午前八時をすぎている。しかし、辺りはまだ暗いままだ。明るくなるまでは、一時間以上待たなければならない。十時間以上、実験室にいたことになる。二人は徹夜のはずだが意識ははっきりしていた。自分たちの目の前にある現実の深刻さに神経が張り詰めているのだ。

「マンモスには確かにウイルスはいた。でも、それは三万年近く前に死んでいる。あなたが見たのは死んだウイルスだったのよ」

「生きているウイルスがいるかもしれない。僕らは完全には調べなかった」

ジェニファーがかすかにため息をついた。

「僕はコロナウイルスを見誤っていた。あれほど感染力、致死力が強いとは思わなかった。感染者が多ければ死者も多くなる。もっと早く、適切な手を打つべきだったんだ」

カールは中国からのコロナウイルスの報告を受けて、その感染力と毒性を過小評価していた。中国や韓国が比較的早期にウイルスを抑え込んだので、大したことは起こらないと考えたのだ。ところが、アメリカとヨーロッパでは違っていた。感染は数週間で国中に広がり、死者も指数関数的に増えていった。そして――。

カールの息遣いが荒くなった。発作の前兆だ。ジェニファーがそれに気付いたのか手を握った。

「あなたは精一杯やった。あなたの働きがなかったら、全米の被害はもっと深刻だった」

「母を殺したのは僕だ。おまけに僕まで――」

呻くような声が出た。カールが感染して、入院している間に母が死んだ。母の感染はカールからだ。

「あなたが感染したのは、仕方がなかった。医療従事者の多くが感染し、亡くなった。あなたは多くの患者に接し、ウイルスにもっとも近かった者の一人」

カールはプリンストン大学からCDCに出向してコロナウイルスを調べていて、感染した。当時、母の家に二人で住んでいた。カール自身は症状が現れにくく、気が付いた時には母も感染していた。

カールは一時重症にはなったが、三週間後には回復した。

退院するときに知らされたのは、母親の死だった。父親はコロナ流行の前に肺ガンで亡くなっていた。

「母は僕が殺した。二度と同じ間違いは犯したくない」

カールはジェニファーを見つめ、言い切った。

「分かったわ。あなたが納得するまで付き合う」

ジェニファーはカールの手を握る手に力を入れた。カールが強く握り返してくる。次第にカールの息遣いが穏やかになってきた。

「もう一度、冷凍倉庫に行ってくれないか。ウイルスの存在が分かった。ウイルスの遺伝子解析が必要だ。マンモスのさらに広範な部分から、肉片のサンプルを採取したい」

「それには賛成。でも、今度から検体はニューヨークに送らせてもらう。危険はできる限り避けたいし、ここでは精度に限度がある」

倉庫に向かおうとしたとき、ジェニファーのスマホが鳴り始めた。

「分かりました。ナショナルバイオ社の職員は全員、陰性なんですね。有り難うございました。これからそっちに向かいます」

ジェニファーはカールにも聞こえるように話し、二人はナショナルバイオ社に戻った。

昼前にナショナルバイオ社の封鎖は解かれた。

しかし、マンモスについては、さらにウイルス調査が必要であり、もう一度サンプル採取に行くということになった。

「明日行きましょう。マンモスは逃げません。今日はもう帰って休むべきです。飛行機じゃ、大して寝ていないんでしょ。二人とも十分すぎるほど働いています。ホテルまで送ります」

ドミトリーが二人に向かって言う。

「これ以上ここにいると、ミスを犯しそうね。それも、大きなミス。ホテルで熱いシャワーを浴びて眠りたい」

ジェニファーがカールに同意を求めた。

カールは頷いた。確かに疲れている。大きなミスを犯す。もうそれだけはしたくない。

カールはホテルに戻ってナショナルバイオ社の社員たちの血液検査の結果を見ていた。頭の芯《しん》に生まれた黒点が徐々に広がっていく。慌ててピルケースから出した錠剤を呑む。全身の力を抜くと脳と身体は眠りへと引き込まれていった。

4

スマホの呼び出し音で起こされた。ジェニファーだ。

「マンモスの保管倉庫が火事になった。五分後にフロント前にサラが迎えに来る」

それだけ言うと電話は切れた。スマホには午前二時十六分の表示が出ている。

カールは服を着ると、部屋を飛び出した。

人気《ひとけ》のないロビーでジェニファーがサラと話している。

「彼女が知らせてくれたの。倉庫まで車で送ってくれる」

ホテルの前に赤い小型車が止まっている。

「身体はいいの。サラが電話しても出なかったって」

「大丈夫だ。疲れて眠っていた」

ジェニファーはそれ以上聞かなかった。

サラが運転席に座ると、ジェニファーが助手席に乗り込んだ。

「私のアパートは港の近く。すごい音で飛び起きたら、倉庫が火事になってた。爆発が起こったらしい。三号倉庫って、マンモスが入っている倉庫じゃないの」

車が動き出すとすぐにサラがしゃべり始めた。

「窓から見ると、港の方が赤く染まっている。数分して、二度目の爆発。ガラスがビリビリ鳴った。割れはしなかったけど」

「倉庫で爆発なんて。なにか爆発しそうなものはあるの」

「私は知らない。でも、あなた方に知らせておいた方がいいかと思って」

「有り難う。助かった」

十分ほど走ると港に着いた。前方に火柱が見える。赤く染まった空と黒い煙が爆発の激しさを物語っている。

夜中なので、野次馬はほとんどいない。しかし数名の者が集まって話しているし、止まって火事を見ている車もある。

カールとジェニファーは車を降りて、倉庫に近づいていった。

近づくにつれて、人が多くなっている。消防車とパトカーが十台近く止まっていた。

「火事はワンブロック港側だ。百メートルほど先に立入禁止テープが張られている。誰もいない倉庫で火事が出たんだ。ホームレスの火の不始末か、ライバル会社が火をつけたか」

「ライバル会社って何だ。ここには倉庫しかないだろ」

「倉庫の中には荷が入っている。冷凍魚の市場は競争が厳しいからな。良くないことを考える奴《やつ》もいる」

数人の男たちが話している。

「でも、爆発なんてめったに起こらないでしょ」

ジェニファーが男に聞いた。

「当たり前だ。俺《おれ》はここに三十年いるが爆発なんて初めてだ」

「じゃ、火事は昔もあったってこと」

「タバコの火の不始末から起こったことはね。あのときだって倉庫の壁が燃えた程度だ。消防車が飛んで来て、十分で消したよ」

「その火事は誰が見つけたんですか」

「監視システムだ。防犯カメラがついてる。数人の人影が映っていた。倉庫の間で立ち話をしていて、そのすぐ後に火の手が上がった。ほぼ同時に防犯カメラが出火に気が付き警報を鳴らした。もちろん、火はすぐに消され、犯人たちはつかまった」

「今回は防犯カメラは作動しなかったんですか」

「そこまでは知らない。しかし、火は倉庫の中から出たって言ってた。倉庫の中なんてのは初めてだ。漏電なら仕方がないかね」

「でも、あの倉庫はそんなに古くないですね」

カールが聞いた。

「そう。築五年ってところ。冷凍倉庫が燃えるなんて考えられるか。熱いのと冷たいのだ。火と氷」

「爆発があったんですって」

「そうらしいな。しかし、冷凍庫に可燃性ガスなんてあるのか。マイナス十八度の冷凍庫だ」

男は首をかしげている。

カールは辺りを見回した。人は時間とともに増えてくる。物珍しそうに火事と消防隊員に視線を向けている。

「どうかしたの」

「いや、何でもない」

何か違和感を覚えたのだ。その思いを振り払うように燃えさかる倉庫に視線を戻した。

暗い空に吸い込まれるように炎が上がっている。時折、炎が大きく揺らいだ。

カールは立入禁止テープの前に立っている警察官の所に行った。

「爆発の原因はなんです」

「調査は火事が収まってからです」

不愛想に言う。ジェニファーがカールを押しのけて前に出た。

「私の会社の荷物が入っているのは三号倉庫。爆発の倉庫はどれですか」

警察官はジェニファーを見て、気の毒そうな表情をした。

「気の毒だけど爆発は三号倉庫で起こった。かなりひどい爆発だ。おまけに火事も誘発してる。冷凍庫で火事なんてね。なにか違法なものがあったんだろう」

「中の荷物についてては、何か分かっていませんか」

「現場検証はいつになるか分からない。あのありさまだから」

倉庫からはまだ黒煙が上がっている。消防車がかける放水が強風にあおられて、霧状になって流れてくる。それとともに強い異臭も広がり始めた。

見覚えのある顔に気付いた。ジェニファーを見ると彼女の視線も男の方を向いている。男は呆《ぼう》然《ぜん》とした表情で屋根と壁が崩れかけた倉庫を見ていた。

二人は男に近づいていった。

「アーサー所長。倉庫が爆発、炎上しました」

「私も驚いています。連絡を受けて飛んできました」

二人に気づいたナショナルバイオ社の研究施設所長が我に返ったように言う。

「爆発は三号倉庫です。マンモスが保存されている倉庫です」

所長は答えない。身体が小刻みに震えている。すでに知っているのだ。

マスコミが増え始めた。港湾関係の爆発と火事は初めてで、テレビ関係のマスコミが多い。

一時間ほどいたが、倉庫には近づけそうになかった。現場検証で火事の原因を含めて状況が把握できるのは午後になると聞いて、カールたちはホテルに戻った。

ホテルに着いて別れるとき、サラが二人に向かって頭を下げた。

「先生たちが調べていた肉片はラボを出るとき、焼却廃棄しました。もう少し保管していれば」

「きみは何も悪くない。当然のことをしただけだ。研究者として優れている証拠だ」

「でもあのサンプルが唯一残っている――」

「あなたが心配することじゃない。あなたのおかげで電子顕微鏡の写真を取ることができた。写真はすでにニューヨークのＣＤＣに送った。火事のこと、知らせてくれて有り難う」

ジェニファーがサラの肩を優しく抱いた。


カールは服のままベッドに横になったが、眠れそうにない。

ノックの音にドアを開けると、バーボンのボトルを持ったジェニファーが立っている。

「どうせ眠れないでしょ。今後のことについて話した方がいいと思って」

「助かるよ。一人ではどうしようもないと思い始めていた」

「弱気なのね。あなたらしくない」

「偶然じゃない気がする。マンモスを調べられたくない奴らがいるんだ。あるいは――」

消し去ってしまいたい、と言おうとしたのだ。とすると、マンモスにはやはりウイルスがいた
「ウイルスがらみね。やはり、あのウイルスはかなり危険なのかしら。だから、焼却した」

ジェニファーも同じことを考えていた。

「爆発と炎上だ。素人じゃできない。ナショナルバイオ社が絡んでいるのか。CDCが乗り出してきたので慌てて処分した」

「アーサー所長は驚いてた。知っているようには見えなかった」

「ニックはマンモスの細胞から遺伝子を抽出してクローンマンモスを作るつもりだった。ウイルスには気付いていなかったと思う」

「マンモスのクローンを作るのは違法じゃない。むしろ会社の宣伝になる。爆破して燃やす理由にはならない」

「シベリアの永久凍土から掘り出して、アメリカまで運んできたんだ。普通なら、複数の役所で手続きが必要だ。掘り出したままの状態を保つには、すぐに相応の施設のある場所に移す必要がある。だからパスした。その他にも、多くの違法行為があるのは間違いない」

ニックは企画力と行動力はあるが、すべてに大まかで急ぎすぎる。

二人は通りを人が行き来し、車が走り回る頃《ころ》まで飲み続けた。しかし、この北の土地では陽《ひ》が

昇るのはまだ数時間後だ。

朝のテレビニュースでは、倉庫の爆発と炎上は大きく報じられていた。

〈漏電による火事が、爆発物に引火か。アンカレジ港の倉庫での爆発炎上は多くの謎《なぞ》を残しています。今後警察と消防は協力して捜査を続ける予定です〉

マイクを持った女性レポーターが、半分崩れ、まだくすぶっている倉庫を背景に話している。

「マンモスは燃えてしまった」

カールの口からため息にも似た呟きが漏れた。

「ウイルスもね。でも――」

ジェニファーが後の言葉を探すように黙り込んだ。

「CDCが調査を開始した翌日に爆発と炎上が起こった。誰かが我々の行動を追っていたんだ。核心に近づいたので証拠を消し去ってしまった」

カールはジェニファーの代わり、というふうに言った。

5

ノックの音が聞こえる。

カールはドアの覗き穴から廊下を見た。

ナショナルバイオ社のアーサー所長が周囲を気にしながら立っている。

カールがドアを開けると、躊躇《ちゅうちょ》しながらも入ってきた。箱のようなものを抱え、全身に怯《おび》えた様子がうかがわれた。

ジェニファーに気づき一瞬身体をこわばらせた。

「私が来たことは内緒にしてほしい」

所長はテーブルの上に冷凍ボックスを置いた。

「これは――」

所長がボックスを開けた。

「マンモスの肉片です。内臓と脳です。私も昔は研究者でした。ニック副社長が試料採取した後に、冷凍庫に移す前に取っておきました。マンモスはいずれニューヨークに運ばれると聞いていたので」

「なぜ僕に――」

「冷凍庫の爆発と炎上。私が持っていても、今の状況では何もできません。それに、危険だし怖くなりました」

「感謝します」

「私のことはくれぐれも内密にお願いします」

その時、ジェニファーのスマホが鳴り始めた。

所長の顔が強ばった。

ジェニファーがスマホに出た。

「分かった。詳しいことが分かれば教えて」

スマホを切ったジェニファーは所長を見て、その視線をカールに移す。

「カリフォルニアのサンバレーって知ってるでしょ」

サンバレーは、カリフォルニア州のサンフランシスコとロサンゼルスの中間地点にある人口四十万人あまりの中核都市だ。

バイオ関連の企業が集中している。かつては農業地帯として発展し、乾燥フルーツや果物の缶詰加工で知られたが、シリコンバレーに近いという地理的優位性により、一九八〇年頃からバイオ企業が集まり始めた。今では全米有数のバイオ都市となっている。

「うちの社の研究施設がある」

所長がジェニファーを見て言う。

「病人が出ました。ウイルス感染症の疑いがある」

所長の顔色が変わった。

「研究所と病院が封鎖されました」

「いつの話ですか」

「一時間ほど前だと言っていました。報告があって、すぐに私に知らせてくれました。マスコミはまだ報道していないはず。でも、時間の問題」

まだ世界には、コロナ・パンデミックの影響が色濃く残っている。ウイルス、感染、パンデミックなどの言葉に、世界中が敏感だ。新しいウイルス、今度はエボラに似たウイルスが現れると、パニックが起こる。

「研究所の封鎖と言うと、ナショナルバイオ社の研究所ですか」

「そのようです。発熱、頭痛、倦怠感《けんたいかん》、関節痛、嘔吐《おうと》、下痢。ウイルス性の全身疾患です」

ジェニファーの言葉に所長は天井を仰ぐように見上げた。

ジェニファーのスマホが再び鳴り始めた。

スマホをタップして、しばらく頷きながら聞いていた。

「ここにはカール・バレンタイン教授もいます。スピーカーにしてもいいですか」

途中からスピーカーに切り替えてテーブルに置いた。

「CDC本部の私の上司から。サンバレーの詳しい報告よ」

〈研究所関係者三十八名が病院に搬送された。現在判明している感染者は、二十九名。残りは検査中。その家族、百五十名をホテルに隔離した。現在、接触者を追っている。おそらく、一時間以内に千名以上に隔離措置が取られる〉

「ウイルスの種類は確定されましたか」

〈エボラウイルスに似た棒状のウイルスだが、エボラとも違う。まったくの新種か、エボラウイルスの変異したものか。あとで写真を送る〉

「毒性は分かっていますか」

〈死者が出た。二名だ。重症者が十二名。後は現在のところ軽症だが、どうなるか分からない。

突然、悪化する場合もある。エボラの再来だ。しかも、どこ由来かハッキリしていない。現在のところ患者はサンバレーだけだ〉

スマホを見つめる所長の顔が強ばっている。

「私たちが送ったウイルスの写真はどうなっていますか」

〈エボラに似たウイルスだったな。明日の午前中には報告が来る。サンバレーの件で、急ぐように言ってある〉

「分かり次第、報告をください」

〈そっちはどうだ〉

「感染者は出ていません。ナショナルバイオ社の者は全員、陰性です。今のところは、ということですが」

〈新しいことが分かり次第、教えてくれ。今後しばらくは二十四時間態勢だ〉

スマホは切れた。

その数分後、ジェニファーのスマホにウイルスの写真が送られてきた。

エボラウイルスに似ているが微妙に違いがある。カールのスケッチにより近い。

「サンバレー研究所とアンカレジ研究所の関係はどうなってるんですか」

カールは所長に聞いた。

「同じナショナルバイオ社の研究所です。規模は十対一。いや百対一です。人的交流はありますが」

「エボラウイルスに似た棒状のウイルスが発見されてる。マンモスのウイルスと同じものだ」

「マンモスが運び込まれてから、アンカレジとサンバレー、二つの研究所を行き来した者はいますか」

所長が考え込んでいる。

「私の知る限りいません。ニューヨーク経由だと分かりませんが」

所長はジェニファーのスマホの写真を見ながら言った。

シベリア、アンカレジ、ニューヨーク、サンバレー。カールの脳裏に四つの地点が交錯している。

「マンモスはシベリアから運ばれてきた。サンバレーの研究者がシベリアで発掘に参加し、接触したとは考えられないか」

「十分考えられます。ニック副社長はその四つの場所、すべてに行っています。掘り出されたマンモスは皮膚にいくらかダメージを受けていました。現地でサンプルを採った痕かもしれません。サンバレーの研究者がシベリアで発掘されたマンモスから現地で組織片を切り取って、すぐに研究所に持って帰ることも十分に考えられます」

「あなたは発掘の様子は知らないのですか。メンバーのポジションや人数とか」

「このプロジェクトについては、ニック副社長がすべてを仕切っていました。私たちは彼の指示に従うだけでした。シベリアに行った者はいません。アンカレジ研究所にマンモスが運ばれてきて、それをニック副社長から次の指示があるまで保管する。それだけです」

「誰が運んできたのです」

「ニック副社長と部下たちです。三人いました。全員初めての人です。おそらくはニューヨークの所員でしょう。細胞組織のサンプルを取ると、翌日にはニック副社長と一緒に、ここを発《た》ちました」

「マンモスを引き取りに来る時期は言わなかったのですか」

「秘密裏に運ぼうとすると、チャーター機がいります。貨物用のものです。冷凍装置付きのコンテナを運びますから」

国境を越える荷物チェックはコロナ・パンデミック以後、厳重になっている。正規の手続きを取るには時間がかかりすぎる。国内移動であれば、検疫は必要ない。プライベートジェットを使えば、面倒な手続きはすべてスルーすることができる。

「シベリアから運んだとすると、アンカレジの輸送業者を使っているはずです。ニックたちだけで輸送ができるとは思えない。シベリアからアンカレジ空港まで飛行機を使ったとすると、心当たりはありませんか」

カールは所長に視線を向けた。

「貨物輸送は正規の輸送ルートを使うと時間もかかり、手続きも面倒です。特にこういう荷物は。使いやすい業者を使います。ここ数年は増えています」

マンモスの牙の採掘のためだろう。

「チャーター便というわけか。ナショナルバイオ社が使うことはありますか」

「こういうことは初めてです。でもニック副社長なら――」

所長が言いよどんだ。

ジェニファーが二人の前にタブレットを突き出した。

「ナショナルバイオ社が保有する自家用ジェット機よ」

双発ジェット機の美しい写真が映っている。

「これだと、ベーリング海峡を渡ることができる。六人乗りで最大速度が時速六百三十キロ、最大高度一万二千メートル、最大航続距離が二千百三十キロ。機体内部は客席が四名の対面シート。シベリアとアンカレジ間はおよそ三時間の飛行」

ジェニファーが説明する。

「ナショナルバイオ社のジェット機なら、マンモスの輸送も十分に可能だ」

カールはもう一度タブレットの写真に目をやった。

6

カールとジェニファーはアーサー所長が帰った後も話し合った。

ニックたちはシベリアでかなり状態のいい子供のマンモスを見つけた。そのマンモスを発掘現場からヘリで近くの空港まで送る。そこからはナショナルバイオ社のジェット機でベーリング海峡を越えて、アラスカのテッド・スティーブンス・アンカレジ国際空港まで運んだ。アンカレジ研究所に運んだマンモスの体内からサンプルの肉片を取り出し、ニューヨークの研究所まで送った。

カールはテーブルにタブレットを置いて、ロシアとアメリカの地図を出して空路を辿《たど》った。

「おそらく、そうだと思う。でも、もっと具体的な情報が必要。シベリアのどこでマンモスを見つけ、どうやってジェット機が離発着できる空港に運び、国外に運び出したか。普通、マンモスの氷漬けなんて税関ですんなり通してはくれない。牙だってロシアとアメリカの検疫所と税関を通さなきゃ移動はできない」

ジェニファーはロシアの地図を拡大した。

シベリアはロシアのウラル山脈から東、アジア北部の大部分を占める地域を指す。その行政区分としては大きく三つに分けて呼ばれる。西シベリア、東シベリア、極東だ。

面積は千二百八十万平方キロ、これはロシア連邦全土の七十五パーセントにあたる。

大部分は手付かずの山や針葉樹林で覆われ、限られた場所に三千六百万人が生活している。自然は雄大で荒々しい。南部のバイカル湖は世界最深の湖であり、シベリア横断鉄道はこのバイカル湖を経由してモスクワから日本海までを結んでいる。

また、シベリアは天然資源が豊富なことでも知られている。石油は世界の確認埋蔵量の八パーセント、天然ガスは世界の埋蔵量の三十五パーセントを占める。その他に、希少金属もまだ未開発のまま残されている。

マンモスの牙の発掘が行われるようになったのは極東のサハ共和国のあたりだ。永久凍土の解け出しによって牙が見つかるようになった。

「空港に行くしかないか」

カールは呟いて立ち上がった。ジェニファーが渋々という顔で従う。


カールとジェニファーは、ドミトリーに借りた車で港に隣接する空港近くのパブに行った。ジェニファーがサラに頼んで、マンモスハンターと彼らを手伝っている者たちについて調べてもらったのだ。この時期のこの時間、彼らは飲み屋にたむろしているという。

店は空港と港湾の労働者で混んでいた。

カールとジェニファーは彼らの中では異質だった。全員が二人を胡散臭《うさんくさ》そうに見ている。

カールは奥のテーブルで仲間と飲んでいる男に近づいていった。

サラに調べてもらったマンモスハンターのボブ・スミスだ。

「先月、シベリアからマンモスを運んだのはきみか」

「文句があるのか」

「詳しく話を聞きたい」

「おまえら、警察官か。いや、そうには見えないな」

「マンモスに興味があるんだ。牙だけじゃなくて、身体の方にね」

「俺たちは忙しいんだ。飲んで騒ぐのにな」

「ビールでも飲みながら話したいが、忙しいのなら、あとでゆっくり飲んでくれ」

カールは二十ドル札を二枚テーブルに置いた。

「それじゃ、時間が足らないな」

ジェニファーがさらに二枚出した。

「俺はセスナのパイロットだ。シベリアからここまで運んだ」

「アンカレジから極東のアナディル空港までセスナ機で約八時間かかる。ただし通常のセスナの航続距離は約千二百キロ。アンカレジからアナディルまでは直線距離で約千七百キロある。通常のセスナ機では航続距離が足りない」

カールが言うとボブはビールを一気に飲み干し、空のジョッキをテーブルに置いた。

「ド素人が考えることだ。セスナに燃料を積んでいればどこまでだって飛べる」

「どこで給油するんだ。飛びながらか」

「下を見れば滑走路はどこにでもある。平原、凍った川、シベリアは広いんだ。あとはパイロットの腕しだいだ」

「国境はどうやって越える」

ボブたちがいっせいに笑い始めた。

「あんたは国境線を見たことがあるのか。ここはアメリカ、あっちはロシアって、線でも引いてあるのか。空は両方の国に続いてるんだ」

ボブは天井を指差して言う。

「昔はシベリアとアラスカはつながってたんだ。だからマンモスもアラスカにやってきた。それを追って人間もだ。ほんの三万年ほど前の話だ。氷河が解けて、ベーリング海峡ができた。ベーリング海峡を渡ってきた人間は、俺たちの先祖かもしれない。だから、俺たちは故郷に帰る。勝手に行き来できるんだ。パスポートなんていらない」

ボブの話に仲間たちが笑って相槌《あいづち》をうっている。

「空はつながってるって訳か」

ボブの顔から笑みが消え、真顔になってカールを見つめる。

「あんた、分かってるね。そうだ、国境なんてバカな人間が勝手に作り上げたものだ。しかし、シベリアからアラスカ、セスナでヒト飛びってわけにはいかない。給油が必要だって言っただろ。雪原への着陸だって誰もができるってわけじゃない。経験と腕次第だ」

「牙の発掘場所はとてもセスナが降りられそうにない場所だと聞いたことがある。発掘場所からはヘリで運ぶ。だが、ヘリだとアラスカまでは無理だ。航続距離が足らないし、時間もかかる。一度どこかに降ろして、そこからはジェット機を使うというのはどうだ。ベーリング海峡を越えてアラスカまで運んでくる」

「想像力があるな。見てきたようだ」

ボブが笑いながら言う。しかし、その目は笑ってはいない。

「実際にマンモスを掘り出した男を知らないか。直接話を聞きたい」

ボブたちは顔を見合わせている。

「あんたら何者なんだ。警察の者には見えないが」

「その男は体調を崩してはいないか。周りで病気になった者はいないか」

カールはボブから、まわりの男たち一人一人に視線を向けていった。

その目のあまりの真剣さに、男たちの表情が変わってきた。

「何かあったのか」

ボブが聞いてくる。顔の笑いは消えている。

「何もないよ、今のところは。ただマンモスの発掘の状況を教えてほしいだけだ」

「マンモスが埋まっているのは永久凍土の中だ。その凍土が解け始めているところだ。川の近くの崖《がけ》とか、川の泥の中からも牙や骨が発見される」

「あんたも発掘現場にいたのか」

カールはボブに聞いた。

「ただの輸送機の操縦士だ。頼まれた所に行って、頼まれた荷を、頼まれたところに運ぶ。そして金をもらう。それだけだ」

「マンモスの状態はどうだった」

「ヘリで運ぶ時は粗い梱包だ。まだ凍っていた。輸送機に積み替えるときは、冷凍コンテナに入れる。少々干からびてはいるが、生ものだからな。鮮度が一番だそうだ」

周りの男たちが再び笑みを浮かべて頷いている。

「ロシアからアラスカまで検疫なしで運べるのか」

「三万年前のゾウだ。マンモスはパスポートを持ってないしな」

「ロシア政府に申告しない理由は聞かなかったのか」

「聞いても意味はないだろ。答えたことが真実とは限らない。なんとでも話すことができる」

「それが違法行為だとしたら。運んでいるモノが危険なものだとしたら」

「俺にとっては関係ない。ドルを運んでいると思えばいい」

ボブの顔には笑みはない。

「マンモスと言っても、子供だ。そんなに重量はないだろ」

「二体だからな。発掘場所からヘリで五キロほどの空港まで二度に分けて運んだ。それからはセスナでなくて中型輸送機だ。これだと給油なしで飛べる」

カールとジェニファーは顔を見合わせた。ジェニファーが何か言おうとしたが、カールがそれを制した。

「二体って言ったな。もっと詳しく話してくれ」

カールは二十ドル札を三枚テーブルに置いた。ポケットを探って、これですべてだと知らせた。

「子供のマンモスが二体重なって埋まってた。しかし、一体は下半分がなかった。凍土が解けて、何かに食われたんだろう。それとも、洪水でもあって引きちぎられたか。もう一体は、全身がそろっていた。保存状態は今まで見た中でいちばんよかった。まるで今にも歩き出しそうだった」

「その他にマンモスはいなかったのか。ヘラジカとか、他の動物とかも」

「俺たちはマンモスハンターだ。いちばん金になるのは、なんと言ってもマンモスだ」

「マンモスはどこに運んだ」

「ここだよ」

ボブは窓に視線を向けた。外には空港が見える。

「空港に運んできたマンモスはどうした」

「男たちが待っていた。彼らは二頭を別々の冷凍コンテナに移し、運んでいった。一頭は車で、もう一頭は輸送機だ。プライベートジェットだ」

ボブはこれで終わりというように肩をすくめた。

「運んでいった場所はどこか分からないか」

「俺たちの仕事はシベリアからこの空港まで運んでくることだ。その後のことは知らんね」

それ以上は聞き出せなかった。他の者たちも知らないと言う。おそらく本当だろう。


カールとジェニファーは三十分ほど話して、店を出た。

車に乗った途端にジェニファーが怒りを含んだ声で話し始めた。

「二体だなんて聞いてなかった。ニックはまだ多くのことを隠している」

「もう一頭残っているということだ。その輸送経路が重要だ」

「ニックたちは発掘現場からヘリで経由地点に運んでいる。おそらく給油もできる空港。そこで、マンモスを冷凍コンテナに入れ、輸送機に積み替えてベーリング海峡を渡った」

「ボブはウソを言ったのかもしれない。マンモスを運んだのはナショナルバイオ社のプライベートジェット機」

ジェニファーがタブレットを出して、地図を調べている。

「近くの比較的大きな町はチェレムレフカ。飛行場は――分からない」

「凍った川や湖があれば、小型の輸送機なら、離着陸できるかもしれない」

「それにしても二体だなんて。ナショナルバイオ社の者は誰も信用できない」

ジェニファーが再度吐き捨てるように言う。よほど頭に来ているのだ。

「他の者は知らないのかもしれない。下半身がない方はアラスカの研究施設にあった。もう一体はどこにある」

「ボブが言ってた、より完全な方ね。ここの施設にはなかった」

「ニューヨークにもなかった。と、すると――」

「サンバレー」

二人が同時に言った。アンカレジから一番近いナショナルバイオ社の研究所だ。ニックはプライベートジェットで、もう一頭のマンモスをサンバレーに運んだ。

「どうする」

カールはジェニファーを見た。

「明日一番の飛行機でサンバレーに飛ぶ。ＣＤＣに連絡する必要がある」

「僕も行っていいか」

「ダメだと言っても来るでしょ」

カールはアクセルを踏み込む。

車はスピードを増し、真夜中のアンカレジの街を走った。

第三章　パンデミック

1

カールとジェニファーは、朝一番の飛行機でサンフランシスコに飛んだ。アンカレジからサンバレーまでの直行便はないのだ。

サンフランシスコ空港で乗り換え、二時間の飛行でサンバレー空港に着いた。

空港は戒厳令並みの厳戒態勢が敷かれていた。銃を持った州兵と警察官が至る所に立っている。全員がマスクをしていて、コロナ禍に戻った気分になった。

政府と州はそれほど感染症を恐れているのか。それとも感染症がさらに広がっているのか。

サンフランシスコからは国内線なので入国審査はいらないが、機内では問診表と連絡先、行き先を書くカードが手渡された。

さらに、到着ゲートを出るときには赤外線による体温チェックが行われていた。

「あなた方はラッキーでした。サンバレーではロックダウンが始まっています。一時間遅れてたら、飛行機はサンバレーではなく、ロサンゼルスに着陸してました」

飛行機を降りるとき、客室乗務員に言われた。

空港ロビーは人で溢《あふ》れていた。町を逃げ出そうとする人と、家族に会うために戻ってきた人が入り乱れているのだ。

空港のテレビでは町がロックダウンしたことが告げられている。

「人だらけじゃないか。なんでこれがロックダウンだ」

カールは思わず呟《つぶや》いていた。ロックダウンのイメージは、店が閉まり人の消えた通りと町なのだ。

サンバレーには南北にフリーウェイ、ルート五号線が通っている。しかし現在、車は町の両側で止められ、大きく迂回《うかい》して通っている。

町の出入り口の道路には車止めが置かれ、数十人の州兵が立っている様子が映されていた。その背後にはパトカーと軍用車両が並んでいる。

カールとジェニファーは空港を出るとタクシーに乗った。

カールが口を開く前に、ジェニファーがホテルの名前を告げた。

「あんたら、どこから来た」

タクシーの運転手が聞いてくる。

「アンカレジよ。観光で行ってたの。寒かったわ」

答えようとしたカールを遮るようにジェニファーが言う。

「カナダの西だよな。俺《おれ》も行きたいよ。ここは最悪だ。コロナが終わったと思ったら、次はエボラだそうだ。目のでかいミミズのようなウイルスだ。球体ウイルスと棒状ウイルスと新聞は書いていた」

「目のでかいミミズのようなウイルスか。上手《うま》いことを言う」

まだアラスカ、マンモスなどの単語は出ていないらしい。しかし、さらにひどくなると、いずれは出さざるを得ない。ナショナルバイオ社の名前も表に出るだろう。

市内に入っても、いくつかの検問所があった。警察官が中心になって、住人の検査を行っている。電子式の体温計を額に近づけ、体温を測っているのだ。

ジェニファーは真剣な表情で町と検問所を見ていた。

「かなりひどそうだな。コロナのとき以上だ」

「エボラは致死率、平均五十パーセント。今度はエボラに似た未知のウイルス。神経質にならざるを得ない」

二人は声を潜めて話した。運転手が聞いたらパニックを起こしそうな話だ。

運転手は目の大きなミミズのようなウイルスと言った。的を射た表現ではあるが、感染力、致死率については全く分かっていない。エボラよりひどいかもしれない。しかし住民は、意外と冷静に警察官の指示に従っている。コロナで感染症の恐ろしさが骨身にしみているからか。

空港で買った新聞の一面は、エボラに似たウイルスの出現とあった。写真も載っている。テレビでも、ネットでもサンバレーの感染が大きく取り上げられていた。

ＣＤＣのカリフォルニア支部はサンノゼにある。州として感染症対策を行うのは「カリフォルニア州公衆衛生局」だ。ＣＤＣの役割は助言を与えることだ。州兵と協力して、町はロックダウンされている。

サンバレーには全米の支部から総勢二百名以上のＣＤＣ職員が派遣されていた。

ＣＤＣの臨時事務所がカリフォルニア大学サンバレー校、ＵＣサンバレーの体育館に設置されている。ここにはカリフォルニア州公衆衛生局の事務所も置かれていた。

「僕はホテルより先にＣＤＣの臨時事務所に行きたい。ＵＣサンバレーに寄ってくれないか」

カールはジェニファーに言った。

「私も一緒に行った方がいい。あなたは何を言い出すか分からないから」

「黙ってりゃいいんだろ。町で起こっていることを早く知りたいんだ」

「このウイルスについて一番よく知ってるのは、おそらくあなた。とても黙ってなんていられないはず」

「多少のアドバイスはするつもりだ」

「それが困るの。ここの指揮を執っているのはスティーブよ」

カールは黙った。スティーブ・ハントとはＣＤＣで一緒に働いていた時期がある。

「それにあなたはＣＤＣを二度失望させた。一度目は一年前に突然消えてしまったこと。これで築き上げた業績はゼロになった」

「コロナについては、すべて片付いたからだ。感染者、死者ともに著しく減り、スティーブでも後始末はできた。二度目は何だ」

「パークシティでの大騒ぎ。あなたは研究所と病院を封鎖しかけた。もう少しで町までロックダウンするところだった」

「僕は後悔なんてしていない。もう一度あの場面に遭遇すれば同じことをやる」

カールは言い切った。

「私は賛同するけど、よく思わない人の方が多い。ホテルに荷物を置いて、シャワーを浴びたら私も行く。一時間待って。その間にクールになりなさい」

ジェニファーがさとすように言う。

「十分だ。ロビーで待っている」

車が止まった。ホテルに着いたのだ。


二人はCDCが予約していたホテルに入った。

ホテルはかなり混んでいた。

ロックダウンで町から出られなくなった者たちで溢れているのだ。

カールとジェニファーは荷物を部屋に置いて、二十分後にロビーで待ち合わせた。結局ジェニファーが折れて折衷案になったのだ。

ロビーは二十分の間にも人が増えている。

ジェニファーを探すと、フロントの前でスマホを耳に当て、ホテルの出入り口を見ていた。迎えの車が来るのだ。

カールは横に行った。

「死者が三十二人になった。重症者は五十九人。感染者は二百二十五人」

カールに気づくと、ジェニファーが声に出して復唱した。

「シベリアのマンモスとの関係は分かっていないのか」

ジェニファーがスマホを切ってからカールが聞いた。

「マンモスのことはまだ多くの人は知らない。パニックを招くだけなので、発表はもっと情報がそろってから」

「アーサー所長が持ってきてくれた冷凍ボックスはどうした」

「ホテルに呼んであったＣＤＣの職員に渡した。一番早い飛行機でニューヨークの研究所に送るよう頼んだ」

カールは軽いため息をついたが、気を取り直すように言った。

「ＣＤＣで人手を集めて、すぐにナショナルバイオ社の研究所に行きたい。マンモスについて調べる必要がある」

「臨時事務所からはまだ何も言ってこない。マンモスはまだ見つかってはいないと思う」

「危険性は知らせたのか」

「可能性としてね。先入観を持たせたくないので、強くは言ってない」

「それじゃだめだ。僕のスケッチとアンカレジのウイルスの写真をすぐに見せるんだ。現在、感染している患者のウイルスは検出されているんだろ」

「スケッチはすでに送ってる。でも、ナショナルバイオ社の研究所ではかなり多くのウイルスと細菌の研究をやっている。まず、言い逃れのできないように脇《わき》を固めたい」

「すぐに研究所に行くべきだ。大事なのはこれ以上感染を広めないことだ」

ジェニファーが時計を見た。

「あと五分でＣＤＣから迎えが来る。ホテルの入り口で待ってる」

ジェニファーがカールの腕をつかんで、人混みをかき分けながら入り口に進んだ。

「あなたのポジションだけど、私の助手という形を取っている」

「なんで僕がきみの助手なんだ」

「これから行くところは、かなり制限されたエリアなのは分かってるでしょ。いくら有名で有能な遺伝子学者でも、部外者は入れてはくれない。ＣＤＣ関係者だと入れざるを得ない。イヤなら、ホテルでテレビでも見てることね」

カールは反論できなかった。間違いなく、今は部外者なのだ。

「僕の防護服は」

「サイズも知らせてある。事務所に到着したら直ちに着替えられる」

二人がホテルを出ると同時に、白いバンが滑り込んできた。

「早く乗って。ホテルに迷惑がかかるでしょ。こんな車が止まっていると」

ジェニファーがカールの耳元で囁《ささや》く。

白の車体にＣＤＣの文字とロゴが書かれている。運転している男は、白い防護服にフェイスガードを付けている。

通りを行きかう人が立ち止まって車を見ている。ホテルにしてみれば大迷惑だろう。

ＣＤＣの臨時事務所に行き、防護服に着替えてから、ナショナルバイオ社のサンバレー研究所に向かった。


研究所の前の通りは黄色の立入禁止テープが張られ、その前に州兵と警官が立っている。近づく車はすべて戻るよう言われていた。

バンは警官に誘導されて立入禁止テープの内側に入っていく。

研究所の駐車場には、ＣＤＣの大型バンが五台止められていた。

その横には大型テントが三張り張られて、防護服を着た人が行き交っている。

カールの脳裏に重苦しいモノが広がってくる。ニューヨークのセントラルパークに作られた、簡易病院を思い出したのだ。ジェニファーに気付かれないように、何度も深く息を吸った。

「どうかしたの。顔色が悪い」

「疲れてるだけだ。昨夜、あまり寝ていない」

信じてはいないようだったが、それ以上は言わなかった。

中央の大型テントの前でバンは止まった。

「エボラはコロナよりも感染力は低く、空気感染や飛沫《ひまつ》感染はしない。接触感染が中心。致死率は数十倍。でも今度の新種ウイルスがどうなのか不明。すでに三十二人が亡くなっている」

ジェニファーが自分自身に言い聞かせるように繰り返した。

「町のロックダウンをもっと急ぐべきだった。それにもっと厳しくすべきだ」

カールの言葉にジェニファーは答えずバンを降りていく。

テントに入るとすぐに、密閉室に通された。

「ここで待っていて」

ジェニファーが一人でテントの奥に入っていく。

戻ってきた時には、防護服を着た一人の男を連れていた。

「カールか。二年ぶりだな」

防護服の男が覗《のぞ》き込んでくる。

コロナ禍の時に一緒に働いたCDCのメディカルオフィサー、ドクター・スティーブ・ハントだ。

三人で研究所に入った。

研究所には数十名のCDCと市の保健局、州の保健省の役人と医師たちが慌ただしく行き交っていた。研究所内の消毒を行い、感染源を調べている。

研究所内は、汚染区域レッドゾーンと清潔区域グリーンゾーンを区分けしてある。

ジェニファーはすでにCDCにアンカレジのマンモスの話をしていた。

「感染はほぼ抑えられたと思っている。感染源はこの研究所。ウイルスの宿主は、まだ分かっていない。いくつか検体を送っているので、本部の結果待ちだ。きみたちが運んできたマンモスの組織検査も行っている」

スティーブが声を潜めて言う。

「昨夜、電話を受けてから研究所内を探したが、マンモスなんて、どこにも見当たらない。夢でも見たんじゃないか」

スティーブがジェニファーに視線を向けた。

「ウイルスのスケッチを送ったでしょ。ニューヨークのナショナルバイオ社のＰ３ラボのウイルスよ。アンカレジで発見されたのと似てるでしょ」

「描《か》いたのはカールだろ」

疑惑を含んだ視線を向けてくる。

「東海岸のナショナルバイオ社の研究施設で見つけたウイルスだったな。しかし、あの程度の絵なら子供でも描ける」

「だったら、きみが描いてみろ。怖くて描けないいんじゃないか」

カールの言葉にスティーブは視線を背けた。スティーブはコロナ禍の時、現場に出るのを拒んでいたのだ。

「サンバレーの感染症が、このウイルスの可能性があるのは公表したのか」

「まだだ。もう少し情報がそろってからと思っている。やっと、コロナ禍が収まってきたばかりだ。市民に不安を与えたくない」

「そんなことを言ってる場合か。気が付いたら、州全体に感染が広まっている。次は全米だ。来週には全世界にこの新しいウイルスが溢れている」

「だから、サンバレーでロックダウンを行っている」

「これがロックダウンと言えるか。抜け道、例外だらけだ。コロナ並みの感染力があれば、とっくに全米に広がっている。ロックダウンが機能してるなら、僕らは空港から外には出られなかった」

スティーブの顔に不安が現れ始めた。

「どうすればいい」

「マスコミを利用しろ。呼びつけて、正直に話すんだ。あとは彼らがやってくれる。広め、不安を煽《あお》ることが彼らの仕事だ」

カールの語気が強くなった。

「マンモスを探しましょ。どこにでも隠せるようなものじゃないんだから」

ジェニファーがデスクに研究所の図面を広げると、その上に屈《かが》み込んだ。

「冷凍設備のある三十平方メートル以上の部屋を探して。あるいは、冷凍コンテナが置ける倉庫。この研究所内は調べたの。多くはないでしょ」

「すべて調べた。冷凍コンテナなんてなかった」

スティーブは図面の部屋に×印をつけていった。

「マンモスはいなくても、肉片の検査を行ったはずよ」

「実験室は調べたか。細胞組織を取り出して遺伝子解析をしているはずだ。ここにはＰ３ラボもある」

　スティーブは無言で一つの区画を丸で囲んだ。

「もし、エボラウイルス並みの致死率を持つウイルスならば、Ｐ４ラボが必要だ」

「調べたが見当たらない」

「パソコンの内部は。何かデータが残ってないのか」

「調べるには人も時間も足らない。ここのものはすべて持ち出せない」

　スティーブが言う。ＣＤＣの規則だ。すべてウイルスに汚染されている可能性がある。

「なんであんな大きなものが見つからないの。もう一度調べ直しましょ」

　ジェニファーが研究所内部の図面を見ながら言う。

　感染者の名簿を見ていたカールの手が止まった。

「ニック・ハドソン。この男はナショナルバイオ社の副社長のハドソン博士か」

　横にいた研究所の職員に聞いた。

「よく知ってますね。普段はニューヨークの本社にいるんですが、たまたまサンバレーに来て、濃厚接触者として隔離されました」

「なぜ彼がここにいるんだ。彼はニューヨークで入院してたはずだ。ウイルス性腸炎だ」

「副社長が関係している特別プロジェクトのためにサンバレーに来て、濃厚接触者のリストに載ったと聞いています。強制隔離です」

「病院に行って彼と話したい。きみらはここの研究者と話してくれ。何か分かるはずだ」

カールがスティーブに言った。

「ムリだ。感染者は完全に隔離されている。肉親すら会うのが難しい。きみには入る資格がない。十分に知っているはずだ」

「大事なことなんだ。感染者の半分の症状は軽いと聞いている」

「いつの情報だ。現在はすべての感染者が中等症か重症だ」

カールはもう一度、名簿を見た。ニックが入院したのは今日の朝だ。

「ニックのニューヨークからのルートを調べろ」

「ハドソン副社長はニューヨークからナショナルバイオ社のプライベートジェット機でサンバレーに来られました。翌日には濃厚接触者として、ジェット機のクルーと共に隔離されています。軽い腹痛を訴えましたが、現在は回復していると聞いています」

マンモスの肉片がらみでここまで来たのだろう。想定外だったのは自分が隔離されたことだ。

「ニックの病状を詳しく知りたい」

「調べるが時間がかかるかもしれない。いま、病院は大混乱だ」

スティーブが職員の代わりに答えた。

カールの脳裏にコロナ禍での病院の光景が浮かんでくる。

「発症者の治療法はどうしてる」

「対症療法しかできてない。抗ウイルス薬を探してる。エボラの例を勉強し直してね。だが有効なのは見つかってない」

「エボラウイルスじゃない。もっと、別の可能性を探すよう指示しろ」

カールは思わず大声を出した。

周りの者が手を止めてカールたちに視線を向ける。

カールの頭が痛み始めた。ジェニファーが心配そうに見ている。

2

一時間かけて研究所内の部屋を調べ直したが、なにも出てこない。

「どこにいるんだ。マンモスは」

カールは壁を蹴《け》った。

ジェニファーがカールを睨《にら》むように見た。

「落ち着いてよ。壁に聞いても答えてはくれない」

「誰《だれ》も知らないというのはおかしい。子供のマンモスと言っても牛並みの大きさだ。研究所に運ばれてきたのなら誰か見てるはずだ」

カールは自分自身の言葉に気づいて、ジェニファーを見た。彼女もカールを見ている。

「ニックがここに来たと言ってたな。やはりマンモスはこの研究所に関係している」

カールはアンカレジで見たマンモスを思い浮かべた。

「ただし、ここじゃないんだ。ここは細胞サンプルを検査しているだけ。アンカレジと同じだ。

近くの冷凍倉庫を探すんだ」

カールはパソコンを立ち上げた。

研究所近くの冷凍設備を持つ倉庫をリストアップしていく。食品倉庫の大部分は冷凍設備を持っている。

研究所から半径二十キロ以内に冷凍設備を持つ倉庫は五つあった。

「この中でナショナルバイオ社と関係がありそうなものは」

ジェニファーは施設内に隔離されている事務員の一人を呼んだ。

「この研究所と関係がある冷凍設備を持つ倉庫は分かりますか」

中年の職員は考え込んでいる。

「マイナス十八度まで下げることが可能な倉庫だ」

「私は思いつきません。今回の感染と何か関係があるんですか」

「それを突き止めるために、倉庫を調べたい」

カールは立ち上がった。

「五つのうちの一つだ。全部回った方が早い」

ジェニファーをリーダーにして、CDC職員十人のグループですべての倉庫を調べ始めた。

CDCの力は抜群だった。

ジェニファーの身分証を見せるだけで、倉庫の管理者が飛んでくる。

二件目の倉庫にそれらしい冷凍コンテナが運び込まれたことが分かった。十日前、大型トラックで持ち込んできた。

五棟の倉庫が並んでいる。そのうちの二棟が冷凍倉庫だ。

管理人に案内されて、倉庫の一つに行った。

中に入ると、冷やりとした空気が全身を包む。外気温度は十八度。倉庫の中はマイナス二十五度の表示が出ている。

倉庫の隅に三メートル四方のコンテナが置かれていた。倉庫の半分に冷凍海産物の箱が高く積み上げられている。

二人は頷《うなず》き合うと、コンテナに近づいていった。

カールたちは簡易の防護服しか身に着けていない。ナイロン服と手袋。サージカルマスクとフェイスガードだ。

「やはり本部に報告してからにしましょ。これじゃあまりにも無防備」

ジェニファーがカールの腕をつかんだ。

「時間がない。なにが入っているかを遠目で調べるだけだ。ウイルスがいても感染力は強くない。直接、マンモスに触らなければ大丈夫だ」

「あなたは、極端に神経質になったり、無神経になったり。一貫性がなさすぎる」

「すべて、臨機応変にやってる。検体用の組織片を取るだけだ」

カールはコンテナに近づいていった。ジェニファーも諦めたように従う。

慎重にコンテナを開けると二人は息を呑《の》んだ。マンモスの子供が入っている。大きさはアンカレジの倉庫で見たマンモスとほぼ同じ、しかし後足もついている完璧《かんぺき》な形だ。ニックが興奮するのも当然だと思った。

カールは組織採取用のメスを取り出した。

「ここで採取するというの。完全なＣＤＣの規定違反よ」

「この状態で三万年も埋もれていたんだ。今さら騒いでも仕方がない」

「でも、町ではは感染が広がっている。このマンモスから取り出したウイルスの可能性が強い」

「それを調べるんだ」

カールは慎重にメスをマンモスの皮膚に差し込んでいった。

「脳と心臓、内臓の検体を取る」

「手足も取っておいて。全身のウイルスの広がり具合を知りたい。もし、ウイルスがいればの話だけど」

三十分ほどかけて検体を採取し、輸送用の冷凍ボックスに入れた。

「結果はいつ出る」

「最優先でやってもらう。と言っても、Ｐ４ラボを使う必要がある。ロスまで輸送しなければならない。明日いっぱいはかかる」

ジェニファーが考えながら言う。

冷凍ボックスをUCサンバレーのCDC臨時事務所に送り出してから、カールはもう一度、マンモスを見た。三万年前には母親に連れられて、シベリアの雪原を歩いていたのだ。

「生後一年というところか」

「よほどしっかりと、凍土が護《まも》ってくれたのね」

「ママはどうしたんだ。おまえを置いて行ってしまったのか。もう一頭のマンモスはおまえの友達か。ずっと一緒にいたんだろ」

カールはマンモスに語り掛けた。

「ここは封鎖する。警官とCDCの警備を付ける」

カールは倉庫の管理人に告げた。

「移動したほうがいいんじゃない」

ジェニファーが言う。アンカレジの倉庫の爆発と炎上を思い出しているのだ。

「焼却がベストだ。しかし、もっと調べてからだ。どんなウイルスやバクテリアがいるか分からない」

「燃やすなんて。学術的にはすごく大事なものよ。もっと安全なところに移せばいい」

「安全なところってどこだ。どうやって移すんだ。移動中に何が起こるか分からない。ウイルスの有無の検査を待ちたい。ただし、アンカレジの倉庫のように燃えてしまっては、取り返しがつかない。CDCで責任を持って管理してくれ」

カールの言葉にジェニファーは黙った。

その日の夜、カールはＣＤＣのオフィスに残ってパソコンを見ていた。ディスプレイにはエボラウイルスに似た棒状のウイルスが映っている。

「いつまで見てるつもりなの」

声に振り向くとジェニファーが立っている。

カールは慌ててマウスをクリックして、画像を消した。

ジェニファーの手が伸びてキーを押すと、ディスプレイにはウイルスが現われる。

「マスコミに送るつもりね。パニックが起こる」

「このままでは、いずれウイルスはサンバレーから全米、世界に広がる」

「市の防疫体制がダメだと言うのね」

「我々は三年以上続いたコロナ禍から多くのことを学んだ。しかしこの一年の間に、白紙に戻っている」

「それはサンバレー市に気の毒よ。彼らは頑張ってる」

「頑張るだけでは意味がない。封じ込めなければ、我々は再度ウイルスに負ける」

カールが言い切る。

「二百五十人と八十人。今日の感染者と死者。増えている。どこがダメなの。感染者は即刻隔離している。その家族や友人、接触者は要注意リストに入れて観察している。空港も幹線道路も州兵と警察で封鎖している。市民だって、我々に協力的。医療従事者だって自己犠牲をいとわない」

「かろうじて、町の封鎖はできている。他の地域で感染者は出てない。しかしその他はすべてに甘いんだ。百パーセントでなければダメだ。たとえ〇・〇一パーセントのほころびでも、ウイルスはそれを見逃さない。わずかな隙《すき》をついて、人にもぐり込み、仲間を増やそうと狙《ねら》っている。一度破れた堰《せき》は一気に穴を広げ、崩壊する」

ジェニファーが考え込んでいる。

「近いうちに感染者は爆発的に増える。でも、どうすればいいの」

「それを考え、実行するのがきみたち、CDCの仕事だろう。僕は前に失敗している。CDCを追われた人間だ」

「それは違う。あなたはCDCを追われたわけでも、仕事に失敗したわけでもない。あなた自身が自分に負けたから。アルコールに逃げた。私たちは、少なくとも私はあなたに手を差し伸べた。でも、あなたはそれを見ようともしなかった」

「僕が母にコロナを感染させ、僕は母が入院したことも死んだことも知らなかった」

「あなたもコロナに感染して戦っていた。知らせなかったのはお母さんの意思だと聞いている」

カールは耳をふさぎたい衝動にかられた。何度も聞かされてきた言葉だ。だが許される理由にはならない。

「あなたのおかげで、アメリカの収束は数カ月は早まった。これはCDC職員全員の意見よ。あなたが救った命は数万人に及ぶ」

「しかし、僕は母一人の命さえ救えなかった。それどころか、僕が母を感染させ、殺した」

「それはあなたのせいじゃない。これだけは信じてほしい」

ジェニファーがカールの手を握った。カールはその手から逃れるように立ち上がるとドアの方に歩いた。

3

感染者は徐々にではあるが増えていった。

CDCでは五十人の医師と感染症の専門家、事務職員を送り込んで、州と市の職員と医師をバックアップした。

連日数十人の割合で感染者は増えていき、その半数が死んでいく。病状は二極化していた。症状が急激に悪化して死に至る者と、微熱と倦怠感《けんたいかん》を感じる程度の者だ。

カールはジェニファーと臨時隔離施設にした、サンバレー高校の体育館にいた。

目の前には百床のベッドが並べられ、その全てが埋まっている。

「まだウイルスの遺伝子解析さえできていないのは怠慢以外ないだろう」

「コロナウイルスの再感染だと信じていました。コロナのPCR検査をしても陽性反応が出ないので、その間に感染が拡大しました」

市の医師が自信を打ち砕かれ、疲れ切った顔で言う。

「致死率がコロナウイルスの十倍以上だ。コロナウイルスは肺疾患を引き起こす。今回は全身疾患だ。内臓が侵されている。明らかにコロナとは違う。誰か気が付かなかったのか。きみらの目は単なる飾りか。頭の中に脳ミソは一グラムも入っていないのか」

カールはまわりの医療従事者たちを見回しながら、大声を上げた。

「今回のウイルスはコロナウイルスより遥《はる》かに大きい。光学顕微鏡でもその形は分かる」

「エボラに似たウイルスです。ここにはＰ４ラボがありません」

カールが声の主を睨みつけ、大きく息を吸った。握った拳《こぶし》が震えている。

ジェニファーがカールを押しのけ前に出た。これ以上、カールにしゃべらせるとマズいと判断したのだ。

「バレンタイン教授の言うことは分かったでしょ。すでにウイルスは特定されている。至急ウイルスの遺伝子解析をするのよ。解析結果を過去のウイルスと比べれば、ウイルスの弱点が分かる。思い込みはすべて捨てて白紙で取り掛かるの。まず、患者の血液を電子顕微鏡にかける。より大きく、よりクリアーにね。ウイルスを特定したら、それを培養する。培養できたら、ＣＤＣのラボで遺伝子解析をする。遺伝子解析の結果を付けて、ウイルスを全米、世界の大学、研究機関、企業に送るのよ。Ｐ４ラボを持っているどこかの施設がひと月以内に抗ウイルス剤を作り上げる。さあ、仕事にかかって」

ジェニファーが早口で言うと、パンパンと手を叩《たた》いた。その響きは体育館中に広がる。

「あなたの言葉は正しい。確かにすべての動きが遅すぎる」

ジェニファーが小声でカールに語り掛けた。

「きみは怒っているのか。どんなときも冷静かと思ってた」

「こういう時は、誰かが冷静でいなきゃならない」

「その役割を僕に譲ってくれたのか。これ以上僕を無能だと思わせないために」

「分かっているのは、感染して発症までに約三日。その後、八十パーセントの者が重症化して、致死率は現在のところ五十パーセント。平均二日で死んでる。これだと、ウイルスの培養はかなり難しい。培養する過程でほとんどの細胞は死んでしまう」

ジェニファーがカールの言葉を無視して言った。


対策本部にはCDCのメンバーが集まっていた。恒例になっている朝の会議だった。

「感染力が強くないのが幸いしている。おそらく接触感染が主流だ。手洗いと消毒を徹底すれば、感染はかなり防げる。当然、マスク着用と手洗いは続けろ。コロナウイルスの時と同じだ」

カールはCDCの職員を見回しながら言う。全員が静まり返って聞いている。

コロナウイルスは飛沫感染、インフルエンザはそれに空気感染が加わる。そのため、一人感染者が出ると急激に感染は広がる。今回の場合は、接触感染が主だ。

「感染を止めるのはコロナよりずっと楽なはずだ。住民たちにエボラウイルスの恐ろしさを教えて対策を徹底させろ。少しは注意するだろう」

スティーブが叱《しか》りつけるように言う。彼もイラついているのだ。

「そういう言い方はやめろ。今日、何人が死んだと思ってる。感染者や死者にとってはコロナもエボラも同じだ」

カールの強い口調の声が響くと、周囲にはさらなる緊張が生まれる。

「早く仕事に戻って。私たちがのんびりしてる間も、ウイルスは増殖を続けている」

ジェニファーの言葉で凍り付いていた空気がわずかに解けた。

「みんな、必死なのよ。もっとみんなの気持ちを考えてあげて」

「僕が悪かった。謝っておいてくれ」

カールは部屋を出て、屋上に上がった。一人になりたかったのだ。サンフランシスコ、ロサンゼルスと違って、平面的な街だ。高層ビルはダウンタウンにわずかに見える程度だ。五階建てのホテルも高い建物の部類に入っている。なぜバレーという名がついた。ふっと頭に浮かんだ。

正面に白い建物が見える。市立病院だ。そこに現在八十二名の感染者が入っている。今朝の報告では、三十六名が重症と聞いた。すでに四十一名が死亡している。

右手に見えるのは太平洋だ。陽《ひ》の光を受けてざわめく様に輝いている。

カールはシベリアの雪原を思い浮かべた。あの地の冬は、長い夜とマイナス三十度以下にもなる極寒の大気だ。

「どうしたの、あんなに興奮して」

気がつくとジェニファーが横に立っている。

「自分でも抑えようがないことがある。もう一年以上もたっているというのに」

「やはり、カウンセリングを受けるべきよ。あなたにはもっと休息が必要。コロナの時は十年分働いた」

「もう、コロナが出て四年だ。世界は立ち直りつつある。今また、あの状況になれば、立ち直ることができなくなる」

「そんなことない。人間は強い。コロナで証明された。あなたも本音ではそう信じているはず」

ニューヨークは一時、病院は廊下にまで感染者が溢れ、近くの学校の体育館は、死体袋が並んだ。しかし今は観光客が押し寄せ、笑いとおしゃべりの声が町に溢れている。ジェニファーの言葉はカールの心に響いた。だが、それに反発する自分を抑えることのできない気持ちもある。

「今度のウイルスはさらに強力だ。致死率という点において」

「人間も強力になってる。コロナ禍で多くを学んだ。新しいワクチンの製造、抗ウイルス剤の製造。過去の何十倍も速くなっている。我々は逆境で多くを経験した。これこそ人間の特権よ」

「ウイルスも進化している。変異だって早い」

「人間だって進化している。忍耐と努力を学んだ。おまけに知恵を付けて、過去の悪夢も経験と知恵に換えることができる。これに勝る力ってあると思う」

ジェニファーがカールを見つめた。カールも分かっている。しかし素直に喜べない何かがある。

「きみは楽観的すぎる。しかし、一緒にいると元気が出てくる。なんにでも立ち向かう勇気と未来を信じることができる」

カールは一瞬何かを考え込むようにジェニファーから目をそらし、再度見つめた。

その時、ジェニファーのスマホが鳴り始めた。何度か頷いてから電話を切った。

「ウイルスの遺伝子解析の結果が出た」

ジェニファーの言葉でカールは歩き出していた。


対策本部に戻るとＣＤＣのメンバーが壁際に置かれた大型モニターの前に集まっている。

画面にはウイルスの電子顕微鏡写真と遺伝子解析の結果が写されていた。

カールは前列に出て画面を凝視した。

「ウイルスの数が非常に少ないのに感染力、毒性が強い理由は、ウイルスの大きさかも知れない。コロナウイルスの数倍ある。エボラウイルスの倍近くだ。光学顕微鏡でも形をとらえることができる。こんなのが細胞に入り込むと、直ちに破壊してしまう」

独り言のように言うが、全員に聞かせるためだ。さらに続けた。

「これでウイルス数が増えると致死率はもっと上がる。遺伝子情報によると、ウイルスの毒性も強くなる可能性がある。致死率が高くなっている。発症までの期間は三日だ。その後、二日で重症化して死んでいく患者が多い。全患者の情報を洗い出せ。性別、年齢、生活環境、過去の病歴、基礎疾患の有無、すべてだ。患者の症状は時間を追って詳しく記録するんだ。コロナウイルスに捕らわれないで新しいウイルスに対処するんだ。いつまでにできる」

カールは途中で立ち上がり、部屋中を見回しながら大声を出した。部屋は静まりかえっている。

隣に立っていたＣＤＣの女性職員に目を止めた。

「早急にやります」

「一時間だ。今までの遅れを取り戻せ。一時間後にできたものを持ってきてくれ」

ＣＤＣの職員はあわてて出て行った。

「これで少しは私たちが戦う相手が分かった。私たちはコロナウイルスに勝った。今度も、みんなで全力を尽くしましょ」

ジェニファーがカールの前に出て言う。職員たちはそれぞれの部署に戻って行った。

「男のヒステリーは最低。あなたが怒鳴りつけた女性は優秀な研究員。ニューヨークから派遣されてる。彼女には子どもが二人。彼らを実家に預けて彼女はここにいるのよ」

ジェニファーがカールの耳元で囁いた。

「男のヒステリーと女の献身的頑張りが、子供たちを守ることにもなる」

「エボラウイルスの変異株ならおおごとよ。すでにこれだけの感染者が出て、人が死んでる」

ジェニファーが話題を変えるように言った。今のカールには何を言っても通じないことを悟ったのだろう。

カールは、アメリカでエボラ出血熱の感染者が初めて出た時のことを思い出していた。二〇一四年、アフリカ、ザイールからの帰国者が感染していて、彼の治療に関《かか》わった女性看護師が感染したのだ。

感染者は熱帯雨林で感染して、帰国して発症した。エボラウイルスは接触感染で広がる。宿主の小動物との接触、または感染して死亡した野生動物の血、分泌液などの体液や臓器に触れ、皮膚の傷や粘膜を通して感染する。

　血液中にウイルスがある限り、感染源となる。そのためエボラにかかった人、あるいは亡くなった人の血液や排泄物《はいせつぶつ》、吐物などにふれた医療従事者、近親者が感染する。埋葬儀式で死者の体に参列者が直接触れることにより、感染が広がることもある。

　このときは、四名が感染して一名が亡くなった。それで抑えることができたのは徹底的な感染予防と封じ込めを行ったからだ。

「まず必要なのはこの町の完全なロックダウンだ。不要不急の外出禁止の徹底だ。現状で町の外に感染が広がると、収拾がつかなくなる。ひと月で全米に広まる。その後は世界だ。コロナ以上の惨劇が起こる」

「町から出ようとする者も増えてる。いずれ非常線も破られる。どうすればいいの」

　ジェニファーがすがるような目でカールを見ている。


　カールとジェニファーは市長に会いに行った。ロックダウンのさらなる強化を頼むためだ。

　サンドラ・クーパー市長は三十八歳、サンバレー初の女性市長、最年少市長だ。

　次世代を担うバイオ・IT企業にもっと女性の力をという政策を掲げて当選した二世議員だ。父親のロバート・クーパー前市長は、コロナ期を乗り切った年に、自らも感染して亡くなった。

　彼女は、サンバレーを世界一のバイオ・IT都市にするという父親が果たせなかった夢の実現者として当選した。大手IT企業の創業者の一人として、AI開発の責任者を辞めての政界進出だった。

ジェニファーがサンドラ市長に現状を説明した。

「感染者、死者が共に増えています。市民は恐れと疲れで疲弊しています。この調子だと、封鎖は近いうちに破られます」

「分かっています。あなたたちは、最高の方法は何だと考えているの」

「感染症対策は、コロナ対策と同じです。体内にウイルスを入れないこと。そのためには地道な対策が欠かせません。マスク、手洗いなど当り前のことをやり続ける。もっとも重要なことは感染者の隔離です」

「すでにやっています。それでも、感染者は増え続ける」

「やり方のせいです。市長のやり方は、すべてに甘い。ウイルスはその甘さを見逃しません」

カールは市長とジェニファーの間に割り込んだ。

市長がこの無礼な男は誰だ、という顔でカールを見ている。カールは続けた。

「しかも感染力は初期に比べて高くなっている。このままでは感染はさらに拡大します」

「どういうことです。いま、町はすでにロックダウンしています。これからクリスマスシーズンです。これ以上の対策は、経済的なダメージがきわめて大きい」

「クリスマスまでまだ時間はあります。収束させれば、なんとかセーフです」

市長は考え込んでいる。

「サンフランシスコとロサンゼルスに感染が広まれば、全米が感染者で溢れるのは一週間かからないでしょう」

「我々はどうすればいいと思いますか」

「町をロックダウンすることです」

「すでにしていると言いました。空港と町から出る幹線道路は州兵と警官で封鎖しています。住民にも外出しないように呼びかけています」

「あなたは勘違いしておられる。コロナ禍の時を思い出してください。多くの町では薬局、スーパーなど生活必需品以外の店は閉まっていました。通りからは人が消え、住民は自宅に閉じこもり耐えていました。あなたは町の出入りは禁じたが、町の内部はまだ十分とは言えません」

カールは市長を見据え、強い口調で言うとさらに続けた。

「クリスマス休暇に入れば、町には今以上に人が増えるでしょう。もっと町の住民に自粛を求めるべきです。あなた方は自らウイルスを広めていると。コロナウイルスの恐ろしさを思い出すように訴えるべきです」

「そんなことをやれば市民が大反発します」

「コロナよりもひどい感染症を全米に広めた、最悪の市長として歴史に残るか、感染を止めた有能な市長として歴史に刻まれるか。あなたの決断一つです」

市長はカールの言葉に戸惑い、怯《おび》えているようにさえ見える。

「このままだと手遅れになります。たった今も、ウイルスはさらなる感染者を求めてうごめいています」

「私はコロナ禍で疲弊した町の活性化を掲げて市長に当選しました。サンバレーは経済活動を維持しつつ、感染症を抑え込む方法を取ります。あなた方はあなた方の義務を果たしてください。現状のままで、この忌まわしいウイルスを抑え込んでください。すべての責任は私が取ります」

市長は毅然《きぜん》とした口調で言い放った。

どう責任を取るというのだ。死者に対して責任などなんの意味もない。カールはかろうじてその言葉を飲み込んだ。ジェニファーがカールの足を強く踏んだのだ。


「我々は現状を保ちつつ、できる範囲のことをやれというわけね」

市長室を出るとジェニファーがカールに言う。

「そうらしいな。彼らはコロナ禍から何を学んだんだ。感染症は、決断と忍耐との戦いなんだ。どこかで思い切った決断を下す。その決断を実行し続けること、忍耐が重要だ」

対策本部に戻ると、感染者と死者の数はさらに増えている。

「今後は指数関数的に増えていく。これ以上、何をやれというんだ」

カールが吐き捨てるように言う。

その後もカールたちの努力に反して、感染者と死者の数は増え続けた。

4

カールはジェニファーを連れて市長室に向かった。

三日後、カールとジェニファーにクーパー市長から会いたいと電話があったのだ。

「あなたは黙ってて。話すと話がこじれるだけ」

「だったら何で僕を連れていく」

「市長の頼みだからよ」

途中の車の中でジェニファーが言う。

市長室には沈痛な顔をした市長以下、副市長など十人余りの市職員がいた。

「私はロックダウンを続けている。感染者と濃厚接触者の隔離もね。でも、感染者は一向に減りません。死者もますます増えている」

「前に言ったはずです。現状のロックダウンでは十分ではありません。隔離についてもです。抜け道だらけだ。ウイルスは狡猾《こうかつ》です。その隙間をついて侵入してくる。必要なのは一個のウイルスも通さない、完全なロックダウンと隔離です」

ジェニファーがカールの考えを市長に説明した。

市長は無言で聞いているが、十分に理解しているとは思えなかった。

「私たちはどうすればいいの。結論を教えて」

「このウイルスの感染は主に接触感染です。飛沫感染で広がるコロナウイルスよりも感染を防ぐのは楽なはずです。感染防止と同時にウイルス研究を進めて、治療薬の開発を急ぎます。ＣＤＣではすでに各方面にできる限りの情報を提供しています」

そのとき突然、ドアが開き、秘書が入ってきた。

「デモ隊が市庁舎を目指して押し寄せてきます」

窓を開けると、通りのざわめきが市長室まで聞こえてくる。

「市長が家族と側近を連れて町を出たという噂《うわさ》が広まっています。その抗議でしょう」

副市長が市長の横に来て言う。

「私はここにいる」

「デモの民衆はそんなこと知りません」

「直ちに州兵に連絡を取って、市庁舎の周辺に配置させろ。暴徒から護《まも》るんだ」

警察署長が声を上げる。

「やめた方がいい」

今まで黙っていたカールは声を上げた。部屋中の視線が集まる。

「彼らは暴徒じゃない。普通の市民たちだ。彼らは怖いんです。不安なんです。まだコロナ禍の恐怖が心に刻まれているんです」

カールは市長たちをゆっくりと見回した。

「思い出してほしい。ほんの数年前です。病院が感染者で溢れ、日に何千人も死んでいった日々を。またあの頃《ころ》の再来かと思うと、居ても立ってもいられないんでしょう。彼らこそ、被害者なのです」

部屋は静まり返っている。

「私はどうすればいい」

市長の口から細い声が漏れた。

「市民を遠ざけるのではなく、市長自らが彼らの前に立つのです。私はここにいる。あなた方と共にこの町にいるということを示すのです」

「彼らは納得してくれるでしょうか」

「彼らがあなたを選んだ。あなたは常に彼らと共にいる義務がある」

カールは強い口調で言った。

「でも、私は――」

市長の声は上ずり、明らかにうろたえている。カールに向ける視線が救いを求めている。

カールは迷ったが、職員に市長と二人にしてくれるように頼んだ。

ジェニファーは眉《まゆ》を吊《つ》り上げたが、何も言わず職員たちを促すようにして出て行った。

市長室にはカールと市長が残された。

「有り難う。醜態をさらさずにすみました」

市長がカールにすがるような視線を向けてくる。

「私はバカじゃない。自分をよく知っている。この難局を乗り切る能力も自信もない。父の遺志を継げ。私はそういう周りの声に推されて市長になったにすぎない」

「だったら、周りに応《こた》えてください。あなたは少なくとも正直だ。自分の弱さを自覚し、助けを求める知恵も持っている。自分で思っている以上に強いはずです」

カールは市長を見つめた。市長が次第に落ち着きを取り戻してくる。

「あなたが直接彼らの前に立ち、呼びかけるのです。私はここにいると」

カールは市長に言う。

「住民は信頼できる市長と言葉を求めているのです。雲の上の市長ではなく、不安を共有できる市長を求めているのです」

「何を言えばいいの。私はここにいる、だけでいいの」

「それだけで市民は落ち着きます。そのための市長でしょう」

市長はしばらく考えていたが、頷いた。

「私は感染症に関しては、ほとんど何も知らない」

「今は、あなたの存在を示すだけでいい。私は常に市民と共にある、直ちに自宅に帰るようにと。自制こそがこの難局に打ち勝つことができる。そして彼らに、今日中に全市民に向けて語り掛けると約束してください」

「できる限り彼らを説得してみる」

市長が立ち上がった。

「一緒にいてくれると心強い」

市長がカールに向き直り小声で言う。カールは頷いた。

市庁舎の前は市民で埋まっていた。彼らの声が怒号のように響いている。

市長がその前に立った。一瞬声が弱まったが、すぐにさらに大きく変わる。

「我々はアメリカ市民だ。国内のどこにでも行く自由がある。今すぐに町のロックダウンを解いてほしい。州兵にも引き上げの指示を出してくれ」

アメリカ国旗を持った初老の男が市長の前に来て言う。周りから、賛同の声が上がった。

カールが市長の背中を軽く押した。市長が一歩踏み出す。

「私もアメリカ市民です。そしてサンバレーの市長です。それを誇りに思っている。だから私は町のロックダウンの道を選びました。これ以上、感染を町の外に広げるべきではない。市長としては市民の命と生活を守り、アメリカ国民としては、国民としての義務を果たし、国の安全を守りたい。サンバレー市民の皆さんを多くの困難に直面させ、犠牲を払ってもらうかもしれません。しかし、それは最小限に止《とど》めます。私は最大の努力をすることを約束します」

市長は男を見すえて言った。

「あんたは逃げたんじゃないのか。逃げるのはこれからなのか」

「私は市長就任式の時、常に市民と共に生きることを約束しました。あなた方とこの町に留《とど》まります。私は市民とサンバレーを愛しています」

市長は男から背後に並ぶ市民たちに視線を移した。

「どうか、このまま帰ってください。コロナと同様、人が集まり、大声で話すこと、そして触れ合うことこそがこのウイルスの思うつぼなのです。家で家族と静かにすごすこと、電話で語り合うことがこの感染を早く収束させる手段なのです。どうかみなさんに神のご加護を」

市長は人々に語りかけるように言うと、深々と頭を下げた。

うなりのように響いていた市民の声も次第に低くなっていく。

「市長が我々と共にいてくれる。もう少し待ってみようじゃないか」

男が振り向いて群衆に呼びかけた。

「アメリカ万歳、サンバレー万歳」

どこからか声が上がり、さざ波のように群衆に広がっていく。

市長は再度丁寧に頭を下げ、カールに促されて市庁舎に戻っていった。


市長室で、カールは市長と二人きりで向き合っていた。

「あなたはよくやりました。市長としての能力は十分にあります。自信を持ってください」

「あなたのおかげです。カール博士。あなたが背中を押してくれた」

「問題はこれからです。あなたは市民に応えなければならない」

「カール博士、あなたにお願いがある」

市長がカールを見つめた。その目には感謝の思いが溢れている。

「感染症対策の私のアドバイザーになってほしい」

「ニューヨークでの評価を知っていますか。私はすぐにロックダウンをしたがる臆病者《おくびょうもの》、厄介者と言われています」

「でもあなたは、ニューヨークを救ったCDC職員です。たとえ元がついてもね。アメリカ政府は、ただの臆病者、厄介者を送って来たりはしない。コロナ禍のあとです。用心しすぎるくらいがいい。あなたの処置は正しいと信じています」

「暫定的というのであればお引き受けします。この感染に収束の目処《めど》が立つまで」

市長は大きく頷いた。

「私はまず、何をすればいい」

「サンバレー市はかつてないほどの厳しいロックダウンを行うべきです。そのためにはまず市民の信頼を得ることが第一です。それには具体的な目標と期限を与えてください」

「私にできるでしょうか。私は感染症に対してはほとんど知識がない」

市長は細く低い声で言った。

「原稿は私が書きます。必要であれば、あなたの背後にいます」

「あなたを信じています。私は自分の能力のなさを今ほど悔しく思うことはありません」

「あなたは正直で率直な人だ。それも類《たぐい》まれな能力の持ち主です。あなたの側近には素晴らしい人が集まっている。みんなあなたを信じ、ついてきている」

カールは心からそう思った。

「次に私は何をすればいい」

「感染症の専門家を集めて、今後の対策を決めましょう。決まり次第、それを市民に伝えていく」

「市民が納得するでしょうか。しないから、今日のように市庁舎に押し寄せてきた」

「まずはテレビで呼びかけましょう。あなたは正直に現状を伝えればいい。詳細は私が話します」

カールの助言に従い、市長は一時間後に会見を開くことを告げた。

市長室にテレビクルーを呼んで、サンバレー市の全市民に向けて呼びかけるのだ。

カールと市長は原稿を書くために、市長室にこもった。


一時間後、市長は市長室の執務デスクに座っていた。

正面には三台のテレビカメラがある。この放送はサンバレー市のすべてのテレビ局で流され、リアルタイムでサンバレーの各家庭に届けられる。テレビ局からはさらに全米へと放送される。

市長がテレビカメラを睨むように見ている。

「現在、この執務室に入っているテレビカメラは三台です。これらのカメラにより撮られた映像は、リアルタイムにサンバレー、全米、さらには全世界に流されます。過去のコロナ禍後、再び深刻な被害を人類に与えようとしている感染症、パンデミックに立ち向かう、アメリカ西海岸のサンバレー市の市長に話を聞きたいと思います」

テレビ局を代表したCNNのディレクターの言葉のあと、カメラは市長に向けられた。

市長の市民への訴えが始まった。市長はカールの方をちらちら見ている。

カールは市長に向かって、大きく頷いた。

「私はサンバレー市の市長サンドラ・クーパーです。私は市長室から全市民の方々に話しています。私は常に皆さんと一緒です」

市長のテレビカメラに向ける目には怯えが感じられ、声にも自信がない。

「現在、私たちは大いなる危機に直面しています。コロナに続く新しい感染症の流行が起こっています。二〇一九年、中国武漢《ぶかん》で現れた一つのウイルスがひと月あまりで世界に広まり、三年間で六億人以上の感染者を出し、六百万人以上の死者を出しました。しかし、世界中の勇敢な市民、医療従事者の方々の勇気と献身によってこの戦いに打ち勝ちました。私たちは次なる戦いにも勝利せねばなりません。それには、皆さんの力が必要です。皆さんの勇気ある行動と決断が必要です。どうか、サンバレーに留まってほしい」

話すにつれて、市長の声には次第に自信が蘇《よみがえ》ってきた。カールの方を見ることもなくなり、テレビカメラに誠実さ溢れる眼差《まなざ》しを向けている。

そう、それでいい。カールは市長に向かって無言で語りかけた。

「現在、サンバレーはエボラウイルスに似た未知のウイルスによって引き起こされる感染症と戦っています。市民の皆さんには多くの不自由と困難を強いています。そのおかげでウイルスは封じ込められています。幸いにしてこのウイルスはコロナウイルスほど感染力が強くなく、主に接触感染によって広まります。今後しばらくはこの状態が続きます。どうか、この困難に耐えてください。それには、カリフォルニア州、全米の皆さんの力が必要です。市民を護り、アメリカを護り、世界を護るために皆さんの協力が必要なのです」

市長は息を吐いて、視線をカールに向けた。それでいい、とカールは頷いた。

「私たちはコロナに打ち勝ちました。この新しい感染症にも必ず打ち勝ちます。このウイルスは注意さえすれば感染を防ぐことができます。私はいつも、皆さんとともにいます。神のご加護を」

室内に拍手が溢れた。テレビクルーたちも拍手をしている。

「市長、立派でした。市民はあなたについていきます。もちろん私もです」

クルーたちが市長に握手を求めてきた。市長は笑みを浮かべながら、コロナ禍と同様に接触を遠慮する動作を繰り返している。

市長がカールに何か言いたそうに視線を送ってくる。

「市長は疲れています。しかし、始まりはこれからです。どうか皆さん、市長にしばしの休息を与えて下さい」

カールは市長の側に行き、大声を出した。

市長室にはカールと市長が向き合って座っていた。

「あなたの意見に従います。指示を出してほしい。責任はすべて私が取ります」

市長は感謝と信頼に溢れた視線でカールを見つめた。

「今後、ウイルスと感染者に関するすべてのデータを世界に公表します」

市長の顔に不安があらわれた。これ以上、市民の不安を増すようなことは避けたいのだろう。

「いい情報も、悪い情報もです。これ以上のパニックを起こさないためです。市民と同様にＣＤ

CとWHOに公表すれば、世界に流れます。我々は世界の英知から、アドバイスが得られます」

「非難と嫌がらせは起こりませんか。私に対しては当然ですが、サンバレー以外の地域から、市民と市に対して」

「すでに起こっています。それは恐怖と不安からです。人は未知なものに対しては恐れが先に立ちます。正確な現状が分かれば、希望も見えてきます」

「あなたはオプティミストなんですね」

「ペシミストよりいいとは思いませんか。憶測と不確実なことが嫌いなだけです」

カールはドアを開けてスタッフに入るように言った。

副市長以下、市役所の幹部職員たちが入ってきた。

「州兵と警察の指揮官と市の感染症対策班を集めてくれ。CDCの職員もだ」

カールは全員に向かって言うと、ジェニファーを呼んだ。

「きみは僕の補佐官となってほしい。僕が行きすぎたことをやらないように見ていてほしい」

「見てるだけじゃイヤよ」

「当然だ。意見は十分に聞くつもりだ」

市長室全体が一つの方向に向かって動き始めた。


その日のうちにサンバレー市はより厳格にロックダウンされた。サンバレー空港は完全に封鎖され、飛行機の離発着はゼロになった。町の外に通じる道は、幹線道路だけではなくすべての道路に、軍か警察の車両が並べられ、自動小銃を持った完全武装の州兵によって封鎖された。住民たちも不要な外出は禁止され、日用品以外の店は自主的な休業を求められた。サンバレーの通りからは人が消えた。

この状況は全米はもちろん、全世界にテレビやSNSによって流された。サンバレーには全米からマスコミ関係者が押し寄せたが、州兵と警官たちによって町に入る前に止められた。

それでも、市内の様子は市内のマスコミとSNSによって、正確に外部に伝えられた。

5

カールの指導の下に具体的な感染症対策が始まった。

市長室にカールと市長、市と州の感染症対策の専門家たちが集まっていた。さらに連邦政府からは、CDCの上級職員が三十人余り派遣されている。ジェニファーはメディカルオフィサーとして指揮を執っていた。

カールはサンドラ・クーパー市長の横に立った。

「町は完全にロックダウンされています。他の町に感染を広げないためです。その代わり、近隣の町はもちろん、全米にサンバレーの支援と協力をお願いします」

市長が集まっている人たちに説明する。事前にカールと相談して決めた内容だ。

「具体的には今までのロックダウンを続けます。しかし、より詳細に、より厳格にということです。市役所内に対策本部を設置します。指揮は、カール博士にとってもらいます。詳しくは、カール博士に説明してもらいます」

市長がカールに場所を代わった。

「感染症は恐ろしい病気です。三年以上にわたり続いたコロナ禍で世界は十分すぎるほどその恐怖を知りました。しかし原因は、単独では生きることさえできない、弱く微小なウイルスです。そのウイルスを体内に入れさえしなければいい。コロナウイルスの主な感染は飛沫感染です。空気感染するとさえ言われてきました。感染力は強い。今回のウイルスは、エボラウイルスに近い。主な感染ルートは接触感染です。患者の体液に触れさえしなければいい。つまり感染力は弱い。だが、致死率は非常に高く最近では五十パーセント以上とされています。感染して二日で全身に広がり、重症化し、翌日には亡くなっているケースが多くなっています」

カールは室内を見回した。全員が緊張した表情で聞いている。

「しかし感染対策をしっかりして、最大の注意を払っていれば、決して恐れることはありません。エイズウイルスは最初は恐れられました。話すだけ、握手するだけで感染するのではないか。現在では、それが間違いであることはみんな知っています。普通に接する分には恐れることはない。要はウイルスを体内に入れなければいいのです」

カールはコロナが流行し始めてから何百回となく繰り返した話をした。

「今まで通りの感染対策を徹底して行います。その具体的事項を決め、関係者だけでなく一般市民にも厳しく守ってもらいます。違反者には拘束を含めて対処します」

感染者との接し方、死亡者の扱い方を説明し、感染と重症化を減らす新しい数値目標を決めた。今後、一週間で感染者数と死亡者数を半分にすると言うのだ。

会議は一時間で終わった。

カールたちは市役所内に作られた対策本部に移った。

「感染者と死亡者のリストを作ってくれ。名前、年齢、住所、過去の病歴、職歴、現在の仕事、病状、家族構成、ここ数週間の行動、すべてが分かるリストだ」

市内の病院から報告される、感染者数と死亡者数をまとめた資料を送るよう指示した。ＡＩで処理すれば感染者と死亡者の傾向が分かる。

「急に言われても無理よ。感染者には様々な人がいる。意識がある人、ない人。本人調査ができないんだから。死者からは聞くことができない。さらにプライバシー保護の問題もある」

ジェニファーが言う。

「完全なものでなくてもいい。空白があれば分かり次第、埋めていけ。とりあえずは名前と性別、年齢、病状、住所が欲しい」

「一時間で作ります」

「三十分だ」

職員は直ちに作業に入った。

「感染者は全員、隔離する。病院内は汚染区域、非汚染区域をレッドゾーンとグリーンゾーンで色分けする。その出入りは徹底的にチェックする。マスク、手袋、防護ガウンは出入りの都度替える。出入り口には消毒液のマットを敷いて、靴の消毒を行う。相手は目には見えないウイルスだ。しかし、必ず存在する。そのことを心に焼き付けておけ。ここにいる者は今から全員がウイルス対策のエキスパートだ。感染したら、自分が負けたことになる」

カールは部屋中の者に向かって大声を出した。

「市立病院はすでに感染者でいっぱいです。医療崩壊が起きています。感染者全員の隔離なんてとてもできません」

「まず一般の患者を他の施設に移せ。市立病院はウイルス感染者の重症者だけを収容する」

「バカを言わないで。そんな余裕はどこにあるの。ドクターも看護師も足らない」

ジェニファーがもう耐えられないという表情で口を出した。

「コロナの二の舞になりたいのか。ムリであっても、完全な隔離を実行するしかない」

市内の複数の学校の体育館に、ウイルス感染患者専用の隔離病棟を作った。百以上のベッドをおいて、病状の度合いで分けて患者を収容した。

新しい態勢を取ってから三日がすぎた。

カールたちは市庁舎に泊まり込んで対策に追われていた。

夕方に、その日の感染者と死亡者数が報告された。その後会議が開かれ、データの分析を行い、新しい対策が決められる。

感染者と死者の数は急激な増加は抑えられているが、依然として増え続けている。幸いなのは、市の外に感染者が出ていないことだ。ロックダウンは機能している。

「感染者の隔離はできている。なぜ感染者が減らないんだ」

カールは苛立《いらだ》ちを含んだ声を出した。

「我々にできることは、効きもしない抗ウイルス薬を試すだけか。そんな気休めを行うなら、まじない師と同じようなものだ。違うのはスーパーコンピュータを使って過去の薬の効果を調べるのと、鶏の頭と豚の骨を転がすのとの違いだけだ」

「なにをそんなにイラついているの。ヒステリーを起こしている猿みたい。あなたのお母さんが言ってた。自分の思い通りにいかないときはいつもそうだって」

ジェニファーが皮肉を込めて言う。彼女は大学時代、頻繁にカールの家に来ていた時期がある。実家がカリフォルニアにあるジェニファーが寂しいだろうとの気遣いからだ。彼女とカールの母親は妙に気が合い、二人で料理を作っていることもあった。大学院に進み勉強が忙しくなってからは、そんな機会も少なくなった。時折ジェニファーのことを聞かれることもあったが、元気にやってるとしか答えていない。

「我々がやってるのは、単純なことだ。ウイルスを体内に入れないこと。接触感染さえ防げばいい。なぜそれができない」

「〈簡単なことだけど、それがいちばん難しい〉。誰の言葉か覚えてる。あなたよ。コロナ禍のときにね」

「このウイルスは接触感染が主だ。マスクとフェイスガード、手袋をして患者に接するだけで防げるはずだ」

「感染者の急激な増加は抑えられてる。市外への感染もない」

死者の数は微増に抑えられているが、感染者は増えている。


その夜、カールは電話で呼び出された。ニックの容態が急変して、重体になったのだ。

病院に駆けつけると、ＩＣＵの前にジェニファーが立っている。

「三時間前に突然悪化して、血を吐いた。典型的なサイトカインストーム。内臓がかなりやられているらしい。明らかにエボラ出血熱の症状」

ジェニファーが声を潜めて言う。

「彼は単に濃厚接触者じゃなかったのか。経過観察のために入院していると聞いていた」

「入院中に感染して発症したってことなの」

「おそらく。彼は一度ニューヨークで感染している。抗体ができていて、重症化しないはずだ。ニューヨークのウイルスとサンバレーのウイルスは違うということなのか」

「どういうことなの」

カールの呟きにジェニファーが反応した。

「僕にも分からない。でも重要なことのように思える」

カールはＩＣＵのガラス越しに、複数の管につながれベッドに横たわるニックの姿を見つめた。

今、彼の体内ではウイルスが細胞を破壊している。そのウイルスを排除するためにサイトカインが作られるが、暴走を起こし逆に細胞が傷付けられているのだ。

「行きましょ。ここにいても何もできない。私たちにはやらなきゃならないことがある」

ジェニファーがカールを促した。

ニックが死亡したと報告があったのは、一時間後だった。


深夜、十二時をすぎていた。

対策本部にはまだ半数以上の職員が残っている。

カールは感染者リストに見入っていた。

「あなたの直感で素晴らしいことが分かったの。朝には町中のウイルスが消えてるような」

「重症者と軽症者が地区によって明確に分かれている」

カールはリストから目を離さず言った。

ジェニファーがのぞき込んでくる。

カールはデスクに地図を広げ、赤と青のマーカーで、死者の多い地区と感染者の多い地区に印をつけていった。

「感染者が多ければ、当然死者が多いはずだ。感染者が少なければ死者も少ないはずだ。医療レベルが同じであれば。しかし、必ずしもそうじゃない」

「確かに明確に分かれてる。死者の多い地区と、感染者が多い地区がある。致死率には明確な違いが出てるはず」

ジェニファーの顔に驚きが現れている。

「経済格差、医療格差、住んでいる年齢層の違い、人種の違い、何か考えられることはないか」

「私の知る限りランダムです。関連性は――思いつきません」

カールの横にいた中年の職員が地図に目を向けて言う。

「たしかに、地域によって致死率が大きく違っている。何か原因があるはず。違っているモノは何なの。サンバレーの住人として、何か気が付くことはないの」

ジェニファーの言葉で、二人の周りに職員たちが寄ってきた。

「過去の病歴。使っている薬。過去に受けた治療。何か症状に違いが出るようなものはないか。性別、年齢、生活環境、何でもいい。至急、地域ごとに分けて調べるんだ。今日休んでいる者も全員集めてくれ。一時間後にミーティングだ」

カールは大声で指示を出した。

一時間後、集めた資料についてミーティングが行われた。患者の病歴、体質、遺伝子などには原因と認められるモノはなかった。

「医療格差のせいでもない。経済格差とも違う。人種の偏りもない。いったい、何が違うというの」

いつもは冷静なジェニファーが苛立った声を出している。

カールの脳裏にニックの顔が浮かんだ。好きなタイプではなかったが、どこか憎めない男だった。助けられたことも何度かある。

ニューヨークで彼は高熱と嘔吐《おうと》、発汗、錯乱も起こしたと聞いた。おそらく、ウイルスに感染していた。しかし一晩でほぼ回復している。ニューヨークでは他に感染者は出ていない。いや、我々が気付かなかっただけなのかもしれない。彼らは軽症か無症状だったのだ。コロナウイルスにも同様なことがあった。特に、パンデミック初期の二〇二〇年と終息期の二〇二三年では感染者の病状はまったく違っていた。後期は、風邪程度か無症状の者が多い。

ニックはサンバレーに来て、再びウイルスに感染した。今度は重症化して死に至った。

「ウイルスが違うのかもしれない」

カールが呟くように言う。何げなく言った言葉だが、重い響きを持って脳裏に響いてくる。

ジェニファーもカールを見ている。

「ウイルスの遺伝子を調べろ。二種類のウイルスがいるのかもしれない。まずニック・ハドソン、ナショナルバイオ社の副社長だ。彼はアンカレジとサンバレーの二頭のマンモスに触れている」

室内は騒がしくなった。

会議室はひっそりとしていた。

カールは窓際の椅子《いす》に座って、すでに二時間も前から二組の顕微鏡写真と遺伝子解析の結果を見ていた。

ニックの血液にいたウイルスを分離して得られた写真と遺伝子データだ。

カールの前にコーヒーカップが置かれた。意識を目覚めさせる芳醇《ほうじゅん》な香りが広がる。

ジェニファーが自分のコーヒーカップを持ってカールの横に座り、写真を自分の方に向けた。

「あなたの言葉は当たってた。二種類のウイルスがいた」

棒状ウイルスの頭の突起がわずかに違っている。言われなければ分からない程度の違いだ。同様に、遺伝子にもわずかな違いがあった。そのわずかな違いが大きな結果の違いを生み出すのだ。ウイルスの場合、感染力と毒性だ。それは生と死につながる。

「ニューヨークのウイルスが変異して、サンバレーのウイルスになった」

「シベリアでマンモスが発見されて、半月もたっていない。変異は感染を繰り返すことによる遺伝子のコピーミスだ。感染はそんなに繰り返されてはいない」

無言だったカールがジェニファーの言葉に口を開いた。

「でも、なにごとにも例外はある。今度がその例外かもしれない」

「ウイルスは二種類いたがそれは変異によってじゃない。もっと過去にさかのぼって分かれたものだ。弱毒性のウイルスと強毒性のウイルス。ニックはその両方に感染していた」

「太古のウイルスには神さまが関係しているというわけね」

ジェニファーが皮肉を込めて言うと、続けた。

「でも、誰も信じてはくれないわよ」

「僕は信じるさ。なんでも起こる世の中なんだろ」

カールはウイルスの写真を見ながら考え込んでいる。

じっと見ていると、ウイルスが話しかけてくるような錯覚に陥る。同時に、言葉では言い表せない恐怖が湧《わ》き上がってくる。何とかその恐怖を弱めようと、コーヒーを喉《のど》に流し込んだ。気がつくと、この一週間、アルコールを口にしていない。発作も起きていない。

6

ＵＣサンバレーに設置されたＣＤＣ臨時事務所の会議室には、ＣＤＣの職員たちが集まっていた。

前に置かれたホワイトボードには、今までに分かっている感染経路が書かれている。カール・バレンタイン教授から重大な発表があるから、全員無理をしてでも出席するようにとの連絡があったのだ。

部屋は静まり返っていた。あの傲慢《ごうまん》な男が、今度は何を言い出すのだという緊張感溢れる顔でカールを見ている。

カールがホワイトボードを片付け、大型モニターをセットするように指示した。

「私の見解を述べさせていただく」

カールの声が会議室に響いた。

全員疲れ切った顔をしているが、真剣な視線をカールに向けている。

「今回の感染は、二種類のウイルスによって引き起こされていると言わざるを得ない」

カールはゆっくりと室内を見回し、話し始めた。

大型モニターには、二組の顕微鏡写真と遺伝子解析の結果が映し出されていた。ニックの血液からウイルスを分離して得られた写真と遺伝子データだ。

「よく見てほしい。同じ感染者から採取したウイルスのデータだ。微妙に違っている。この違いが重症者と軽症者を生み出す」

カールはニックがシベリアでマンモスを見つけ、その遺伝子を抽出してクローンを製造しようとしていた経緯について話した。

最前列で聞いていたジェニファーは手元のデータを見つめたまま無言だった。

「最優先にすべきは、この事実をもとにして現在の感染を何とか抑え込むことだ」

カールの指示で大型モニターの画面が切り替わった。

市内の病院と隔離施設の位置が出ている。

「感染者数、死者数が地域によって明らかに違っている。感染者は多いが死者が少ない地域、感染者は少ないが死者の多い地域に分かれている。前地域のウイルスをウイルス1、後地域のウイルスをウイルス2とすると、ウイルス1とウイルス2のエリアは明らかに異なっている。この二つのウイルスは弱毒性と強毒性の二つに明確に分かれている」

カールは再度、CDCの職員たちに目を向けた。部屋には異様な雰囲気が漂っている。

「感染力は強いが致死率は低いウイルス1と、感染力は弱いが致死率の高いウイルス2だ。この二つが入り混じっていると考えられる」

「ウイルスの変異のことを言っているのですか。だったら元のウイルスは――」

「ウイルスが変異を起こすには時間が足らない。まだ、データも出そろってない。遺伝子の比較も十分にやってはいない。ある研究者は致死率の低いウイルス1に目がいき、他の研究者はウイルス2に目がいっている。総合的にデータを見直す必要がある」

反論は出ない。カールが示したデータにCDC職員たちの目は張り付いている。

さらに、カールの声が部屋に響いた。

「ウイルスの起源は同じかもしれない。しかし、長い時間をかけて変異を繰り返し、枝分かれして、ウイルス1となり、ウイルス2となって、サンバレーに現れた。僕はそう考えている」

静まり返っていた部屋にさざめきの様な声が広がり始めた。

「この感染を抑えるにはどうすべきでしょうか」

どこからか声が上がった。

「両方の負の部分に照準を合わせるほかない。つまり、感染力、致死率ともに高いウイルスのまん延ととらえて対処すべきだ」

カールは強い意志を込めて言い切った。

「さらに詳しい情報がほしい。今述べたことを考えながら情報を集めてほしい」

カールの声で全員が作業に入った。


翌日の朝、各地域ごとにサンプリングされたウイルスの遺伝子情報が出てきた。大部分の者が徹夜したのだ。

朝の会議で、データを見ていたカールが顔を上げた。

「やはり、ウイルスが違っている」

カールはかすれた声を上げた。ジェニファーがデータを覗き込んでくる。

あくまで個人的な意見だが、と前置きしてカールは全員に話し始めた。

「わずかだが、ウイルスのＤＮＡに違いがある。重症者のウイルスは、サンバレーに保管されているマンモスから採取されたウイルスと同じだ。軽症者のウイルスは、重症者のウイルスとはＤＮＡの一部に違いがある」

カールはＤＮＡの一部を指しながら説明を続けた。

「ニューヨークのウイルス、これはアンカレジに保管されていたマンモスからのウイルス１だ。致死率は低い。もう一つはサンバレーのマンモスからのウイルス２だ。これは致死率が六十パーセントを超えている強毒性のウイルスだ。ニックは最初、ウイルス１に感染したが、ここでウイルス２に感染した。ウイルス２はウイルス１と起源は同じだと考えられるが、より危険なウイルスに生まれ変わった。今後、ヒトからヒトへと感染していく経緯で、より強力に変異する可能性がある」

カールは淡々と話した。話しているうちに、カールの中でウイルスがより具体性を増しながら成長していく。おそらくニックは自分がウイルスに感染したことを知っていた。そのため、体調不良を押してまでサンバレーにやってきた。保管しているマンモスを調べるためだ。あるいは秘密裏に処分するために。想定外だったのは、自分自身が隔離されたことだ。そこで、毒性の強いウイルス２に感染した。続けての感染は症状をさらに進行させた。推測にすぎないが、確信に近い思いがカールに沸き起こった。

「重症者と軽症者の違いは地域差や個人差で出ているんじゃない。ウイルスの遺伝情報の違いから出ている。異なるウイルスが存在している」

カールはＤＮＡ情報のチャートをディスプレイに映し、違いを説明した。

ジェニファーも食い入るように見つめている。

「新しい対策を考えなきゃ」

ジェニファーの言葉にカールは考え込んでいる。

「まず、ウイルス１に感染している者とウイルス２に感染している者に分ける。そのグループをさらに、重症者と軽症者に分ける。この四つのグループに対して、最適な治療法をさがすんだ。異論のある者はいるか」

カールは部屋中を見回した。

「病棟の確保が難しい。現在でも病床が足らない状態です」

カールはディスプレイにサンバレーの地図を映した。

「町の西側には牧場がある。ここに新しい隔離病棟を建設したい」

「何週間もかかる。その頃には、町は感染者で溢れている」

カールは市長に視線を向けた。

「あなたが全米に向かって呼びかけてほしい。兵舎と簡易ベッドでいい。二百床規模の病棟を四棟。軽症者は全員、病院からそっちに移します。医師と看護師のボランティアを全米から集めてほしい。なんとしても感染をサンバレーに封じ込める。全米にその意思を伝えてほしい。だから全米でサンバレーを支えてほしいと伝えてください」

「方法はそれしかないの」

「現在のベストの方法だと断言します。責任は私がとります」

「バレンタイン教授の方針に従いましょう。ただし、責任の所在はすべて私にあります」

市長は信頼の眼差しをカールに向けると、強い意志を込めて言った。

カールはサンバレーに派遣されている州兵の指揮官の大佐を市の西にある牧場に連れ出した。兵舎用のプレハブ建設を頼むためだ。目の前にはなだらかに続く冬の牧場が広がっている。

「この町にはウイルス感染者の隔離施設が必要です。少なくとも二百人の感染者が収容できる病棟を四棟、明日中に作ってもらいたい」

大佐はカールが出した図面を見ている。一棟に二百人分のベッドを並べる計画だ。その病棟を計四棟。状況によって増やす計画だった。

「大型の兵舎を四棟と言うと、四日は必要です」

「コロナの時、中国は一週間で二千人収容の病棟を建てた。医療設備が整った病棟です。我々が必要としているのは、ただベッドの並んだ病棟です。数もその半分以下です。あなた方なら、必ずできる」

「医師と看護師は十分なのか」

医師と看護師は百人以上が必要だ。

「全米から志願者がきています。町の外に医師百名、看護師三百名が待機しています。全員が感染症患者には十分な経験を積んでいる。コロナ禍で感染症病棟で働いていた人たちです」

さらにカールはウイルスの種類が違う現状を述べて、感染者を厳密に選別する計画を話した。

大佐は牧場に目を向けたまま頷きながら聞いている。

「病棟は明日の夜までにはできる。すでに機材は取り寄せてある。問題は場所とそこで働く医療従事者の確保だと思っていた。きみがゴーサインを出せば、今からでも工事にかかれる」

「感謝します。直ちに建設に取り掛かってください。隔離は早ければ早い方がいい。隔離病棟ができるまでに、患者の選別をしておきます」

カールは大佐に握手を求めた。

「町ではインフラの用意をしてほしい。電気と水はすぐにでも必要だ」

直ちに感染者の血液が採取されて、遺伝子検査に回された。ウイルス1と2の二つのウイルスの判別のためだ。

翌日の夜までには、牧場の東側に体育館ほどの真新しい建物が四棟完成した。中には簡易ベッドが一棟に二百床入っている。各棟にはウイルスと症状別に患者が入った。

新しいウイルス対策が行われるようになって、感染者は急激に減っていった。

特に致死率の高いウイルスの感染者に対しては、医療が集中され特別の対応策がとられた。

二日後には感染者が目に見えて減り始めた。

カールがホテルに戻り部屋に入ったところでスマホが鳴り始めた。

〈カール、あなた宛《あ》ての特別便がCDCに届いてる〉

ジェニファーの声が飛び込んでくる。

「CDCにか。誰からか読んでくれ」

〈ダン・ウェルチよ。あなたたち、まだ連絡を取り合ってるの。喧嘩《けんか》別れしたって聞いてる〉

ジェニファーの驚きを含んだ声が返ってくる。

〈彼は現在、何してるの。私が知ってるのは大学からいなくなったところまで〉

「僕もきみと同じようなものだ。テレビのニュースで見た程度だ。会ってなどいない」

ダンはカールの大学時代の友人だ。二人は生化学研究室の学生だった。ルームメートとして一年間をすごしたこともある。

いつも同じ猫の顔がプリントされたTシャツを着て、本を抱えて速足で歩いていた。授業では必ず、最後列の窓際の席に座っていた。考え込むと頭をかく癖がある。いつもは無口だが、しゃべりだすと止まらなかった。地球温暖化、自然保護、動物愛護、グリーンエネルギーといった言葉が次々に出てきた。教授の前でも学生たちと話すときも同じだった。カールたちは壊れたテープレコーダーと呼んでいた。「また、壊れたテープレコーダーが回り始めた」。しかしカールは知っていた。ダンは研究室のどの学生よりも優れた頭脳の持ち主だということを。

彼は自然保護団体、グレート・ネイチャーに入会した。グレート・ネイチャーは自然・環境保護を謳《うた》う国際規模の過激派集団だ。そして、いつの間にかダンの姿は大学から消えていた。

次にダンを見たのはテレビだった。実験動物の販売会社をダイナマイトで爆破した容疑でFBIに逮捕されたのだ。この時は、証拠不十分で起訴は免れている。

ルームメートだった時、妹がいたと聞いたことがある。ダンには内緒でネットで調べた。五歳違いの妹で名はアナベル、十二歳で亡くなっている。死因は多臓器不全。アラスカのシェールオイル発掘に伴う公害裁判で和解に持ち込み、両親は数十万ドルの和解金を得ている。その金で自分は大学で勉強をしていると、自虐的に語っていた。ダンは十五歳までアラスカに住んでいたと聞いたことがある。

「何だか分かるか」

〈一片三十センチの立方体の箱。かなり重い。私の想像だと冷凍ボックス〉

「何で僕宛てに送ってくる。それもCDC経由で。開けてくれ。いや、待ってくれ。これから、すぐにそっちに行く。CDCの車をよこしてくれないか」

まだ町にはタクシーはほとんど走っていない。見かけるのは軍用車両か警察車両だ。ほぼ十分おきに救急車が通っていく。

カールは脱いだばかりのコートを着た。妙な胸騒ぎがしたのだ。

ホテルの前の通りに立った時、クラクションの音がしてCDCのバンがカールの前に止まった。

運転しているのはジェニファーだ。

「きみが来たのか」

「CDC宛ての特別便が気になってね。私にも見せてくれるでしょ。なぜ、ダンがわざわざCDCに送ってくるの。それもあなた宛てに」

カールが助手席のドアを開けると、段ボール箱が置いてある。箱を抱えて、助手席に座った。

カールは慎重に箱を調べた。おそらく中はジェニファーの予想通り冷凍ボックスだ。だとすると――。

「大学の研究所に行く。開けるとき、私も立ち会いたい」

ジェニファーが言うと車が走り出した。

「ここじゃダメだ。アンカレジから送られている。重要資料って書いてある」

「なぜ、ここじゃダメなの。ダンのプレゼントなんでしょ」

「ここの大学にはP4ラボはないだろう」

「P3ラボに予約を入れといた。着けばすぐに使える」

「P4ラボが必要だ。どうせ、ウイルスかバクテリアだ。僕に調べろと言ってる」

「箱を開けなさいよ。手紙は入ってないの」

カールは箱を開けた。予想通り冷凍ボックスだ。

上面に手書きで「パルウイルス」と書いたラベルが貼《は》ってある。パルとは仲間のことだ。そして、ラベルの横にはP4と書かれていた。

「パルウイルス。何なのそれって」

「文字通りなんじゃないのか。仲間のウイルス」

「なんの仲間だって言うの。ウイルスの仲間ってこと。他に意味はないの」

「ダンは昔飼っていた一匹の熱帯魚の話をしたことがある。パルという名前だ。僕の仲間、パルフィッシュと呼んでいた。孤独な仲間、パルウイルスだ。美しいブルーのグッピーで、何時間も話しかけてたそうだ」

「バカ言わないで。真面目に考えてよ」

ダンは冗談が通じる男じゃない。彼の笑った顔は見たこともない。

カールは考え込んだ後、口に出した。

「サンバレーのウイルスは二種類。ウイルス1とウイルス2だ。その仲間ってことじゃないか」

カールはラベルの横のＰ４を指した。

「だから、Ｐ４ラボで調べたい」

「あなたなら大丈夫。Ｐ３であろうと、Ｐ４であろうと。自信を持ちなさい。私もついているし」

ジェニファーの言葉に矛盾を感じつつも、カールは何も言わなかった。

十分でカリフォルニア大学、サンバレー校に到着した。

カールとジェニファーは防護服に着替えて、Ｐ３ラボに入った。

実験室に入って冷凍ボックスを開けた。中には二本の試験官が入っている。一本は血液。もう一本は細胞と書かれたラベルが貼ってあり、数ミリ四方の肉片が入っている。

「やはりＰ４ラボにすべきだったか」

二本の試験管を見ながら、カールが言う。

「両方とも電子顕微鏡写真を撮って、遺伝子配列が知りたい。遺伝子配列の解析はＣＤＣに回してほしい。その時、毒性の検査も頼みたい」

「ここでやればいいのに。変なところに潔癖なのね」

「危険だ。それに、毒性検査はここではできない」

二人は手分けして、二つのサンプルを電子顕微鏡にかけるために処理していった。

二時間後には、すべての作業は終わった。

遺伝子配列の結果が出るのは三時間後だ。

電子顕微鏡の映像はＰ３を出て、隣室のテレビモニターで見ることができる。

二人はモニターの前に座った。

モニターには肉片の電子顕微鏡の映像が映っている。ギョロ目のミミズのようなウイルスだ。

「これもマンモス由来のウイルスなのか。ダンもニックのマンモスに関係しているのか」

カールの口から無意識の声が漏れた。自分に問いかける声だ。カールはさらに続けた。

「ウイルス１ともウイルス２とも違う。変異したものか。いや、もっと検査が必要だ」

ジェニファーも顔を近づけてくる。

「体長はエボラウイルスの倍近くあり、目のような突起も三つに近い。これがパルウイルスなの。ウイルス１、２が変異したウイルス」

ジェニファーがかすれた声を出した。パルウイルスという言葉が不気味な響きを持ってカールの精神に突き刺さった。

「まだ分からない。ただ、今までのマンモス由来のウイルスとも違ってる」

「変異株なんかじゃない。かなり大きく違ってる。ダンは何を考えているの。変人だとは聞いていたけど」

カールは横のモニターのキーを押した。濃紺の線状のものが現われる。倍率を上げているので輪郭は鮮明ではないが、電子顕微鏡で見ているのと同じウイルスだ。

「なにこれ。ダークブルーのウイルスなの」

「電子顕微鏡じゃ色が分からない。光学顕微鏡にもセットしておいた。普通のウイルスの数倍はあるので形くらいは見えると思った」

じっと見ていると動き出しそうだ。二人はしばらくその青いウイルスを見ていた。

「彼は変人だけど、最高に優秀な遺伝子学者だ。何か意味があるはずだ。意味もなく、こんなヤバそうなウイルスを送ってくるはずはない」

「変人だから我々には理解できないことをやるのよ。昔と同じ」

ジェニファーはモニターから視線を外した。

そのとき、ふっとカールの頭に、はにかんだようなダンの顔が浮かんだ。

「食物連鎖だ。たとえば海を考えろ。頂点が大型の捕食動物、マグロやイルカなど。次が小型の動物、イワシなどの小魚。次が動物性プランクトンだ。その下が植物性プランクトン。このピラミッド型の生態系を壊さないように自然は成り立っている。どこかのバランスが崩れると、ピラミッド自体が崩壊する」

「そんなことは、もっと落ち着いてから考えてよ。私はここの感染を抑えることで頭がいっぱい」

カールはジェニファーにかまわず話し続けた。

「植物性プランクトンが増えすぎると、海水は酸素や栄養素が減り、その上のグループに大きなダメージを与える。大型捕食動物が増えて、小型の動物を食い尽くすと、プランクトンが増えすぎて、海は逆に汚染される。だから、プランクトンの下には、莫大《ばくだい》な数のウイルスがいると考えられている。このウイルスが増えすぎた動物を減らす役割を担っている」

「なにが言いたいの」

ジェニファーが不機嫌そうな声を出した。

「人間は増えすぎているとは思わないか。だから――」

「やめてよ、気味が悪い」

ジェニファーの声は真剣だった。カールは続けた。

「人間側から見ればコロナウイルスは大敵だけど、他の動物や地球から見れば救世主かもしれない。人間こそ、虐殺者であり破壊者。地球や他の多くの動物にとって、いなくなった方がいい存在かもしれない」

「本気でそう考えてるの」

「大学時代、ダンがみんなの前で言った。コロナの代わりにペストとスペインカゼを例に出してね。教室は静まりかえり、以後みんなダンを拒絶した。そして彼はベジタリアンになった。それ以来、変わり者で通ってる。しかし最近になって、彼の言動には納得することも多い」

ダンが大学をやめてグレート・ネイチャーに入ったのはその一年後だ。

「そんなの詭弁《きべん》。あなたのお母さんだって――」

途中で言葉を止めた。

「やめよう、答えの出ない問題を議論するのは」

しかしいつかは人類全体が真剣に考えなければならない問題だ。遠くない未来に。

二人はパルウイルスを冷凍ボックスに入れ直すと、ＣＤＣに行って、アトランタの本部に送る手続きをした。

7

一週間がすぎた。

新しい分離隔離の方法がうまくいったのか、感染者数は減り続けていた。それに伴い死者の数も増加傾向は鈍っている。

市庁舎の対策本部では、市長も参加した定例の朝の会議が行われていた。

「ニューヨークのＣＤＣから新しい報告です」

入ってきたジェニファーの言葉で、全員の目が彼女に集中する。

「いいことと、悪いことよ。この調子で行くと、我々の方がまじない師よりもチョットだけ賢いという結論」

ジェニファーはタブレットを操作して、スクリーンに資料を映した。

「感染者が減り続け、あと少しでピーク時の十分の一になる。封じ込めが効いたのよ」

「悪い方は」

市長が聞いた。最近は感染症に関する専門的な話もかなり理解している。市長室のデスクに置いてあったウイルスに関する本を見ると、多くの赤線と共に書き込みがあった。

「死者数は横ばい。つまり致死率が上がっています。六十パーセントを超えました。感染すれば十人に六人は死んでしまう」

「まだ、四人は生き残っている」

重苦しい空気を振り払うようにカールが言う。

「楽観的なのね」

「希望は持っていたいんだ。データシートを見せてくれ」

劇的な治療薬はまだないが、対症療法で持ち直す感染者もいる。薬の組み合わせが上手く行っているのか。

「市内の病院は一部の重症患者用病棟を残して、一般病棟に戻しても大丈夫だ。今後は重症患者を中心に治療を続けよう」

データシートから顔を上げたカールが言った。

「これほど早く収束に向かっているのは、カール博士、あなたのおかげです」

市長がカールの手を握った。

「コロナで十分な経験があったことと、全米から支援があったことも大きい。これは市長、あなたの力だ」

サンバレーのロックダウンは一週間以内に解除されることになった。


その日の夕方、カールは市庁舎の屋上で街並みを見ていた。

西側に広がる町の彼方には太平洋が見える。

町と海が赤く染まっている。朱色の大気が視野いっぱいに広がり、次第にその色が消えていく。

今回は運がよかった。一つの町の中にウイルスを封じ込めることができた。一つのウイルスでも外に出ていれば、コロナと同じように世界にまん延したかもしれない。

それでも、感染者三千三百名を出し、死者は千百二十五人に及んでいる。今も生死の境をさまよっている者もいる。

「なにを一人で考えてるの」

背後からの声と共に、ジェニファーが横に立った。

「これでよかったのかって思ってる。もっと最適な方法があったんじゃないか」

「いい加減に自分を解放したら。あなたはサンバレーのウイルスが二種類あることを突き止めた。適切な隔離で感染拡大を止め、町を封鎖して、ウイルスを封じ込めた。この町の人だけじゃなく、アメリカ、世界中の人を救ったの。もう自分を責めるのはやめにしたら」

「まだ、終わっちゃいない。ウイルスはまだ我々を狙っている。隙があれば入り込もうと」

ジェニファーが軽いため息をついた。

「たしかに、ウイルスは一種類じゃなかった。ニックがニューヨークで感染したのは、ウイルス1。彼はそれで安心した。自分にはすでに免疫ができている。でも、この町のウイルスはウイルス2。感染力は弱いけれど、致死率が格段に大きくなっている。ウイルス2はウイルス1が気の遠くなるような時間をかけて変異したものだと思う。感染しにくい代わりに、より強毒にね。ウイルスだって生き延びるために必死で、変異はそのための手段。いつまた、次の変異ウイルスが出てくるか分からない」

カールは視線を海に向けたまま呟く。

「ダンから送られてきたウイルス、何だったの。メモが入ってたでしょ。見たのよ。私にも知る権利がある」

ジェニファーが思い出したように聞いてくる。

「細胞サンプルの検査依頼のメモだ。CDCには十分な装置があることをダンは知ってる」

「あなたは嘘がつけないと言ったでしょ。ただの検査なら、あなたに頼まない。CDCに直接出せばいい。あるいは大学の研究所でもできる」

ジェニファーがカールを見つめている。

「きみも大学の研究室で直接、パルウイルスを見ただろう。青いウイルスだ。CDCからの報告はまだない。一見、ウイルス1や2に似ているが。はるかに強力だと思う。毒性、感染力においてもね」

「ウイルス1でもウイルス2でもない、パルウイルスね」

「さらに大きなウイルスだ。青みがかっている。遺伝子がわずかに違う。ほんのわずかな違いで、大きさ、形などすべてが変わっている。人間に対して致死率、感染力ともに、格段に強くなっていると思う。すでにヒト・ヒト感染も可能かもしれない」

「ダンには連絡してみたの。メモには他に書いてなかったの。どこで手に入れたか。なんのためにあなたに送ったか」

「あったのは、すぐに廃棄しろというメモだけだ」

「検査してくれとは、書いてなかったの。だったらあなたは何のために検査したの。ダンはあなたに、破棄してもらいたかっただけ」

ジェニファーのあまりの真剣さに、カールは彼女を見た。

「僕はゴミ箱じゃない。送られてきた以上、調べたくなるのが科学者の本能だ。彼は僕が調べるのが分かっていた。きみだってそうしたはずだ」

ジェニファーはそれ以上何も言わず、しばらく無言でカールを見ている。

「で、もう検査結果は出たんでしょ。そのウイルス3、パルウイルスの」

「サンバレーが落ち着いたらやるそうだ。それまでＣＤＣが厳重に保管している。もう死んでいるけど」

カールの精神に得体のしれない不安が湧き起こってくる。ＣＤＣの対応としては普通ではない。それとも、本当にサンバレーの感染対応で手一杯なのか。

「ダンはなぜ、直接ＣＤＣに頼まなかったのかしら。わざわざあなたに送って、ＣＤＣに検査させるだなんて」

「僕に教えたかったんじゃないかと思ってる。こんなウイルスがあるぞって。ＣＤＣの僕宛に送れば、表に出ることはなく僕に届く」

カールの言葉に、ジェニファーは反論しない。

「でも、自分で持っていれば安全に保管することはできる」

「それだけで終わらせたくなかったから、ダンは僕の所に送ってきた」

ダンはカールに何かしてほしいのではないか。無言のメッセージを送ってきたのではないか。

カールの脳裏には三つ目のウイルスが膨れ上がってくる。このウイルスは今まで見たものより遥かに危険なものかもしれない。だからダンはカール宛に送ってきた。ウイルスは最も強力な兵器ともなりうる。それは歴史が物語っている。これもダンが言った言葉だ。

「ダンはどこでそのウイルスを手に入れたの」

「きみに頼みがある。明日の朝、サンバレー空港からＣＤＣの専用機がシアトルまで出る。その飛行機に僕が乗れるように手配してくれ」

カールはジェニファーの問いに答えず言った。

「ダンはシアトルにいるの」

「シアトルからアンカレジ経由でシベリアに行く。ダンはシベリアにいた」

カールは確信を込めて言った。

「なんで分かるの」

「すべての始まりはマンモスだ。マンモスはシベリアで眠っていた。ニックたちがその眠りを覚ました。僕はもう一度、アンカレジに行ってみる。マンモス接触者の抗体を調べたい」

「アンカレジでは、感染者がもっといたはずだというの。無症状者が」

「それしか考えられない。アンカレジのウイルス1は、弱毒性のウイルスだ。無症状の者がいても不思議ではない。それを確かめて、他のウイルスを見つける。大事なことは、宿主とウイルスの関係を探り出して、根元を絶つことだ」

「サンバレーはどうなるの。感染はまだ続いている」

「終息は近いと言ったのはきみだ。市や州の衛生局の職員がいる。CDCのメンバーだっている。全員優秀で、熱意を持っている」

「私はここに残って、もう少し様子を見る」

カールは開きかけた口を閉じた。一緒に来てほしい。しかし、ここにはまだジェニファーが必要だ。

カールはこれで終わりという様にもう一度海に目を向けると、屋上からの出口に向かった。

第四章　太古のウイルス

1

翌朝、カールはＣＤＣの専用機に間に合うように、まだ暗いうちに起きて、ホテルのロビーに降りた。

ソファから人影が立ち上がった。

「ジェニファーか」

「ＣＤＣの本部から新しいチームが到着した。ここの仕事は私でなくてもできる」

「ダメだ。危険な仕事だ。きみには必ず報告する」

「ＣＤＣの専用機が、私をシアトルからアンカレジの支部まで送ることになっている。私が行かなければアンカレジまで行く必要はなくなり、飛行機はそのままニューヨークに行く。アンカレジには、半日は早くつけるんだけど」

カールは黙ってジェニファーの荷物を担ぎ上げた。

ホテルの前の道路にはＣＤＣの車が止まっていて、スティーブ・ハントが運転席から二人を見ている。

「ここは任せてくれ。我々の努力でウイルスの封じ込めは成功している。収束までは時間の問題だ。抗ウイルス薬の開発も進んでいる。今はワクチンまでは考えなくていいというのが上の結論だ」

カールとジェニファーが車に乗ると、スティーブが言う。我々という言葉に力を込めた。

「アンカレジ経由でシベリア。そこで何を調べるつもりなの」

「ダンはシベリアで何かを見つけた」

これはすでにカールの中で確信に近い思いとなっている。

「マンモスが掘り出された場所に行くってことね。場所が分かったとしても、どうやって調査隊を組織するの」

「掘り出しに行くんじゃない。調査に行くんだ。掘り出された場所に行って、土壌や状態を調べる」

「マンモスを調べるなら、わざわざシベリアまで行くことはない。シベリアはロシア、外国だ。サンバレーのマンモスを調べればいい。ウイルスの発生源だ」

二人の話を聞いていたスティーブが言う。

「もう調べた。遺伝子配列まで分かってる。二種類のウイルスはね」

「さらに強毒性のウイルスがいるということか」

カールは答えない。ウイルスがいることを望むわけではない。見つければ、一つの答えは出る。パルウイルスがどんなものか分からない。しかし、本能的に感じるのだ。何としてもパルウイルスが広がることは阻止しなければならない。おそらくダンもそう感じたのだ。

ＣＤＣの専用機は、サンバレー空港からシアトル経由のニューヨーク行きだった。それをジェニファーがＣＤＣアンカレジ支部にサンバレーの資料を持っていくという理由で、アンカレジまで送ってもらうことになったのだ。

飛行機は荷物の積み込みが終わっていた。ジェニファーたちが乗り込むとすぐに離陸した。サンバレー空港からシアトルまでは二時間半かかる。シアトルで荷物を下ろして一時間後にアンカレジに向けて出発した。

シアトルからアンカレジまで、三時間半のフライトだ。

「何を調べてるの」

飛行機の中でカールがタブレットを見ていると、ジェニファーが覗《のぞ》き込んでくる。

「マンモスはサハ川の近くで発掘されたと聞いている。どうやって行けばいいか調べてる」

「サハ川と言っても、長いでしょ。どの辺りなの」

「正確な場所はまだつかんでない」

「呆《あき》れた。そんなことも分からないのに、私を連れてきたの」

勝手についてきたんだ、と言いかけたが我慢した。

「きみは知ってるのか。シベリアのマンモスの遺体が出そうな所」

「ニックたちを運んだパイロットに聞くしかないんじゃないの」

「僕もそうしようと、思い始めていたところだ」

シアトルを離陸した飛行機はカナダの海岸線を飛んで、アンカレジに向かった。

アラスカ湾に入ると、眼下には白い景色が目立ち始める。

飛行機はアンカレジ市内の北にあるエルメンドルフ・エアー・フォース基地の飛行場に着陸した。

「テッド・スティーブンス・アンカレジ国際空港じゃないのか」

「贅沢《ぜいたく》言わないでよ。民間飛行場だと着陸を待たされるのよ。我慢しなさい、同じ市内なんだから」

二人は空軍の飛行場からタクシーでホテルに向かった。

カールとジェニファーはホテルに荷物を置くと、テッド・スティーブンス・アンカレジ空港に行った。

近くの酒場に行って、ボブを探した。

ボブは前と同じ席に座って、同じ仲間たちとウォッカを飲んでいた。

「また、探し物か」

「今度は頼みごとだ。シベリアのマンモスを掘り出した所に行きたい」

ボブは飲みかけたグラスをテーブルに置いて、カールを改めて見た。

「冗談だろう。俺《おれ》の話を聞いても、飲み代しかくれなかっただろう」

ボブはカールを睨《にら》むように見ている。

「マンモスはどこで見つけた」

カールはタブレットをテーブルに置いた。グーグルマップを開いて、シベリアを表示する。

タブレットをボブに向けると、ボブは地図の一点を指した。

「正確な場所なのか」

ボブはスマホを出して写真を見せた。シベリアの航空写真と凍土壁の写真だ。

一枚の写真には凍土の崖《がけ》からマンモスの牙《きば》が見えている。

「正確な場所はどこだ」

ボブがスマホを操作すると緯度と経度が現れる。

「その写真を僕のタブレットに転送してくれないか」

ボブは黙っている。

ジェニファーが二十ドル札を二枚テーブルに置いた。ボブがカールを見た。

その上にカールがさらに二枚。

ボブがスマホを操作した。

カールのタブレットに写真と位置情報が現れる。

「ここに連れて行ってほしい」

「あんた、気は確かか。自分が何を言ってるか分かってるのか」

ボブがカールを覗き込んでくる。アルコール臭い息にカールは思わず息を止めた。

「マンモスハンターのガイドなんだろ。僕たちはマンモスが発掘された現場に行きたい」

「簡単に言うな。それには国境を越えなきゃならないんだ。正規ルートだと、アンカレジの空港から極東シベリアのアナディル空港に飛んで、そこからセスナでジュグジュル山脈を越えて、レナ川に沿って飛ぶ。歩いていくと何日もかかる。天候によっては遭難する危険もある」

「あんたは何度も行ったんだろう。最短ルートを知ってるはずだ」

「国境はどうする。入国手続きなしってことは違法になる。捕まれば、国際問題だ。シベリアの刑務所はつらいぞ」

「空に国境線は引いてなかったんじゃないのか」

「極東シベリアまで飛ぶとなると、百ドル、二百ドルの話じゃない。その十倍は必要になる」

男の言葉にカールは小切手帳を出した。

「今どき、そんなものを使ってるのか。俺たちは現金しか受け取らない」

「CDCの小切手じゃダメなの。私のサインで決済ができる」

「ここはまだまだ田舎なんだ。キャッシュの力は大きい」

カールはザックの底から封筒を取り出し、ボブの前に置いた。

「三千ドル入っている。これで全部だ」

ボブはあわてた様子で手で覆い隠すようにして紙幣を数えた。ポケットに入れると顔を上げてカールを見た。

「装備はどうする。スニーカーと厚手のパーカーにコートじゃ、五分持たないね。彼らは何日もかけて用意をして、現場に向かうんだ。着いたらテントを張ってベースキャンプを作る。そこから永久凍土が溶け出している場所を探す。いちばん探しやすいのは崖になって、凍土壁がむき出しになった場所だ。マンモスの牙が飛び出してる。ただし、運が良けりゃあの話だ」

「悪ければどうなるの」

ジェニファーの声にボブは視線を彼女に向ける。

「マンモスの代わりに、凍ったあんたたちが見つかるわけだ。あんたら、二人で心中しに行くわけでもないんだろ」

「今日、装備はそろえるつもりだ。必要なモノを教えてくれ」

ボブは仲間たちに目を向けた。みんな笑いをかみ殺している。

「防寒着は厚めのもの。テントは用意しておく。食料は三日分用意する」

「二日分にしてくれ。僕たちは小食なんだ。それにこの近くには町があるだろ」

ボブはカールの指した先を見て、大げさに肩をすくめた。

「それで計画は？」

「まずレナ川の流域に連れて行ってくれ。きみたちがここまで運んだマンモスが出た場所だ。僕たちと荷物を下ろし、帰っていい」

「帰りはどうする。この季節、シベリアの夜は白クマだって凍死するぞ」

「電話する。待機していてくれ」

「スマホは通じなかったぜ。前に行ったときはな」

笑いながら言う。

カールはテーブルに携帯電話を置いた。衛星電話だ。

ボブの顔から笑みが消えた。

「あんた何者だ。ヤバい奴《やつ》らじゃないだろうな」

「カール・バレンタイン。マンモスハンターじゃないが、興味を持ってる。帰ってきたときにまた同じ額を払う」

カールがジェニファーを見ると、彼女があわてて頷《うなず》く。

「契約成立。出発は明日の朝六時だ」

ボブが手を出した。カールはその手を握った。


「相変わらず、行き当たりばったりね」

帰りの車の中でジェニファーが言った。

「怖いのか。だったら残ってもいいよ」

「あの電話、CDCの衛星電話でしょ。黙って持ってきたの。それって、窃盗に当たる」

「デイパックに入ってたんだ。返すのを忘れてた。今度、行ったときには返すよ」

「サンバレーのCDCでは、今ごろ大騒ぎよ」

「衛星電話どころじゃないだろ。僕が消え、ジェニファーも消えてしまった。感染対策で大忙しだ」

「あれでよかったのかしら。確かに感染終息の道筋は付けたけど」

「CDCをもっと信頼すべきだ。スティーブの顔を見ただろ。さっさといなくなれと言ってた」

「そうね、彼、自信に溢《あふ》れていた。最終報告書を読むのが楽しみ。自画自賛に溢れてるんでしょうね。でも一番の無責任男はあなた。私は一週間の休暇届を出してきた」

ジェニファーが軽いため息をついた。

「でも、帰りにボブが来なかったらどうするの。シベリアでアメリカ海兵隊に助けを求めても、時間がかかりすぎる」

「ロシアの連邦保健省に友人がいる。彼が助けてくれる」

「どういう知り合いなの」

「昔、ニューヨークの学会で知り合った。一緒に飲んで、自由の女神を案内した。ロシアに来た時は、必ず連絡してほしいと言ってた」

「少しは成長したのね」

ジェニファーの顔にホッとした表情が現れた。

「でも夜はどうするの。シベリアはこの季節、マイナス三十度。昼間でよ」

「近くでガスポルト社の天然ガス田の開発が進んでいる。その作業員が全ロシアから集まって、千人あまりの町ができている」

カールはタブレットで、極東シベリアの地図を開いた。

ボブが指した地点から四十キロほどの所にチェレムレフカという町がある。

「あなた、意外と金持ちなのね」

ジェニファーが思い出したように言う。

「ニックから受け取った遺伝子合成の謝礼だ。損傷の激しい遺伝子だった」

「芸は人を助けるってことか。いくらもらったの」

「大した額じゃない。やった仕事の代償としては」

「言いなさいよ。額によっては、私も転職を考えるから」

「三万ドルだ。それでも少ないくらいだ」

「時間は」

「十時間だ。だがかなりオーバーした」

ジェニファーが大げさに両腕を広げた。

「ニックは何をやりたかったんだろ。それほどの大金を使って」

改まった表情で考え込んでいる。

「マンモスの復活だ。それ自体は悪くはない。しかし、もっと用心すべきだった」

カールが強い口調で言った。


その日、半日かけて防寒着と靴をそろえた。

その後、カールはジェニファーと一緒に、アンカレジの中心にある〈アラスカ自然博物館〉に行った。シベリアとアラスカについてできる限り知っておきたかったのだ。

アラスカ州の歴史と地理を紹介する博物館だ。アンカレジなどの都市、州の多くを占める針葉樹林、永久凍土、まだ残る氷河、そして数十人で暮らす先住民の歴史と現在を紹介している。さらに、シベリアからアラスカへベーリング陸橋を渡ってきたマンモスの骨や牙、マンモスを狩猟していた古代人の遺跡や、生活様式が展示されていた。ヘラジカやクマの剝製《はくせい》、クジラの骨格標本もあった。

博物館はひっそりとしていた。冬のアンカレジを訪れる観光客は少ない。

来館者はカールとジェニファーの他、数人だけだった。二人は時間をかけてゆっくりと見て回った。永久凍土から掘り出された全長四メートルもあるマンモスの牙が展示されている。

「最近は永久凍土が解け出して、大地深く埋まっていたマンモスの牙や骨が大量に出てきています。すべては地球温暖化のせいです」

声に振り向くと初老の男が立っている。

「アラスカに興味がありますか。それともマンモスの方ですか」

「両方です。私たち、シベリア旅行が夢なんです。シベリアの大地でオーロラを見たい」

ジェニファーが笑みを浮かべて答える。

「遥《はる》か昔、シベリアとアラスカは陸続きでした。やがて大陸が移動し海ができました。ベーリング海峡です。三万年前には氷河期がきて海水面が下がり、シベリアとアラスカは再び歩いて渡れるようになりました。しかし、今では氷が解けてまた海になった。我々人間には想像できない時間をかけて変化しています。地球は生きているのです」

初老の男はサミュエルと名乗った。博物館の元学芸員で、退職してからはボランティアとして毎日来ていると話した。

「現在、問題となっているのは、地球温暖化です。年を追うごとに温暖化は激しさを増し、アラスカとシベリアから雪と氷を奪っていく」

地図を示しながら説明した。

「永久凍土やマンモスに興味を持つアメリカ人はあまり多くはないというのが現状でしてね。ただ、地球温暖化が永久凍土の融解を招いてマンモスの牙の発掘が騒がれ始めてからは、この博物館に興味を持つ者も増えてきました。来館者も増えつつある。ただし、冬場は日に十人ほどですがね。来てくれた方にはアラスカをもっと知ってもらいたい」

カールはふと思いついて、スマホを出した。写真を出してサミュエルに見せた。

「彼は僕の友人です。マンモスに興味を持っています。ここに来ませんでしたか」

サミュエルはメガネを外して顔を近づけ、写真を拡大したり元に戻したりしている。

「十年近く前の写真です。ずいぶん変わっていると思います」

「彼だと思います。髭《ひげ》を生やしていましたが、目の辺りが——間違いなく彼です。私の話を熱心に聞いてくれました」

サミュエルは確信するように大きく頷いている。

「いつ来たんですか」

「もうずいぶん前から何度も来てますよ」

カールは思わずジェニファーを見た。彼女も驚きを隠せない表情をしている。

「いちばん最近はいつですか」

サミュエルは考え込んでいたが顔を上げて二人を見た。

「もう、ひと月近く前になります。港の倉庫が燃えた日だったから」

あの日、ダンもアンカレジにいた。カールの脳裏に炎と煙を上げる倉庫が甦《よみがえ》った。あの中には子供のマンモスがいた。

「何に興味を持ってましたか。やはりマンモスですか」

「どの時代にどのくらいの期間、生息したのか。どこで生まれ、何を食べ、どのように生活していたのか。最後はどうなったのか。かなり知識はあったようですが、あえて私に聞いている感じでした。自分の知識を確認していたのかもしれません」

「彼はなぜマンモスについて調べているか言ってませんでしたか」

「最初は質問が主でした。私もかなり緊張して答えました。いいかげんなことは言えない。そういう雰囲気の方でした。でも何度も会っていると、次第に打ち解けてきました。しかし、プライベートなことは話していませんね」

「ウイルスについては、なにか言ってませんでしたか」

「モリウイルスですか」

サミュエルは即座に口に出し、カールを見つめた。

「それも含めてです」

正式名「モリウイルス・シベリカム」。三万年前のシベリアの永久凍土層から発見された巨大ウイルスだ。直径は六百ナノメートルで、五百二十三個の遺伝子が推定されたが、六十四パーセントが不明のままだ。現在でも増殖可能なウイルスとされている。

サミュエルは考え込んでいたが、顔を上げた。

「直接には言っていません。ただ、二〇一六年にはシベリア凍土から溶けだしたトナカイの死体から、炭疽菌《たんそきん》が拡散した話をしていました。二千頭以上のトナカイに感染して一人の少年の命を奪いました。凍土の融解は、まさに感染症の時限爆弾なんです、と彼は言ってました」

カールは息を吐いた。ダンらしい言い方だ。

「だから人間はもっと慎重になるべきだ、とも言ってました。技術革新は人間の知性を超えて進んでいる。これから地球は大きく変わっていく。その過程で、今まで出会ったことのない問題も起こる。コロナがいい例だとも」

「他に何か話しましたか」

「氷河の話もしていました。最近、世界的に氷河の後退が進んでいます。年間数メートルの後退ですが、年月が重なれば無視できない距離になります。アラスカ北部の地域、特に山岳部の氷河の解ける速度が上がっています。彼はずいぶん気にしていました。私にも昔と違ったことがあれば教えてほしいと言っていました」

「昔と違うことはありますか」

「すべてです。ここ数年、その違いはますます激しくなっています。平均気温の上昇、冬場の降雪量と北極海の流氷の減少、湖の氷の厚さや凍り始める時期、それに氷河の後退もです。彼は熱心に聞いていました。質問もしました」

「何についてです」

「アラスカとシベリアの永久凍土の状態、マンモスについての最新研究、それに、シベリアやアラスカの氷河の後退状態についてです」

やはりダンはマンモスを追っている。その過程でパルウイルスを見つけたのか。

カールの動悸《どうき》が早くなった。ジェニファーが不安そうな顔で見つめている。

「ダンが今、どこにいるかご存じありませんか」

サミュエルはカールの様子を見て驚いた表情をしている。

「彼は旅行者のようでした。大きめのデイパックを持って、ウォーキングシューズを履いていました。かなり泥に汚れていました」

「どこに行ったか、あるいは行くか言っていませんでしたか」

サミュエルは首を横に振った。

カールのスマホが鳴り始めた。

〈明日の朝、午前五時出発だ。一時間早める。空港まで来てくれ。時間厳守だ〉

それだけ言うとスマホは切れた。

カールはボブの言葉をジェニファーに告げた。

二人はサミュエルに礼を言って博物館を出た。

「ダンも博物館に行った。おそらくその後、シベリアのマンモスの発掘現場に行ったんだ」

「そこで、あのウイルスを手に入れた」

カールの言葉にジェニファーが続ける。

二人はホテル近くのレストランで早めに食事を済ませると、ホテルに戻った。

2

眼下には荒涼としたシベリアの大地が広がっている。

カールとジェニファーは、ボブが操縦するセスナに乗っていた。アンカレジからベーリング海峡を渡り、極東シベリアの上空に入った。

視野の半分が雪原で、残り半分が黒っぽい岩石のような永久凍土が露出している土地だ。

この永久凍土に近年、異常が起きている。地下のメタンハイドレートが解け出しているのだ。気体となったメタンガスが大地を突き抜けて噴出している。メタンの温暖化効果は二酸化炭素の二十五倍だ。このまま温暖化が進むと、回復不能になると言われている一因でもある。

カールは膝《ひざ》の上に置いたタブレットの地図と下の大地を見比べている。

「凄《すご》い大地だろ。地球上に未知の地域はないというのは大嘘《おおうそ》だ。未知の地域だらけだ。人は表面だけ見て、納得した気になる。しかし、その一ミリ下はまだまだ未知の世界が広がっている」

ボブが妙に達観した風に言う。二人はボブの夜と昼間の違いに驚いていた。

「どこまでも同じ風景だ。緯度と経度のみで飛んでるんだろ。この飛行機にGPSはついてるのか」

今朝、飛行機を見たときには驚いた。何十年も前のセスナ機だったのだ。機体の至る所に錆《さび》が浮いている。

「任せておけ。もう、何度も来ている。それにこれがある」

ボブが胸ポケットからスマホを出して振った。電波は届くのか。昨夜、彼が言っていたことだ。

セスナはレナ川に沿った小さな町の飛行場に着陸した。そこでセスナからヘリに乗り換えた。

一時間ほど飛んでヘリは高度を下げ始めた。下には小さな川が流れている。崖の凍土壁から解け出した水が集まって細い流れを作っている。

「あんたらが行くところは、着陸地点から徒歩で二時間の所だ。これから上空を飛ぶからよく見てるんだ」

「そこまで連れてってくれないの」

「ヘリが降りられない。断崖《だんがい》と泥水の大地だ。あんたらが飛び降りるのなら問題ない」

崖の下には所々に半分泥水に浸かった洞窟《どうくつ》がある。

「あの穴の一群を見ろ。二万年以上前から埋もれていたマンモスの牙や骨が出てきている。この辺りはマンモスハンターにとっちゃ宝の断崖だ」

「あんたが運んだアンカレジのマンモスの遺体はどこから出たんだ」

ボブが無言で指さした。

その先の崖の下に、高さ二メートルほどの亀裂《きれつ》が見える。

ヘリは高度を下げていく。

「あの亀裂が洞窟に続いている。穴に入って数メートルのところだ。一頭はそこから掘り出した。もう一頭はその横に寄り添うように埋まっていた。兄弟なんだろ」

カールは二頭のマンモスを思い出していた。マンモスは普通一頭しか子供を産まない。だが口には出さなかった。ジェニファーも窓にしがみ付くようにして見ている。

「頭に刻み込んでおけ。これから着陸地点に行く。帰りは連絡をくれ。迎えに来る」

ヘリは再度、崖の近くを飛んで高度を上げていく。

五分後には、川のそばの雪原に着陸した。


カールとジェニファーはリュックを背負って歩き始めた。

雪原と岩場で歩きにくい。

ボブは二時間もあれば洞窟に着くと言ったが、この土地に慣れた者の歩みだ。ジェニファーと一緒だと倍近くはかかるとカールは考えていた。昼すぎに到着すればラッキーだろう。

しかし、ジェニファーは常にカールの前を歩いていく。雪山に慣れた者の歩みだ。

「もっと、急げないの。昼前には着きたい」

ジェニファーが振り向いて言う。

昼前にはヘリから見た凍土の崖に着いた。崖から解け出した水が集まり、流れを作っている。その流れがさらに集まり、レナ川に流れ込んでいるのだ。

ジェニファーは休むことなく、崖を調べ始めた。

いたるところに洞窟がある。

「もっと詳しく場所を聞いておくべきだった」

「夏にはボーンラッシュで、この辺りは多くのマンモスハンターが牙や骨を探しに集まるらしい。西部劇時代のゴールドラッシュと同じだ。ニックもその一人だったんだろう」

カールは壁の大きなくぼみに近づいた。確かにボブの言葉を説明するような亀裂だ。

「ヘリから見たのは、この辺りの洞窟の一つよね。どれだったか覚えてるの」

「どの洞窟からもマンモスが出てきそうだ。ついでにウイルスもね」

ジェニファーがスマホを出して崖と写真を見比べている。いつの間にか、ヘリから崖の写真を撮っていたのだ。やがて崖の裂け目の一つを指さして、崖の方に歩いていく。

カールは腰をかがめて中を覗き込んだが、暗くて何も見えない。

突然、光が穴の壁面を照らした。

ジェニファーが懐中電灯で壁面をなぞっていく。

「確かに何が出てきても当然って所ね。マンモスやウイルスを含めて」

カールは穴の壁を調べていたが、デイパックから土壌の採集キットを出した。

「この辺り、大丈夫なの。ウイルスで汚染されてないの」

「ウイルスが生き残っているのはマンモスの体内だけだ。外部に出ると生きてはいない」

カールは言ったが、土壌の中に生息しているウイルスもいるはずだ。

三時間あまりかけて、数十の場所から土壌サンプルを取った。運がよければ、マンモスの体内で生息していたウイルスの痕跡《こんせき》が見つかるかもしれない。

「ダンもこの辺りに来たのかしら」

突然、ジェニファーが言う。

「可能性は高い。パルウイルスはマンモスの体内にいたウイルスに酷似している」

何げなく言った言葉だが、妙な真実味を伴って聞こえる。

洞窟の前で昼食をとって、さらに二時間ばかり調査した。骨と牙の欠片《かけら》は掘り出したが、マンモス自体は見つからなかった。

「もう諦《あきら》めましょ。土壌サンプルは十分に採取した。町まで三時間でしょ」

ジェニファーの言葉で穴の外に出た。

午後三時すぎ、陽《ひ》は沈みかけている。


一時間ほどで陽は沈み、辺りは暗くなっている。

カールは懐中電灯をつけて、林の中を歩き続けた。ジェニファーは何も言わずについてくる。

やがて雪原に出た。雪原の中を黒い筋が貫いている。道路だ。

「この道路が町まで続いている。一時間ほど車で走るとチェレムレフカがある。今夜はそこのホテルに泊まる」

「車で一時間ほどって、歩くとどのくらいかかるの」

カールは答えず、道路の横にリュックを置いてその上に座った。

チェレムレフカはシベリアで働く労働者の町だ。半径百キロ以内に石油、天然ガス、鉱山がいくつかある。そこで働く者たちが住んでいる。

人口は千人ほどで、郵便局や学校もある。スーパーマーケット、ホテル、レストランや飲み屋などもネットには載っていた。ただし、どれも一軒だけだ。

「この町にはモスクワ大学のシベリア研究所もある。シベリア一帯の動植物や地質、地下資源を調べている研究施設だ」

「初めて聞く話よ。なんで今朝、アンカレジを出るときに言ってくれなかったの」

「きみは聞かなかっただろ」

ジェニファーがため息をついた。

カールは時計を見た。

遠くから車のエンジン音が聞こえてくる。二人はその音の方に目を向けた。

視線の先に光の点が現れ、その点は見る間に大きさを増してくる。

カールは立ち上がり懐中電灯をつけて振った。

「迎えの車だ。ホテルに頼んでおいた」

「それも初めて聞く話。聞かなかった私が悪いのね」

車は二人の前で止まった。年代ものの日本車だ。

運転しているのは老人だ。おそらく七十はすぎている。二人が車に乗ると走り始めた。

一時間ほど走ると闇の中に光の点が現れ、徐々に明るさを増し広がっていく。

やがて家々の形になり、車は町の中に入って行った。チェレムレフカに着いたのだ。

車はホテルの前に止まった。

3

カールとジェニファーの部屋は隣りあっていて、通りに面していた。窓からは町を貫く通りが見える。メイン通りで、その両側にスーパーマーケットやレストランがある。

カールの部屋で、採取してきたサンプルの整理をした。すぐにでもウイルスの有無を確かめたかったが、実験室も道具もない。

「明日もう一度、永久凍土の崖に行ってみよう。何か見つかるかもしれない」

「マンモスのことをいってるの。ニックたちはおそらく、何年もかけて調査してやっと見つけたのよ。私たちがふらりと行っても見つかるわけがない」

ジェニファーの声と言葉には棘《とげ》がある。疲れているのだ。

夜の十二時近くになって、二人はホテル近くのレストランに行った。

食事をしていると、二人の若い男女が近づいてくる。

カールたちの横で立ち止まった。

「あなた方、ＣＤＣから来た人たちですか」

男が流ちょうな英語で聞いてくる。

「何で知ってる」

二人は顔を見合わせて頷き合っている。

「ホテルのオーナーから聞きました。あなた方を迎えに行った老人です。僕の伯父《おじ》さんです」

「あなた方、マンモスを探しに来たんですか」

女性がジェニファーに聞いた。

「そうよ。先月、二頭の子供のマンモスが見つかったでしょ。詳しく調べたいの」

「やっぱり嘘じゃなかっただろ。この時期にマンモスを探しに来るバカなアメリカ人がいる。しかも男女だって。伯父さんが言ってた通りだ」

男が女の方を見て言った。

「マンモスを探しているというより、マンモスを探していた人間たちの後を追ってる。彼らはひと月あまり前、状態のいい子供のマンモスを二頭見つけた。僕の知り合いなんだ」

「だったらなぜ、あの辺りを調べるんです。道路から北側の凍土壁を調べてたんでしょ」

「私たちをヘリで連れてきてくれた人に聞いた。彼はヘリで運ばれてきたマンモスをアラスカまで運んだ」

「その人は嘘を言っています。その二頭のマンモスが発見されたのはあそこじゃない」

カールはナイフとフォークを皿に置いて男を見た。ジェニファーも驚いた顔をしている。

「なんできみたちが知っている」

「僕たちも発掘に同行しました」

カールがジェニファーを見ると、彼女も驚きを隠せない表情をしている。

「座りなさいよ。好きなもの頼んでいいから。話が長くなりそう」

ジェニファーが二人に言う。突飛な話だったが、二人の様子からして嘘を言っているようには思えなかった。少なくとも、ボブよりは信じられる。

「僕はレオニード・イスヤノフ、彼女はルドミラ・オスペンスカヤです。僕たちはモスクワ大学、生物資源学科の大学院生で、シベリアの生物研究をしています。現在はここのシベリア研究所で博士論文を書いています」

レオニードは自己紹介をして、カールたちに視線を向けた。

「私たちはCDCの者。アメリカからマンモスについて調べに来てる」

ジェニファーが慎重に言葉を選びながら話し始めた。

レオニードがカールを見ている。

「僕は――」

「あなたはカール・バレンタイン教授じゃないですか。CDCで、コロナ対策を担当していたメディカルオフィサー」

「あなた、すっかり有名人ね。シベリアの若者にまで知られてる」

ジェニファーが大げさに眉《まゆ》を吊《つ》り上げて笑いをこらえている。

「教授の本は読みました。『遺伝子、その生命の起源』は僕のバイブルです。あとでサインを——」

「分かった。なんでも言うことを聞くから、まずきみたちの真実を聞かせてくれ。発掘現場の真実だ」

カールはレオニードの言葉を遮るように聞いた。

「ひと月ほど前、すごく割のいいアルバイトに参加しました」

「それがマンモスの遺体発掘ということね」

「できる限り原形のまま掘り出すことにこだわっていたので、僕らが採用されました。マンモスハンターは荒っぽいですから。牙さえ手に入ればいい。永久凍土からの発掘は慣れてるんです。でも、これは内緒にしておくようにと念を押されました。あの場所は貴重だからって」

ボブが違う場所を教えたのも、マンモス発掘の有望な場所を知られたくないためか。確かに金になる場所だ。

もう何年も前から、永久凍土の融解が進んでいる。それに伴って、氷河期のマンモスやトナカイ、ヘラジカを含めて、骨や牙が永久凍土の中から姿を現している。それを目当てに、世界中から人が集まるようになった。

最近ではロシア政府もその価値に気づき、国外への流出を防ぐのに力を入れている。

「どんな奴に頼まれたんだ」

「ニックと呼ばれていた男がボスでした。それと髭を生やした男。この二人は知り合いみたいでした。時々言い争っていました。後はボブと呼ばれていたヘリの操縦士です。その他に二人の男たちがいました」

「きみたちを入れて七人のチームか」

「みんなそれぞれ役割があって、僕らは二日かけてマンモスを掘り出しました。二頭とも僕が見た限り、最高の保存状態でした。一頭は下半身がありませんでしたが。彼らは、このマンモスの遺伝子からクローンを作るんだと話していました」

「送り先は知らないのか」

「一頭はアンカレジです。もう一頭は知りません。掘り出したマンモス二頭はその場でできるだけ現状維持ができるように梱包《こんぽう》されました。ヘリでセスナが離着陸できる場所まで運ぶと言ってました。最後の日にヘリが来て、運んで行きました」

「きみたちが行った場所を正確に教えてくれ」

カールはタブレットを出すと、チェレムレフカ近辺の地図を表示して二人の前に置いた。二人はしばらく話し合っていたが、頷き合うと、レオニードが地図上の一点を指さした。

「ここです。この町から北に雪上バイクで二時間というところです」

今日、土壌採取した場所からは五十キロ以上離れている。

「あまり発掘が進んでいない場所です。まだ永久凍土がそれほど解け出していないので、発掘に慣れた者しか行きません。それに発掘の専門家も必要です」

「だから、生物学者の卵のきみたちが選ばれた。発掘の現場にはよく出てたのか」

「一年の三分の一はフィールドワークです。夏はマンモスハンターの手伝いで学費を稼ぎます」

「でも、ニックたちがあんな保存状態がいいマンモスをよく見つけることができたね」

ジェニファーが聞く。

「現地人が偶然見つけて、彼らに知らせたのでしょう。もちろん、ただじゃありません。大金が動いています。ここらでは、そういう話はよく聞きます」

「きみらはなぜ、その話を我々にする気になった」

「あれ以来、ネットの記事は注意していました。アンカレジの倉庫の爆発、炎上。ネットではナショナルバイオ社の関係を匂《にお》わせている記事もいくつかありました。ニックさんはその会社の副社長なんでしょ。彼らの話を聞いていれば分かります」

ルドミラが震えるような声で言い、ポケットから折り畳んだ紙を出した。アンカレジの冷凍倉庫の火事のネットニュースをプリントアウトしたものだ。

「それに、アメリカ西海岸の町で新しい伝染病が出たんでしょ」

「どちらにも、マンモスの話は出てなかったはず」

「ニック・ハドソンという名前と写真が出てました。マンモスを掘り出したときのリーダーです。ナショナルバイオ社の副社長。彼、亡くなったんでしょ。ウイルスに感染したと書いてありました。マンモスのウイルスじゃないんですか」

二人の顔には怯《おび》えに似た表情が見える。

「あなたたちは大丈夫よ。発掘した日からひと月以上たってる。潜伏期間は、せいぜい数日。ニックは発掘時に感染したんじゃなくて、サンバレーで細胞組織を採取した時に感染したのだと思う。感染は主に接触感染。このあたりに発症者はいないでしょ」

二人はホッとした表情で顔を見合わせた。

「我々をその発掘場所まで連れて行ってくれないか。もちろんお礼はする」

「ウイルスがいるんじゃないですか。今日は土壌採取をしたんでしょ。ウイルスの有無を調べるためじゃないんですか。あなたたち、そのために来たんでしょ」

「そうだ。重要な仕事だ」

「アンカレジから、ボブさんのセスナで来たということは、入国手続きは省いてる。つまり密入国でしょ。ＣＤＣの人なら、なぜ正規のルートで入国しなかったんですか」

「時間がなかったし、理由を話すと断られる可能性が高い。外国人を入れるより、まず自分たちで調べたいと思うだろうから」

今度は二人はロシア語で話し始めた。真剣な表情で時折言い争いのようになる。レオニードが賛成、ルドミラが反対らしい。

しばらくして、レオニードがカールに向き直った。

「僕たち、いずれはアメリカに留学したいと考えています。その時、力になってくれますか」

「モスクワ大学のチェレムレフカ施設の利用を手配してくれれば、喜んで力になる」

カールが答えると、ジェニファーが目を吊り上げている。

「もちろん、僕らは誰《だれ》にも言わない」

レオニードは再度、ルドミラと話していたが、カールの方を見て頷いた。

「僕のメールアドレスです。携帯電話は使わないでメールで連絡してください。CDCの職員ということは、出さないで。この国は色々あるんです。目立たないことが一番です」

一時間ほど話して別れるとき、レオニードがメールアドレスを書いたメモを渡した。

「あなた方、恋人ですか」

二人を見つめていたルドミラが唐突に聞いた。レオニードが驚いて肘《ひじ》で突《つつ》いたが、ルドミラは二人から目を離さない。

「違うわよ。大学の時、同じ研究室だったし、CDCで一時、一緒に働いていただけ」

「うそ、恋人同士に見えます」

そう言うと立ち上がり、頭を下げて歩き始める。

レオニードが慌てて追いかけて行った。

4

まだ辺りは完全な闇《やみ》だ。今日の日の出は午前九時五十分だ。

カールとジェニファーがロビーに降りると、レオニードとルドミラが待っていた。二人とも防寒服にゴーグルをつけている。

カールたちもレオニードに言われて、昨夜、二十四時間オープンのスーパーでゴーグルを買っていた。

外に出ると、スノーモービルが二台止めてある。

スノーモービルは普通よりもかなり大型だった。

「六百ccです。スピードも出ます。大学のフィールドワーク用に買ってもらったものです。今回も調査という名目で借りてきました」

カールはレオニード、ジェニファーはルドミラの背後に乗った。

スノーモービルは時速百キロ近いスピードで雪原を走った。

防風ガラスはついているが、回り込んだ風を受けて、身体《からだ》はしびれるほどに凍っている。カールはレオニードにしがみ付いていた。レオニードはカール以上に風を受け、寒いはずだ。

ジェニファーもルドミラの背中にぴったりと身体を付けている。

一時間ほどでスノーモービルのスピードが落ち、止まった。

「三十分、休憩します。あと一時間で着きます」

カールはタブレットで位置を確かめてから、二人にサンバレーの状況を含めて説明した。

「世界はコロナのパンデミックによって、多くを学んだ。そのおかげで、今回のウイルスはサンバレーで封じ込めることができた。このロックダウンが破られて、ウイルスが世界に広まっていたら、と思うとぞっとする」

二人は驚きながらも真剣に聞いている。

「完全に収束したんですか」

「何も言ってこないところを見るとそうなんだろう。少なくとも感染者は減っていた。我々はできるだけ詳しく、真実を公表した。収束の目処《めど》が立ったので、我々はここに来た。ウイルスがどこから来たのか突き止めておくことはきわめて重要だ。今後のためにね」

「また、同じようなことが起こると思いますか」

ルドミラが真剣な表情で聞いてくる。

「これから温暖化の進行、それに伴う永久凍土の融解によって、今まで埋もれていた未知のウイルスやバクテリアが姿を現す。すでに死んでいる場合が大半だろうが、今回のように生きている場合もある。熱帯雨林も同じだ。人間によって開発が進み、森の奥に潜んでいた動物が人間社会に現れ、その動物を宿主としていたウイルスも現れる。これを阻止するためには、きみたちのような若者の力が必要になる。勉強して、何が脅威なのか知ってほしい。今後もアンテナを張っていて、なにかあれば知らせてほしい」

その時、腹に響くような爆発音が聞こえてくる。

「なんだ、あれは」

カールは思わず立ち上がった。ジェニファーも音の方を見ている。

「十キロほど北で、ガスポルトの天然ガスの採掘が始まっています。凍土の爆破でしょう。凍土を掘るのは人力ではムリなのでドリルで穴をあけて、ダイナマイトで爆破します」

「重機は使わないのか」

「使います。でも、爆破の方がより効率的で簡単です」

レオニードがなんでもないという感じで言うと、スノーモービルの方に歩き始めた。

カールはアンカレジ行きの飛行機の中で読んだシベリアの産業を思い出していた。

ロシアはアメリカ、サウジアラビアに次ぐ世界第三位の産油国であり、世界最大級の天然ガスの生産国でもある。天然ガスはパイプラインによって、旧ソ連邦やヨーロッパ諸国に輸出されている。最近は、北極海、東シベリア、サハリンと国内各所でガス田を開発している。

ガスポルトはロシア極東チュクチ自治管区を中心にガス田を開発する新興企業で、政府も肩入れしている。従業員数は約三千人、売り上げは約四十億ドル。今後数年で倍増するだろう、と書かれていた。国家が期待する企業だ。


さらにスノーモービルで一時間ほど走り、雪原の端でレオニードは止まった。雪が減り岩が覗いている。

「ここからは、谷に沿って歩きです」

レオニードとルドミラはスノーモービルに手際よく白いシートをかぶせて、岩陰に隠した。

「盗難防止です。それにロシアでは、怪しい動きをしていると反体制派と間違われることがあります。何ごとも用心です」

冗談交じりに言うが、目は笑ってはいない。たしかに、カールたちの行動は怪しい動きには違いない。

「これからは特に注意して、僕の指示に従ってください。危険かもしれませんから」

レオニードが表情を引き締めて言った。

「危険とはどういう意味だ」

「爆破音は天然ガス採掘の民間企業のガスポルトの発掘現場からです。ここはそんなに遠くありません。ロシアでは度々テロが起こります。マスコミにはあまり流れませんが。そのために、重要地点には軍が駐留して監視しています」

「この辺りも監視地区に入っているのか」

「分かりませんが、気をつけた方がいい」

レオニードはリュックを担ぎ上げた。

四人は谷に沿って歩き始めた。

凍った川底のような地形が続いている。右手は高さ二十メートル近い崖になっている。全体が永久凍土だ。

今は冬なので凍土の融解は見られないが、春から夏になると融解が始まり、その水が集まって川になると言う。

レオニードは崖の反対側の傾斜地を登っていく。カールたちも後に続いた。

傾斜地の上にたどり着く前にリュックを下ろし、腹ばいになった。

カールたちも彼に従う。

「身体を低くして。フードを被《かぶ》ってください」

レオニードがリュックから双眼鏡を出した。

前方の雪原を見ている。

「ここから二キロほど先にガスポルトのガス田があります。その周りは鉄条網が張られていて、監視兵が見張っています」

双眼鏡を見ていたが、それをカールに渡した。

カールがのぞくと黒い人型の人形のような兵士が立っている。全員が銃を持っていた。

「入国証は持っていないんでしたね。見つかると国際問題です」

カールの脳裏にわずかながら後悔が生まれた。ジェニファーを巻き込むことになる。

「マンモスの埋まっていた地区は国有地か」

「そうです。でも、その辺りの定義は微妙ですね。オリガルヒって知ってるでしょ。ソ連が崩壊したときに、国営企業を安く買い受けて財閥になった人たちです。彼らの土地が大部分です。金を持っているか、大統領と仲が良かったかが運命の分かれ目でした。政府の役人に金をつかませて、登記を書き換える者もいました。国有地がいつの間にか民有地になっている。逆の場合もあると聞きます」

「いずれにしても、かなりヤバイってことね」

「心配しないでください。捕まらなければいいだけの話です。捕まって初めて犯罪が成り立ちますから」

ジェニファーの言葉にレオニードがさらりと言った。

「早く行きましょう。夕方までには町に戻りたい。事故でも起これば大事です」

カールたちは再び、レオニードについて歩き始めた。

昼前に目的の場所についた。子供のマンモスを掘り出した場所で、昨日の凍土壁と似た地形だ。崖の裂け目のようなところに洞窟がある。

「この洞窟で二頭のマンモスを掘り出しました。もっと掘ればさらにマンモスを見つけることができるかもしれませんが、いまは時間も道具もありません。発掘あとに毛くらいは残っているかもしれませんが、他の骨などは期待しないでください。ニックさんたちが、かなり詳しく調べて、目ぼしいものはすべて持ち帰りました」

カールたちはマンモスが埋まっていた崖の裂け目を調べた。裂け目の凍土の融解が進んで、高さ二メートルほどの洞穴の入り口が現れている。今までは凍土で埋まっていたのだ。

ジェニファーが四人分のフェイスガードと防護ガウンを出した。

「私はCDCの職員だから、一応対策は取っておく」

レオニードとルドミラも手慣れた様子でフェイスガードを付け、防護ガウンを身に付けた。

「なんとかして、マンモスの細胞組織を手に入れたい。この辺りの土に混ざっていることはないか」

「難しいでしょうね。徹底的に探しましたから」

でも、と言ってレオニードが考え込んでいる。

「いずれ、春になれば戻ってくるつもりだったんじゃないですか。場所だけは、かなり正確に記録してました。周りの写真も何十枚も取ってました」

カールの背後にいたジェニファーがカールを押しのけるようにして、ピンセットを持った手を伸ばした。

土壌から泥の塊をつまみだした。マンモスの毛の塊だ。根元にはわずかだが皮膚も残っている。

カールは身体を横にずらして場所をジェニファーに譲った。


二時間ほどかけて洞窟壁の土を五十サンプルほど採取した。

「危険はないでしょうね。ウイルスのことです」

ルドミラが聞いてくる。

「凍っている間はね。解けるとP４ラボが必要になる。だから細心の注意を払った」

「ここにはP２しかありません」

「P２があるのか。こんな僻地《へきち》に」

「モスクワ大学の研究施設です。世界有数の実験装置があり、世界的に有名な教授もいます」

「しかし、諦めた方が良さそう。何が起こるか分からない。少なくともP３があればよかった」

ジェニファーの言葉にレオニードはしばらく何かを考え込んでいた。やがて、顔を上げてカールを見つめた。

「ロシアのバイオ施設は多くはありませんが、たいていの施設は一ランク上の仕様で作られています。施工ミスにも耐えられるようにということと、住民対策です。Ｐ３だと反対運動が起きますが、Ｐ２だと目立ちません。何かあったときには、一ランク上の実験室として使えるようにとの配慮です」

「電子顕微鏡もあるのか」

「世界有数の施設だと言ったでしょ」

レオニードがカールに反発するように言う。

「使うことはできないか」

「今夜の予約を入れておきました」

ジェニファーが呆れた顔で聞いている。

午後二時をすぎた。あたりはわずかに暗くなっている。今日の日の入りは午後二時五十六分だ。四人は急いで帰る支度を始めた。


大学に戻ったのは、午後五時をすぎていた。

辺りはすっかり暗く、家々と通りには明かりがつき、人通りも多い。大学にはまだ多くの人が残っていた。

「これからＰ２ラボに行くことはできないか」

「まだ早いです。研究所にはまだ多くの者がいます。予約は午後八時からです。人は少なくなっています」

「少し休んだ方がいい。疲れてると、つまらないミスをする。特にあなたはね」

ジェニファーが言う。たしかに身体は冷えきっている。

「学生食堂でよければ開いていています」

カールたちは学生食堂に行った。

「土壌採取で使った防護服を持ってきてください。こちらで焼却しておきます」

「注意して扱ってくれ」

カールは念を押してレオニードに四人分の防護服を入れたポリ袋を渡した。


四人は午後八時五分前に実験室前に集まった。

ラボに入るには特別な防護服に着替えなければならない。

P2ラボはインフルエンザ、ポリオ、風疹《ふうしん》、コレラ、梅毒、新型コロナウイルス感染症といった病気の病原体レベルまでを取り扱うことができる。

入室時にはガウン、手袋、必要に応じて顔と目の保護具を装着することで、皮膚表面の傷などからウイルスが体内粘膜に接触するリスクを排除している。

入り口には国際バイオハザード標識を表示して、通常施錠し、外来者の立ち入りを禁止している。鋭利なものの持ち込みは禁止され、実験室内には安全キャビネットが設置され、実験はその中で行う。試料の飛散やエアロゾル化を防ぐためだ。実験器具はオートクレーブで滅菌し、入室者は部屋への出入りの時には必ず手洗いを行う。

「まず、電子顕微鏡でウイルスの有無を調べる」

四人でラボに入り、数時間かけてサンプルを作り、電子顕微鏡にサンプルをセットした。

三時間ほどかけて土壌サンプルとジェニファーが見つけた毛の塊を電子顕微鏡で調べた。

ウイルスは発見されなかった。

マンモスの細胞内だけに封じ込まれているということか。

「ウイルスによる土壌汚染が見つかれば、大変なことになっていた。喜ぶべきよ」

ジェニファーがカールを慰めるように言う。

「我々がミスをしている。ウイルスは確かにいる。マンモスを宿主にしたウイルスだ。さらに変異したものもいる。変異したものはかなり危険なものだ。ヒト・ヒト感染する」

「サンバレーで広がったウイルス1とウイルス2でしょ」

「ダンが送ってきたものは、さらに感染力が強く、おそらく毒性も強い」

カールはパルウイルスを思い浮かべていた。大きさも不気味さも、際立っていた。ダンはパルウイルスをシベリアで見つけたに違いない。

すでに十二時をすぎていたが、町にはまだ人が見られた。

カールとジェニファーはレオニードとルドミラと別れてホテルに帰った。部屋に入りかけたジェニファーが足を止めてカールを呼んだ。

「サンバレーのＣＤＣから連絡が入ってる。〈感染はほぼ封じ込めた。二種類のウイルスがいることに気づいたのが決め手になった。ニックが感染したウイルス2の毒性はかなり強力だが感染力は弱い。カールが言った通りだ〉これはスティーブからよ」

ジェニファーがタブレットを見ながら告げた。

「スティーブがあなたを評価するなんて奇跡に近い。これで、CDCやWHOも少しはあなたの評価を上げる」

「重症化しにくいウイルス1と、重症化するウイルス2がいることは分かっている。だったら、その二つのウイルスはどこから来たんだ」

「このシベリアからじゃないの。二頭のマンモスの体内にいた」

「できるだけ早くここのウイルスの遺伝子解析をしたい。比較すれば何かが見えてくる」

しかし、パルウイルスはどんな奴でどこから来た。カールはその言葉を心に封じ込めた。

5

ジェニファーが部屋に戻った後、カールはレオニードにメールを送った。

〈ニックのシベリアでの行動を知りたい。二頭のマンモスを見つける他に何をしていた〉

返事はすぐに帰ってきた。

〈僕は知りません。マンモスを掘り出す時に手伝っただけですから。一緒に行動したのはその時だけです〉

〈よく考えてくれ。何でも気づいたことを教えてほしい。大事なことなんだ〉

カールは大声を出したい気分でスマホに打ち込んでいった。

〈ニックさんはシベリアに到着して、数日、色々と動き回っていました。ヒゲの男と一緒に〉

〈どこに行ったか分からないか〉

一瞬レオニードの返事が途切れた。何か考えている気配がする。カールがどうしたか聞こうとしたとき返事がきた。

〈いま調べています。僕もどこかおかしいと思っていました〉

〈どうやって調べる〉

〈シベリアでアメリカ人は、一人じゃどこにも行けません。案内人が必要です〉

〈案内人と会えないか。聞きたいことがある〉

レオニードの返信が再度途絶えた。しばらくして返事がくる。

〈交渉してみます。断られるかもしれませんが。彼らもかなりの危険を冒しています。なにしろ、マンモスを政府に知られないように運び出すんですから〉

〈しかし、発掘場所はガスポルトの敷地外なんだろ〉

〈ニックさんたちは十分な準備をしていました。資金も潤沢にあります。これ以上は聞かないでください〉

ガスポルトの者を買収しているということか。

〈マンモスもガスポルトの者が見つけて、ニックたちに売ったと言うのか〉

〈ニックさん自身が、シベリア中を探し回ったと言うのでなければね〉

レオニードの自信のありそうな言葉が返ってくる。

スマホを切った後も、カールはニックについて考えていた。彼は何かを隠していた。そのとき、ダンの顔が浮かんだ。彼もアラスカ、シベリアに来ている。髭の男、ニックと知り合いで、言い争っていた男。その男がダンに重なっていく。ダンとニックが知り合いでもおかしくはない。大学研究室の先輩と後輩だ。


ノックの音がする。ドアを開けるとレオニードが立っている。一人だった。

レオニードが付いてくるように言う。すでに午前一時だ。

「お金は持ってますか。カードじゃだめです」

「ドルしか持っていない」

「その方がいいです」

町の酒場に入った。深夜零時をすぎていたが席はほぼ満員だ。

「この店はマンモスハンターの案内人のたまり場です。ただし、夏の間は寂しいですがね」

夏はガイドはマンモスハンターを案内して、泊まりがけで出かける。

「夏稼いで冬使うということか」

そうですねと言ってレオニードは笑った。

「僕は何をすればいい」

「お金を払うだけです。先生は黙っていてください。僕が聞きます」

二人は窓のそばの席に座った。しばらくして、男が入ってきた。身長はカールの肩ほどだが、体重は倍ほどありそうだった。全身に脂肪をたっぷりため込んでいる。シベリア型というのか、寒さに対抗するためには合理的だ。

レオニードが手を上げると、二人の方にやってくる。

「ストイさんです。この辺り一の案内人です」

声を潜めるようにして話した。

「ニックさんの写真を見せてください。確認のためです」

カールはスマホを出してニックの写真を表示した。

「彼に間違いないそうです」

カールはタブレットにチェレムレフカ周辺の地図を出した。

「ニックが行ったところを教えてほしい」

レオニードがストイと話している。何度か単語のやりとりをした。おそらく数字だ。

「五百ドルです。これでも値切ったんですが」

申し訳なさそうに言うレオニードの言葉のままに、百ドル札を五枚置いた。

「ウォッカを頼んでいいか聞いています」

「構わない」

レオニードが頼んでいる間にストイはタブレットの一点を指した。昨日、レオニードと行った場所だ。

「ニックさんのほかに連れて行ったアメリカ人がいたそうです」

カールの脳裏に一人の男の顔が浮かんだ。

「ダン・ウェルチ。細くてヒゲの濃い男か」

「メガネをかけた、神経質そうな男だそうです。名前はホープ・ホワイト。探している人とは違うようですね」

名前は違うが、その他の特徴はダンだ。カールは写真を出した。大学の研究室の写真で、カールの横にいる何かに挑むような目の男がダンだ。

「この中に、その男はいないか」

「分からない、と言っています。彼は髭を生やしてたって」

「よく見ろ。この男たちに髭を付けてくれ」

ストイは写真を食い入るように見つめている。

「やはり分からないそうです。彼はひどく年を取っているように見えた。あなたよりも、十歳くらい上」

ストイは考え込んでいる。

「髪はうすくなっているかもしれない。十年近く前の写真だ」

「彼は頻繁に頭をかいていたそうです。考え事をするときなんか。だから、半分禿《は》げたんだって、からかったと言ってます」

ダンに間違いない。カールは確信した。

「髪は昔はふさふさしてた。しかし、頭をかく癖は抜けていない。彼について覚えていることを話してくれ」

「やはり分からないと言ってます」

レオニードが身体を乗り出してきて、スマホの写真を見た。スマホの画面を自分の方に向けて、顔の部分を拡大した。

「この男じゃないですか。ダンという人は」

数秒見つめてから、レオニードが指さした。

「なぜ分かるんだ」

「ホープですよ。ホープ・ホワイト。髭を生やして十歳以上年をとらせて下さい。特に目に注意して」

そう言って、指で鼻の下を隠してストイに向けた。

ストイは考え込んだが、決めかねている。

「僕が保証します。ダン・ウェルチという人はホープ・ホワイトという偽名を使ってたんです。でもなぜ、偽名を使う必要があるんですか」

「僕と同じだろ。正規の入国じゃない」

過激な環境保護団体のメンバーで、ＦＢＩに追われていたこともある、とは言えなかった。

「ホープという男について知っていることを話してくれ」

カールはレオニードにストイに伝えるように言う。

「その男は初めはすごく興奮していた。マンモスを見つけたときは、眠らずに作業に没頭していた。しかし、そのうちにふさぎ込むようになった。あまりの落差に、病気じゃないかと仲間と話したと、言っています。躁《そう》うつ病ってあるでしょ」

「ダンは何かを見つけたか、感じたんだ。おそらく、ウイルスについて」

それがパルウイルスか。しかしどこで——。

「彼らはどこか他の場所に行ったか聞いてくれ」

レオニードが通訳するとストイが即座に首を横に振って何かを言う。

「知っているのは、それだけだそうです。彼らは二頭のマンモスをヘリで運んでいった」

「礼を言ってくれ。僕は先に帰る」

カールは男にさらに百ドル札を渡した。

カールが出て行こうとしたとき、ストイが声をかけてくる。カールはレオニードを見た。

「あんたは良い人みたいだと言っています。もう少し話さないかと」

カールはテーブルに戻った。

ストイはカールのタブレットをとって立ち上げた。地図を出して指さすと、ここだと言った。

昨日行った場所から西に三十キロほどの地点だ。

「ここはガス田の敷地内じゃないのか」

「ギリギリ入ってますね」

レオニードがストイと話している。

「ニックとホープを連れて行ったときは、まだ見張りはいなかったそうです。柵《さく》はありましたが」

「なぜニックはそこに案内するように言ったんだ」

カールは思わず言った。

「より状態のいいマンモスを求めていたと言っています。それにニックよりホープが望んだと」

「何か見つけたのか」

「何も見つからなかった。ホープはひどく落ち込んでいたが、ほっとしたようにも見えたと言っています」

ストイは話すことはこれだけだと言ってウォッカを飲み始めた。

カールとレオニードは店を出た。時計は午前二時を回っている。

外に出た途端、強烈な寒気が全身を包んだ。

「きみは彼らが行った場所には行かなかったのか」

「僕らが手伝ったのは最初に案内した場所だけです。それもマンモスの掘り出しだけを手伝いました。ニックさんのチームはあの辺りに数日滞在していました」

「彼らが行ったというガスポルト内の場所に、僕を連れて行ってほしい」

カールはレオニードに言うが、彼は答えない。

ホテルまで二百メートルあまりだ。しかし寒気が全身を締め付け、果てしなく遠い道のりのように感じる。カールの頭にはさまざまな思いが渦巻いていた。ニューヨークのコロナ病棟がサンバレーの高校の体育館、プレハブ病棟へとつながっていく。そして、血と吐瀉物《としゃぶつ》に汚れたベッド。

カールの頭が痛み始めた。

「今夜は早く寝てください。明日の朝七時にホテルの前で待っています。ゆっくり休んでくださいね。顔色が悪いです」

ホテルに着いたとき、レオニードがカールの顔を覗き込むように見て言った。

部屋に戻り鎮痛剤をいつもの倍飲んでベッドに倒れ込むと、ほぼ同時にノックが聞こえた。

「レオニードとどこに行ってたの。私にも知る権利がある」

ジェニファーがカールを押しのけるように入ってくる。

カールはダンとストイの話をした。

「ダンはニックと一緒にマンモスを掘り出したと言うのね。そして、あのウイルスを送ってきた」

「彼らは他の場所にも行ってる。ガスポルトの敷地内だ。おそらく、何かを見つけた」

カールの脳裏にはパルウイルスが浮かんでいた。おそらくジェニファーも同じだろう。

「ダンは今どこにいるの。彼を探す必要があるでしょ」

「明日は、二人が行ったという場所に行ってみる。何かが分かるはずだ」

「ガスポルトの敷地に入るんでしょ。危険よ」

雪原に続く鉄条網の柵を思い出した。兵士の姿も多く見えた。おそらく、監視カメラも設置しているだろう。

「私も行く」

「危険なんだ。あのエリアは会社の傭兵《ようへい》が見張っている」

「あなたは行くんでしょ。なぜ、私がダメなの」

「捕まると面倒なことになる。特にきみは連邦政府の人間だ」

「ロシアとガスポルトへの不法入国と不法侵入。CDC職員となれば、うさん臭いことこの上ない。かなり厳しい尋問を受けそうね。あなただって同じ」

「少なくとも、僕はどこにも所属してない。マンモスハンターで通る」

「サンバレーの感染症ウイルスがシベリアのマンモス由来だと分かれば、当分アメリカへは帰れそうにない。モスクワに送られ、徹底的に調べられる」

ジェニファーの声が遠くに聞こえる。カールは懸命に遠のいていく意識を呼び戻そうとした。

「やはりきみはホテルにいてくれ」

「見つからなければいい。あなたの口癖よ」

「一緒に行こう。ただしきみからレオニードに連絡してくれ。それに僕の指示に従うこと」

それだけ言うとベッドに倒れ込んだ。ジェニファーが顔を覗き込んでいる。カールの意識はなくなっていった。

6

翌朝、七時ちょうどにカールたちは出発した。辺りは暗く、空気は冷えきっている。今朝の日の出は午前十時だ。

数時間しか寝ていないにもかかわらず、動き始めると昨夜の頭痛は消えている。

昨日と違い、レオニードとルドミラはトラックで待っていた。荷台にはスノーモービルが積んである。途中までトラックで行って、後の行程はスノーモービルと徒歩で行くのだ。

「今日行くところは、昨日とは違います。かなり危険なところです。下手をすると命を落とします。捕まって、警察沙汰《ざた》になっても困ります。単なる不法侵入ではすみません。お二人はアメリカ政府と関係してますから」

レオニードの目は真剣だ。

出発の前に白い防寒着を渡された。レオニードたちも同じものを着ている。

「ロシア軍の雪原での戦闘用です。従兄弟《いとこ》が軍にいるので手に入りました。あなたたちの防寒着は目立ちすぎる」

今日は特に人目を避けての行動になる、ということだ。

カールとジェニファーはレオニードに渡された防寒着を着た。

到着までに約三時間かかる。現場の作業は二時間が限度だ。この時間内に、ダンたちが行った場所を特定して土壌サンプルを採取する。できれば、マンモスの一部でも発見できればいいが、その可能性は薄いと言われた。すでにニックが人と時間をかけて調べている。土壌採取ができれば、新しい発見があるかもしれない。

幸い天候はよかった。と言っても、温度は零下十二度、日中でも零度を下回るという。

一時間ほど走ってトラックを止め、荷台からスノーモービルを下ろした。

昨日と同じように、二人ずつ分かれて乗った。

雪原を走ると凍った空気が痛いほど全身に当たる。

一時間ほど走って、切り立った崖の下に出た。所々に横穴が開いている。

「マンモスハンターが掘ったあとです。まるでハイエナもどきだ。マンモスの死体を求めてシベリア中をうろついている」

レオニードが怒ったような口調で言う。彼が初めて感情を表に出した。


さらに三十分ほど走ると光景が変わった。雪に埋もれた丘陵《きゅうりょう》が続いている。

その丘陵に沿って有刺鉄線の柵が続いていた。

「向こうがガスポルトの敷地です。この地下に天然ガスが埋まっている可能性があります。永久凍土なので採掘は難しいですが」

カールは昨日聞いたダイナマイトの爆発音を思い出した。

スノーモービルを降りて徒歩で歩き始めた。まだあたりは暗い。

「ニックさんたちが行ったのは、この先の断崖の切れ目です。ストイが言ってました」

鉄条網にたどりついた。向こう側はガスポルトの敷地になる。どこかに監視カメラがセットされ、すでに見張られているかもしれない。

レオニードはリュックから大型のカッターを出すと、有刺鉄線を人が通れるくらい切り取った。その中を順番に通って、ガスポルトの敷地内に入っていく。

レオニードのあとについて三十分ほど歩くと、切り立った崖に一メートルほどの隙間《すきま》が空いている場所についた。穴と呼ぶには入り口が狭すぎる。

「こんなところに入れるのか」

「だからマンモスハンターに荒らされずにすんだんです」

レオニードはリュックを手に持ち、身体を横にして隙間を進んだ。

懐中電灯の光で五分ほど進むと急に広くなる。

「時間がありません。急いでください。陽が出ているのはせいぜい五時間。その後は急激に温度が下がります」

レオニードが二人を促した。

洞窟は十メートルほどで行き詰まった。正面には凍土が大きく掘り取られた跡がある。マンモスを探して掘ったのだろう。

ジェニファーが近寄り、スマホを出して写真を撮り始めた。

「写真はあとだ。まずは土壌サンプルだ」

カールはリュックを下ろしてサンプル採取の準備を始めた。

手伝おうとするレオニードの腕を押さえた。

「きみは見張っていてくれ。発見されて僕たちが拘束されると、きみたちにも迷惑をかけることになる」

「お願い。そうして。一時間で済ませる。できる限り多くのサンプルを採取する」

ジェニファーも言う。

言葉通り一時間で土壌サンプルの採取が終わった。

外に出るとあたりはうす暗く、雪が降り始めている。

カールは辺りを見回した。凍土は岩よりも固い。この地で数万年もマンモスを抱き続けてきたのだ。しかし、地球温暖化で少しずつ少しずつ、解け出してきている。シベリアは氷河期以前の姿に戻ろうとしているのか。それが、シベリアの大地が望むことなのか。ふっと、カールの脳裏をよぎった。

「これを見て」

ジェニファーの声で我に返った。

洞窟の入り口横に雪の吹き溜《だ》まりがある。雪から動物の身体の一部が見えている。カールが雪を掘り起こすと子供のヘラジカの頭と胸部が現れた。さらに掘ると、食い破られた腹から出た凍った内臓が見えた。

「ストイの話には出ませんでした。彼らが来た後にオオカミにでも襲われて、ここで食われた」

周りを探したがそれ以上のものは出なかった。

「まだ血液が採取できるかもしれない」

しゃがみ込んだジェニファーが注射器を出してヘラジカの頭に刺した。

「何か変。この辺りの地面、大きく歪《ゆが》んでいるみたい」

ジェニファーが大地に手を置いて見ている。

「気のせいだ。この辺りの大地は永久凍土だ。鉄のように固い」

「急いでください。長くいるほど、ガスポルトの傭兵に見つかる可能性が高くなる」

レオニードに促され、足跡をたどりながら鉄条網の所まで戻った。足跡はかなり雪で覆われていたが、なんとかたどることができた。

来た時と同じルートで町まで帰った。町を出てから十時間近くがすぎている。

カールたちは大学の研究施設に行き、学生食堂に入った。


夜八時、レオニードが使用予約を入れていたP2ラボに集まった。

「土壌サンプルはここで検査する。ヘラジカの血液サンプルはここで検査するのは危険だ。アメリカに帰って、CDCで検査する」

カールは土壌サンプルを電子顕微鏡にかけた。

「見たことのないバクテリアやウイルスがかなり多く見られます」

ルドミラがモニターを見ながら言う。

「当然だ。我々は三万年前のラブレターをのぞき見しているんだ。すべてが古くて、新しい。しかし、今は神経を集中しろ。我々の探しているウイルスは、ダンのパルウイルスだ」

ダンのパルウイルス。それは特別な響きとなってカールの耳に届いた。パルウイルスは確かに存在する。だが自然界でその存在を実際に見たのは、ダンのみなのだ。

二時間、電子顕微鏡のモニターを見続けた。土壌サンプルからは目的のウイルスは発見できなかった。

「あとは、ヘラジカの血液サンプルのみか」

「私がモスクワのアメリカ大使館に持っていく」

「危険すぎる。我々は不法入国者だ。それに時間がかかりすぎる」

「実は――」

レオニードが言い淀《よど》んでいる。ルドミラに脇腹《わきばら》を肘で突かれ、話し始めた。

「ここのP2ラボの一室は、P3仕様で作られています。でもP4としても使っています。そういう抜け道があるのがこの国です」

「違法じゃないのか。そんな話は聞いたことがない」

「この国には聞いたことのない話がいくらでもあるんです」

「きみは使用の権利を持っているのか」

「許可を取るとは言っていません」

レオニードは平然と言う。

「どうやって入る」

「これから考えます。今日の夜、零時に大学前のカフェで待ち合せましょう」

四人はP2ラボを出た。

レオニードはスマホを耳に当て小声でしゃべりながら帰っていった。ロシア語だった。


深夜、カールとジェニファーはカフェに行った。

レオニードとルドミラが待っている。レオニードは無言でカールにカードキーを見せた。

四人でP4としても使用されているというP2ラボに行った。

「血液分析をやって、サンプルは廃棄する」

カールの指示で一時間ほどで作業を終えた。

ヘラジカの血液からはウイルスが検出された。サンバレーで見たウイルス2と似たウイルスだが、わずかに小さい。明らかにパルウイルスとは違う。

「このウイルスがヘラジカが死んだ原因ではないが、感染はしていた。弱毒か、強毒かも分からない。遺伝子解析して、ダンのウイルスと比較したい」

「この施設にも遺伝子解析装置はあります。僕が友人に遺伝子解析を頼みます。何度か頼んだので怪しまれることはありません。ただし、危険なウイルスかもしれないので慎重に扱うようにとは言っておきます」

レオニードが試験管を見つめながら言う。

「結果が出るまでに二、三日かかります」

「なぜそんなに時間がかかる。遺伝子解析装置にかけるだけだ」

「ここはシベリアです。順番待ちです。二、三日というのも、最速です」

レオニードがカールを説得するように言う。

「それまでに僕たちにできることはありませんか」

「この辺りに村はないのか。人が住んでいるところだ」

もしウイルスがいるとすれば、何らかの影響が出ている可能性がある。

「いくつかあります。最近の先住民の多くは町に出ていますが、先住民の集落です」

「村に病気の者はいないか調べてくれ」

「聞いたことがありません。少なくとも僕がここに来てからは」

「ここ数年間の記録だ。特にガスポルトの計画が進み始めてからだ」

レオニードが何か考え込んでいる。

「心当たりがあるのか」

「明日の朝までに調べておきます」

カールから目をそらせてレオニードが答えた。

四人は実験室を出て、まだ大学に残るというレオニードとルドミラを残して、カールとジェニファーはホテルに帰った。

ホテルに帰って、しばらくするとカールの部屋にジェニファーが来た。

「アメリカに帰りましょ。ここには注目すべきものは何もなかったのよ」

ジェニファーが疲れた表情でカールを見つめた。

カールは答えず考え込んでいる。

「どうしたの。またいつもの直感が始まったの」

「僕は自分のミスで母親を殺してしまった。二度と同じミスを犯したくない」

「そういう言い方はやめてと言ったでしょ。あなたがお母さんを殺したんじゃない。コロナウイルスがお母さんを殺した。何度言わせれば気がすむの」

「感染させたのは僕だ。僕のミスだ」

「それも何十回も聞いた。あなたは精一杯やって、多くの人を救った。感染はいたるところで起こった。病院でもね。ウイルスの方が狡猾《こうかつ》で上手だっただけ」

「今度はどんなミスも犯したくない」

「あなたがアメリカに帰ることがミスなの。ウイルスに騙《だま》されることになるの」

「何かを見落としているような気がする」

カールは頭を抱え込んだ。頭の芯に痛みの素が生まれつつある。

「勝手にすればいい。せいぜい、自分を憐《あわ》れみなさい」

ジェニファーは部屋を出ていった。

テーブルのウォッカをグラスに注《つ》いだ。一気に飲み干すと、熱の塊が全身に広がっていく。

ウォッカの入ったグラスを持って、窓際の椅子《いす》に座った。

町は静まり返っている。温度はマイナス十五度というところか。

カールの脳裏を様々な思いが流れていく。

サンバレーで発生した感染症のウイルスは二種類あった。弱毒性のウイルス1と強毒性のウイルス2だ。ウイルス1はアンカレジとサンバレーのマンモスの両方にいた。ウイルス2はサンバレーに運んだマンモスの体内で生き続けていたウイルスだ。ダンが送ってきたパルウイルスもどこかにいる。

それを探すためにここまで来たのだ。目を閉じて心の流れに任せておくと、しだいに痛みは消えていく。


スマホにメールの着信音がした。

〈せっかくシベリアに来たんです。飲みませんか〉

レオニードからだ。深夜一時をすぎた時間だ。おそらく、何か話したいことがあるのだ。

〈今、どこにいる〉

カールが打ち込むと、店の名前と場所が帰ってくる。最後に、〈注意して来てください〉とある。注意とは何だ。ジェニファーに気付かれず、一人で来いということか。

カールは迷ったが出かけた。彼がわざわざ連絡をしてくるからには、何かあるはずだ。

店に入って店内を見ると奥のテーブルにレオニードが一人で座っている。彼が一人でいることは珍しい。

「笑って。まず何かを注文してください」

レオニードが笑みを浮かべながら小声で言う。それとなく辺りに視線を配っている。

「この国はまだ十分に、民主化されてはいないのです。どうも、先生は見張られているようです。電話も盗聴されているかもしれません」

「気のせいじゃないのか」

「僕が深夜に飲みに行こうと誘うなんて、非常識とは思わなかったんですか」

「だから出てきたんだ。何か緊急に話したいことがあるんだろう」

カールはウォッカのグラスを持つと乾杯した。冷えた身体に熱の塊が入り広がっていく。ロシア人にアル中が多いのも頷ける気がする。

「先生たちと別れてから、極東シベリアの最近の状況について調べていました。特にガスポルト周辺です」

レオニードはタブレットを出して地図を表示した。

チェレムレフカより北部にはいくつかの村が点在している。その多くが先住民の村だと説明した。

「ユリンダ村と言います」

レオニードが地図を指さした。

「ここから北三十キロ地点にある先住民の村です。村人は五十名あまり。一人の若者から、至急医療班を送るように要請が出ています。ツイッターにありました」

「いつの話だ」

「一週間前です」

「医療班は送られているのか」

「何も書かれていません。以後、ユリンダ村に関するツイッターはゼロです」

「政府から医療班を送った記述はあるのか」

「あったら、何か報告が書かれているはずです。おそらくユリンダ村に関する情報はすべて消されてる」

「しかし、政府は村の要請の把握はしているんだろ」

「様子を見ているのだと思います。ある程度結論が出てから、調査団を派遣する」

このあたりには先住民の村が点在している。十年ほど前まではトナカイなどの狩猟で生活していたが、政府の方針で生活様式が変わってきていると聞いている。

「おそらく感染症だと思います。政府の対応がコロナのときと似ています」

レオニードが苦渋の表情を浮かべている。

カールは何と言っていいか分からなかった。

「冬は閉ざされた地域です。反応はワンテンポ、いやスリーテンポ遅いです」

「携帯電話は通じるのか」

「電波状態は悪いですね。このあたりの村には無線機がありますが、故障すればアウトです」

「病人が出たらいつもはどうするんだ」

レオニードは考え込んでいる。

「知りません。先住民の村です」

「案内してくれるか」

「もちろんです。何かが起こっています。いいことじゃありません。サンバレーと同じようなことかもしれない」

レオニードが頷きながら言う。

五時間後の午前七時に、大学の裏で待ち合わせの約束をして別れた。


ホテルに帰り、出発の準備をしていると、ジェニファーが入ってきた。

「どこに行ってたの」

「きみは帰るんじゃないのか」

「明日は、いえ今日はどこに行くの。話は聞いておく」

カールの様子から何かを感じたのだ。

「レオニードと会って来た。ユリンダ村で何かが起こっている。おそらく感染症だ」

カールはレオニードから聞いた話をした。話すにつれて感染症の疑惑が確かなものになってくる。

「サンバレーと同じなの」

「行ってみなければ分からない」

「私も行く。レオニードに連絡して。装備が必要でしょ」

ジェニファーの顔色が変わっている。

7

午前七時、カールとジェニファーは大学の裏に行った。

辺りはまだ闇に包まれているが、その先は天空を埋める星の光が反射して雪原が白く輝いて見える。寒さが身体の芯《しん》まで染みてくる。

待ち合わせ場所にはトラックが止まり、中でレオニードとルドミラが待っていた。

「昨日と一緒です。途中まで車で行って、あとはスノーモービルです」

カールとジェニファーが乗り込むと車は走り始めた。

「封筒を見てください。ヘラジカから見つかったウイルスの遺伝子解析の結果です」

走り始めてすぐにレオニードが前を見たまま言う。

「二、三日かかるんじゃなかったのか」

「ここはロシアのシベリアです。何でもありです。友人はウォッカが大好きな奴です」

カールは封筒から出したデータシートを見た。

「ウイルス2よりもむしろウイルス1に近い。おそらくウイルス1の変異株だ。僕たちが探しているのはこれじゃない」

　車のライトの輪の中に白い道路が続いている。その左右は星明りにぼんやりと雪原が浮かび、闇に吸い込まれていく。

　ジェニファーがリュックを膝の上に抱きかかえた。

「村の百メートル手前で止めてね。感染防止対策をする」

「僕たちは持っていません」

「予備がある。嫌な予感がする。気をつけるのよ」

　ジェニファーが言うとルドミラが頷く。

「具体的なことは何も分かってないいんでしょ。本当に感染症かどうかも」

「昨夜別れてからさらに調べてみました。わずかですがＳＮＳに載っていました。政府が消し忘れたのか、検閲をすり抜けたのでしょう。発熱と頭痛。初期には倦怠感《けんたいかん》がある。朝、症状が現れると夜には立てなくなるそうです。そして大半はその数日後には亡くなる」

「そんなに病状が早く進むと、治療の時間がない。抗ウイルス薬も今までのものでは、対処しようがない」

　カールはサンバレーの患者を思い出していた。

「ウイルス２とも違ってる。今までのウイルスはそんなに早く病状は進まない」

「医療体制、人種的な体質によって違いは出てくる」

　ルドミラがスマホを出して写真をカールとジェニファーに見せた。

ベッドに横たわる男の姿が映っている。

「ひどいな」

カールは思わず呟《つぶや》いていた。

「内臓が出血してドロドロだったそうです」

「サイトカインストームね」

ジェニファーが顔をしかめた。エボラ出血熱に出やすい症状だ。

感染して、ウイルス量が増えるにつれて免疫機能が暴走し、内臓が侵されドロドロ状態になる症状だ。サンバレーでは出なかった。

「変異した新しいウイルスの可能性はありませんか」

レオニードがカールに聞く。

「サンバレーでウイルス2が発見されて、時間もたっていないし、変異するほど感染は広まっていない」

「だったら、まったく新しいウイルスだというの」

あるいはダンが送ってきたパルウイルスか。カールは声に出さず呟いた。ダンはシベリアで新しい強毒性のウイルスを発見し、カールに送ってきたのか。

途中で車を止めてスノーモービルに乗り換え走った。

一時間ほど走ってスノーモービルが止まった。

「百メートルほど先に見えるのがユリンダ村です」

レオニードの視線の先に二十軒ほどの家が見える。

ジェニファーがリュックから四人分の感染防止用ガウンと医療用マスク、フェイスガードなどを出した。

「患者に触れるのは最小限にしろ。感染防止用ガウンは何があっても、絶対に脱がないこと。常に破れには気を付けろ。感染の可能性が少しでもあれば、連れては帰れない。これは我々全員の了解事項だ」

カールがレオニードとルドミラに確認を取る。二人は真剣な表情で頷いた。

「我々にとって、幸いなことが一つある。サンバレーのウイルスは空気感染しなかった。同じであれば、空気感染はしない。感染力は強くない。悪いことは、致死率が高いことだ。だがこれは、感染さえしなければ恐れることはない。ルールさえ守れば感染はしない」

カールは自分自身に言い聞かせるように言う。

四人は村に向かって歩いた。

村に近づくとともに空気が変わってくるように感じる。人の姿は見えず、冷え切った透明な空気の中に、濃密なものが漂っている。サンバレーよりさらに死に近いものだ。

四人は人と音と生の消えた村に入っていった。

広い幅の道路の両側に小さな一戸建ての家が並んでいる。

ロシア政府が管理する先住民の村だ。

カールは最初の建物のドアをノックした。

村で唯一の新しい建物で、外部は合成板でできている。

男が出てきた。マスクをしてフェイスガードを付けている。目は赤く顔全体から生気が抜けていた。

「私は医師のルドルフ・ベッカーです。政府の方ですか」

「我々はCDCの者です。今日の調査は、直ちにWHOに知らせます」

男のロシア語に対して、ジェニファーが英語で答える。名前がドイツ風なので英語を理解できると考えたのだろう。おそらく何らかの理由でロシアに来たドイツ系のヨーロッパ人だ。ルドルフはわずかに表情を曇らせた。英語が分かるのか。気を取り直すように顔を上げて彼女を見た。返ってきたのは英語だった。

「手持ちの医薬品はありますか。ここには消毒用のアルコールさえありません」

「我々は医療品は持っていません。治療に来たのではなく、感染者の血液サンプルを取りに来ました。ウイルスの特定と感染経路を調べます」

ルドルフの顔にあきらかに落胆の表情が現れた。

「我々は政府に医療チームを要請しました。あなた方はそうではないと――」

「これ以上の感染拡大を防ぐことも大事なことです。詳細を教えてください」

ルドルフは頷いて、家の中に引き返していく。

カールたちはルドルフについて中に入った。

暗く重い空気が四人を包む。消毒液や血や吐瀉物の臭いに混じる、もっと濃密で恐怖を感じるものを含んでいる。それは、死の臭《にお》いに違いなかった。

外より室温は高いが、せいぜい十度ていどだ。

診療室と名づけられている部屋には、二十ばかりのベッドが並べられていた。そのうちの半分以上が空いている。

「空きベッドは亡くなった人のモノです。すでにこの村は、ここにいる者が住民のすべてです。あとの者は裏の墓地です」

「では他の家は――」

「空き家です。最後の者がここに来たのは昨日です。現在は、症状が出ていない者、軽い者が、重症者を看病しています。まだ症状の出ていない者もいますが、時間の問題でしょう。村人全員が感染していると考えるべきです」

ルドルフは言い切った。カールは反論できなかった。彼の言葉は医師として当然のことなのだ。

「いちばん新しい遺体を教えてください。まだ埋葬していない遺体があるんでしょ」

ルドルフが視線を部屋の入り口横のベッドに向ける。痩《や》せこけた少女の遺体がある。

「私の娘、サーシャです。一時間前に死にました。十二歳です。どうぞ血液を採取してくださ い」

ジェニファーが、サーシャの遺体から血液を採った。

「最初の感染者は分かりますか」

「ペトロフです。ペトロフ・ヤンスキー」

「いつです。発症したのは」

「先週の日曜日。十日前です。彼はここに来て二日で死にました。その後、二十三名の感染者が出て、次々に死んでいきました。今では住民で残っているのは我々だけです」

部屋にはベッドに横たわる感染者を含めて十名ほどの人がいた。

「感染ルートは辿《たど》れますか」

「ペトロフは発症の翌日にここに来ました。その日のうちに妻と二人の子供の感染が分かりました。妻は発熱と頭痛と吐き気、子供は発熱です。子供の熱は三十九度以上出ました」

ルドルフ医師は初期症状は発熱、頭痛、腹痛、吐き気と多岐にわたることを説明した。重症化するにつれ、目や鼻や耳からも出血し、その血液に触れたり体液に接触すると感染すると説明した。

「はじめは分からなかったので、看護中に血液や吐瀉物に触れて感染者が広まったのでしょう。遺体の埋葬時にも注意しましたが、やはり親族ともなると直接触れる者も多くいました」

レオニードとルドミラは必死で恐怖に耐えているのが分かった。

「墓に連れて行ってくれますか」

カールが言う。

「火葬しました。親族からの抵抗はありましたが、ウイルスを消し去るにはこれしかないと説得しました。しかし個々の火葬ができたのも、初めのうちだけです。人手も燃料もありません。それからは穴を掘って入れておいて、五、六体たまると、ガソリンをかけて燃やしました。今後はどうなるか」

ルドルフは力なく言うと娘のサーシャに目を移した。

「ペトロフはどこで感染したか分かりませんか。私たちは感染源を知りたい」

「分かりません。ペトロフの発症後、村中に感染が広がりましたから。ペトロフの行動を聞き取る時間はありませんでした」

ルドルフは考えながら話した。

「ではペトロフと同時期に感染した感染者は、家族の他にいませんか」

「彼は発症後はずっと家にいました。他の村人はその前に感染したか、家族から広がったのでしょう」

「彼はどこかに勤めていたのですか」

「ガスポルトです。新しいガス田の建設に携わっていました。建設技術者です」

四人は顔を見合わせた。

カールの脳裏にパルウイルスの姿が浮かんだ。エボラウイルスに似たウイルス、内臓からの出血、サイトカインストーム、さまざまな単語が流れていく。

「ガスポルトで感染者が出たという話は聞いていませんか」

「私は知りません」

カールたちはルドルフに案内されて、ベッドを回った。隔離施設というより、ベッドを並べただけの場所だ。最初の感染者が出てから作られ、ここを隔離病棟にしたのだ。しかし遅かった。

「もと学校です。小学校と中学校です。感染が広まり始めて、まず保健室を隔離病棟にしました。今は見ての通りです」

室内を見ているカールを見てルドルフが言う。

「ピーク時には病床は足りましたか」

「三日前までは満床でした。簡易ベッドを運び込み、使用していました。しかし、今は空きベッドの方が多い。多い日には八人が死にました。村人の総数は四十八人。その大半が死んでいます」

「医師の数は」

「私一人です。看護師経験者は五人いましたが、今では三人です。二人は亡くなりました」

ジェニファーはしきりにスマホのシャッターを切っている。

「写真はすぐにWHOに送ります。ロシア政府にも支援を要請します」

「最初の感染者、ペトロフについて教えてくれますか。いつからガスポルトに勤めているか、何をやっていたのか」

「彼はガスポルトが天然ガスの採掘を始めた当初から、そこで働いていました。三年前からです。村の成功者でした」

「彼に異変が起こった頃、何か言っていませんでしたか」

「一日の大半をガスポルト内ですごしていました。いちど会社の敷地内に入ると、終業時まで外には出られないと話していました。保安上の理由だと」

レオニードが言っていたテロ防止のためだろう。

「保安上と言うと、ガスポルトは危険なのですか」

「危険にも色々あります。政府の経済的基盤工場の一つですからね。テロリストの標的にもなります。天然ガス採掘については、賛否両論あります。自然保護団体からは、標的になっています。企業としても何か起こると困りますから、危険を避けるために工場敷地内で過ごすという考え方なのでしょう」

「一日中、工場の敷地内ですごすのですか」

「休憩時間にも敷地の外に出ることはできないと言っていました。どうせまわりは雪原ばかりですから」

「じゃ彼は、会社の敷地内で感染した可能性が高いということですか」

「普通に考えるとそうなります」

「感染源はガスポルト内ということか。マンモスの洞窟ではなくて」

カールの言葉にレオニードが頷く。

「ニックやダンもガスポルトの敷地内に入ってる」

「私たちもね。でもマンモスの遺体はなかった」

カールの全身に冷たいものが流れた。

「アラスカとサンバレーのマンモスの中に、パルウイルスはなかった。ガスポルト内にマンモスがいて、そのマンモスにパルウイルスが生き残っていると言うの」

「おそらくそうだ」

「だったら、ニックはどうなの。彼もガスポルト内に入った。でもパルウイルスには感染しなかった。彼が感染したのは、アメリカに帰ってから」

「あの鉄条網の柵と銃を持った警備員が配置されたのは、最近だと言ってたな」

カールがレオニードを見ると、レオニードが頷く。

窓の外が暗くなってきた。雪が降り始めている。

「あとで考えよう。時間がない」

カールはスマホを出して感染者たちの写真を撮り始める。

ジェニファーが血液サンプルの採取を続けた。

「まだ症状の出ていない人は連れて帰ります。助かる可能性があります」

ルドミラがルドルフ医師に言う。

「この村の住人は村から出るべきではありません。感染はこの村で封じ込めるべきです。私が村人に村を出ないように言ってきました」

「でも感染していないかも――」

ルドミラがカールを見たが次の言葉が見つからない。カールはルドミラのそばに行き声を潜めて言った。

「どうやって見分ける。ルドルフ医師の言う通り、全員がすでに感染している」

「でも、感染力は強くはないと――」

「そうだ。しかし彼らは感染者と触れ合い、言葉を交わし、同じ家に住んでいた。食事を与え、排泄《はいせつ》の世話をしている。防護服もなくだ。冷静に考えるんだ」

カールが強い口調でルドミラに言う。

ルドミラも黙っている。現状は分かっているのだ。

「我々にできることはこの現実を世界に伝えることだ。そして、同じような村を出さないことだ。早く必要なことをやって、町に帰ろう。やらなければならないことは山ほどある」

二時間ほど村に滞在して感染者の血液を採取し、ルドルフから話を聞き、感染者たちの写真を撮った。


日が暮れる前に町に帰りたい、と言うレオニードの言葉で村を出る用意をした。

「必ず医療品と医師団を送ります」

村を去るとき、ジェニファーがルドルフに言った。

「この村は手遅れです。私を含めて全員が感染しています。数日中に症状が現れ、死んでいくでしょう。このウイルスはこの村に封じ込めます。あなた方はこの現実を世界に知らせてください」

ルドルフ医師が穏やかな目でジェニファーを見つめている。すでに死を覚悟しているのだ。

「あなたは？」

「私は医師です。最後の患者まで診ています」

ルドルフはジェニファーとカールを見つめて言った。


カールたちは村を出てスノーモービルの所に戻った。

「防護ガウンの脱ぎ方には特別注意しろ。絶対に表面には触れるな」

「分かってます。僕たちだって、まったくの素人とは違います」

四人は慎重に防護ガウンを脱いで密閉袋に詰めた。

全員が無言でスノーモービルに乗り、車に戻った。

車が走り始めると、沈黙に耐えきれないというふうに、レオニードが口を開いた。

「ペトロフは、我々が昨日行った洞窟に行ったことは確かですね」

「決めつけないで。以後の調査に大きな影響を与える」

「彼はガスポルトで働いていた。その時、マンモスの洞窟を見つけ、そこに入った」

「それなら、感染したウイルスはウイルス1か2だ」

「サンバレーよりも遥かにひどい。やはり、パルウイルスと考えるべきじゃないの」

ジェニファーがカールに身体を近づけ声を低くして言った。

「断定はできない。ウイルス2が引き起こす症状と基本症状は同じだ。医療体制、特に治療薬の不足と感染症に対する住民の意識の違いで、症状、致死率がひどくなる」

パルウイルスであれば、おそらくもっと悲惨な状況になっている。カールはこの言葉は口には出さなかった。さらに続けた。

「しかし、洞窟の土壌サンプルからはウイルスは見つかっていない。偶然、出なかったのか、もともとなかったのか」

「ペトロフの行動範囲を調べることね」

レオニードとルドミラは無言で二人の会話を聞いている。

「今後、具体的にどうするんだ」

カールがジェニファーに尋ねた。レオニードたちも知っておくべきだと思ったのだ。

「まず、村の様子をWHOの友人に知らせる。ロシア政府も、これで隠蔽《いんぺい》はできない。つぎに、CDCに知らせる」

「WHOもCDCも信用できない。特にWHOはロシアに配慮する。コロナのときも初期対応が遅れた。まず、マスコミに情報を流す」

カールがジェニファーに言う。

「それじゃ、パニックが起こる。やっとコロナが収まりつつあるというのに。ロシア政府に喧嘩《けんか》を売ってるようなもの。かえって隠蔽される恐れがある。私たちの立場を考えるべき」

「パンデミックが起こるよりはいい」

「私たちは、パニックとパンデミックの両方を防ぐことができる」

「そう言って、失敗すれば両方が起こる」

レオニードとルドミラが意外そうな顔で、カールとジェニファーの言い合いを聞いている。

コロナではＷＨＯは完全に情報発表が遅れ、パンデミック宣言も半月余りも遅れた。ＣＤＣはサンバレーの感染を最初過小評価して扱った。両方ともパンデミックにつながるミスだ。しかし、組織の責任は問われてはいない。

「今夜、Ｐ３ラボは使えるか」

町の明かりが見えてきた時、カールがレオニードに聞いた。

「なんとかします。ただし、深夜まで待ってください」

「早く大学に戻って、何が起こっているか詳しく調べるんだ」

カールが自分自身を鼓舞するように呟く。

第五章　感染の村

1

大学の明かりは消え、静まり返っている。

四人は照明が落ち非常灯だけの廊下を実験室に向かった。

日付が変わるまで、あと十分余りだ。

カールとジェニファーはレオニードとルドミラについて、足音を忍ばせて歩いた。

Ｐ３ラボの実験準備室に入った。

「前に来たときは我々のことに誰《だれ》も気づいてなかったか」

「大丈夫でした。後始末が完璧《かんぺき》でしたから。僕たちも大いに学びました」

レオニードが立ち止まった。

「その完璧な仕事を今度は私にも学ばせてくれるかな」

薄い闇《やみ》の中で声が聞こえた。

部屋の隅の椅子《いす》に影が座り、カールたちを見つめている。

「サハロフ教授――」

レオニードがかすれた声を出した。

「誰なんだ」

「シベリア研究所所長です。僕たちの指導教授も兼ねています」

レオニードが明かりをつけた。

白髪の初老の男が立ち上がった。

「サハロフ教授、すべては僕の責任です」

教授がレオニードの言葉を無視してカールたちの前に来ると、カールとジェニファーの顔を交互に見た。

「私はこのＰ３ラボの責任者、アンドレイ・サハロフです。あなた方のグループの責任者はどなたかな」

「私です」

カールとジェニファーが同時に答えた。

「私はＣＤＣの職員です。すべての責任は私にあります」

ジェニファーがカールを押しのけて前に出た。

「アメリカ政府の職員が、深夜にロシアの大学施設に忍び込んだ。しかもＰ３ラボで何かをやっている。これはかなり大きな国際問題になります」

「急を要することです。あとでどのような責任も取りますから、もう一度ラボを使わせてもらえませんか」

ジェニファーが教授の顔を見すえ、落ち着いた声で言う。

「本来ならばノーでしょうな。これはロシアでは重罪に当たる」

「アメリカでも同じです。しかし、それを超える重要性と緊急性があると信じています」

「P3の使用ということは、ウイルスに関することですね。それもかなり危険なウイルスらしい」

教授はカールが持っている冷凍ボックスに目を向けた。

「よく分かっておられる。ロシアにも世界にも関係することです」

教授がジェニファーからレオニードに視線を移した。レオニードが軽く頷《うなず》く。

「あなた方の完璧な仕事ぶりを見てみたい。私も参加していいですか」

「もちろんです。喜んで」

カールが答える前にジェニファーが愛想よく答えた。


五人は防護服を着て、二重扉を通りP3ラボに入った。

冷凍ボックスから慎重にユリンダ村の感染者と死者から採った、血液の入ったサンプルケースを取り出す。

教授はカールの背後に立って、その様子を見ている。

サンプルケースから血液を試験管に入れた。今朝感染が分かった女性の血液、すでに死んでいる感染者の血液もあった。そして、ルドルフ医師の血液もある。

カールは電子顕微鏡用の試料に加工してセットした。

モニターを見ると赤血球、血小板などが映し出されている。その間に、エボラウイルスに似た棒状のウイルスが映っている。これらのウイルスが細胞に入り込み、破壊しながら増殖していくのだ。

「やはりウイルスに感染している。しかも、まだ増殖している。患者は十時間も前に死んでいるのに。ウイルス自体が強靱《きょうじん》なのだ」

カールが呟《つぶや》くように言う。

教授も食い入るように画面を見ている。

「これはエボラウイルスか。いや、違う。かなり大きい。どこでこれを」

「ユリンダ村です。ここから五十キロほど西の小さな村です」

「村人の全員が感染して、その大部分の者が死んでいます。現在の時点でです。おそらく全員が死亡するでしょう。医療品も医療団もいません。一人いた医師も感染していました。今頃《ごろ》は、症状が出ていると思います」

レオニードが村の状況を教授に説明した。

「ロシア政府は知っているのですか」

教授がカールに向き直り聞いた。

「報告はしたと言っていました。どこかで止まっているのでしょう。あるいは――」

握り潰《つぶ》そうとしている。コロナ禍で人々は疲れ切っている。これ以上の重荷を背負いたくない。政府も同様な思いだろう。しかしという思いもカールの脳裏をかすめた。軍が関《かか》わっているとしたら。感染が収まれば、軍が乗り出してくる。

「感染はいつ始まったと」

「先週からです。一人の男が感染して、その家族、近所の家々。住民五十名ほどの小さな村です。一気に広がりました」

「村の外には」

「現在は、感染は村に封じ込められています。ルドルフ医師が感染者の隔離を行い、感染を食い止めています。村人に絶対に村から出てはいけない、助けが来るまで村に滞在するようにと。冬、村が閉ざされているのも幸いしました」

教授は再度、モニターに目を向けて考え込んでいる。

「あなた方はこれからどうするつもりですか」

「もっと情報が必要です。ウイルスの遺伝情報が分かれば、さらに詳しくウイルスの特定ができます」

カールは慣れた手つきで実験装置を操作した。背後と横で四人が緊張した面持ちでカールの手元を見ている。

最後に遺伝子読み取り機にセットしてスタートボタンを押した。二時間後には結果が出る。

「確かにあなた方の技術はすばらしい。だがこのまま見過ごすには、事が大きすぎます。私にはしなければならないことがある。ここの始末をお願いします」

教授がカールとジェニファーに向かって言う。

「レオニードは私と一緒に来てくれないか。詳しいことを聞きたい」

教授はレオニードと一緒にラボを出ていった。

「なんなんだ、彼は。この研究所の所長できみたちの指導教授か」

「所長の仕事は副所長が主にやって、教授はまだ現役の研究者です。だから私たちに教授と呼ぶようにと」

確かに所長というよりは教授タイプだ。

「微妙だな。サハロフ教授は信用できるか」

カールはルドミラに聞いた。

「いい人です」

「それはロシアにとってか。世界にとってか」

ルドミラの表情が変わった。今にも涙があふれそうだ。

ジェニファーがカールを睨《にら》みつけて、ルドミラの肩を抱いた。

実験器具を片付けて血液サンプルを処理しようとしたところに、防護服を着た男が五人入ってきた。

「後は我々が引き継ぎます。あなた方は出てください」

「その血液サンプルは危険だ。我々で処理する」

「この方たちを連れ出すように」

カールの前に二人の男が立ちふさがった。

「冷凍ボックスを預かります」

ジェニファーが持っていた冷凍ボックスは男たちの手に移った。

ラボを出ると十人程の男に取り囲まれた。

半数は研究室の研究者で、残りは大学施設の警備員だ。銃を持った警備員もいる。

「私はアメリカ人よ。ＣＤＣの職員。アメリカ大使館に連絡して」

ジェニファーが腕をつかもうとした警備員に言う。

「その前に色々聞いておかなければならないことがあります」

声とともに、サハロフ教授が前に出てきた。

横には泣きそうな顔をしたレオニードが立っている。


カールとジェニファーは警備員に会議室へ連れて行かれた。

ルドミラがついてくる。レオニードに通訳として一緒にいるように言われたのだ。

「僕たちはどうなるんだ。レオニードは何か言ってなかったか」

カールはルドミラに聞いた。

「あなたたちの助けになるようにと、言われただけです。教授も迷っているようです」

「迷うって、何を迷うことがあるの」

ジェニファーが警備員を気にしながら押し殺した声で言う。

「レオニードから、あなた方のことを色々聞いてると言ってました。特にあなたが探しているパルウイルスの扱いについてです。果たしてそんなウイルスがいるのかって」

「ロシアの大学教授として、政府に報告する義務があるということか」

ルドミラは躊躇《ちゅうちょ》しながらも頷いた。

「ムリもない話だ。突然、自分の研究室の実験室に入り込んだ外国人、しかもアメリカ人で、一人はCDCのメディカルオフィサーだ。P3ラボに入り込んでウイルスを探している。すでに多くの法律を犯している」

「そんなこと言ってる場合じゃない。あなたも電子顕微鏡でウイルスの映像を見たでしょ。ユリンダ村では感染が起こって住民が全滅しかけている。あのウイルスがパルウイルスかどうか調べて、感染を止めなきゃ大変なことになる」

「パルウイルスでなくても、十分に大変なことになっている。このままだと、ロシアだけじゃなくて、世界がね」

カールの言葉にジェニファーの表情がさらに硬さを増した。

一時間がすぎたが、誰もやってこない。

「携帯電話を返してもらって。アメリカ大使館に電話してみる」

その時ドアが開き、サハロフ教授が入ってきた。横にはレオニードが立っている。

教授はテーブルの前に行き、十枚近い写真を並べた。

「電子顕微鏡の映像の写真です。これについて、あなた方の見解を話してくれませんか」

カールとジェニファーはテーブルの写真を見た。

P3ラボで見たものより、さらに多くの写真が加わっている。

「教授に言われて、他のサンプルの写真も撮ってきました」

レオニードが申し訳なさそうに言う。

「村で広まっている感染は、サンバレーのウイルス2の時と似ています。症状もウイルスの写真もウイルス2に近い。しかし、このあたりの土壌のどこからもウイルスは発見されていません」

顕微鏡写真を見ながらカールが言う。

「ルドルフ医師も感染している。できるだけ早急に助けを送ってほしい。彼は覚悟はしていたが」

カールは一枚の写真を見ながら言う。裏にドクター・ルドルフと書いてある。

「シベリアの保健局にユリンダ村の状況は伝えておきました」

教授が二人に向かって言った。

「医療品と医師団を送ってくれるの」

「上に報告すると言っていました」

「WHOを通じてロシア政府に働きかけたい。これも、時間がかかると思うけど」

「どちらも村人が全滅してからの話だ」

カールは皮肉を込めて言ったが、教授の表情は変わらない。

「それで、私が知っておかなければならないことを話してくれますか」

教授の言葉にカールはジェニファーを見た。ジェニファーが軽く頷く。

カールはニューヨークの出来事、カリフォルニアのサンバレーでの封鎖について話した。シベリアのマンモス由来のウイルス1とウイルス2が関係していること、さらにユリンダ村のウイルスはパルウイルスという強毒性のウイルスの可能性があることを伝えた。

「では、すべてのウイルスはシベリアの永久凍土に埋まっているマンモスが宿主だとおっしゃるのか」

「その可能性を確かめるためにここに来ました」

「結果はどうでしたか」

カールはスマホを返してもらうと、写真を教授に示した。

ウイルス1、ウイルス2、そしてダンが送ってきたパルウイルスが映っている。

「これらのウイルスはマンモスを宿主として生きてきたと思われます」

「数万年もの時間をですか」

「そうです。その眠りを人間が覚ました」

カールは改めて写真を見た。ウイルスは時間を超えて、その生命をつなぎ続けたのだ。

「ニューヨーク、サンバレー、ユリンダ村。それぞれの場所でそれぞれのウイルスがヒトに感染した」

「ウイルスが変異していったというのですか。マンモスを宿主にしていたウイルスが、ヒト・ヒト感染するウイルスへと」

「僕にも分からない。単なる変異とは違うと思います。どの時代か、どの場所かで独自のウイルスに変わっていった。一人の祖先を持つ人類が、時間と環境の中でさまざまな人種に分かれ、それぞれが個性を持っていったように」

再び写真を見たジェニファーも頷いている。

ユリンダ村のウイルスが、アメリカのサンバレーに持ち込まれたマンモスと関係しているのか。それともダンが送ってきたウイルスなのか。カールの脳裏を交錯した。

そのときサハロフ教授のスマホが鳴り始めた。教授は頷きながら聞いている。スマホを切るとカールに向き直った。

「医療班がユリンダ村に向かっています。政府も重要性を理解したようです。あなた方の話を聞いた限りでは、どこまで対処できるか分かりませんが」

「まず村を完全に隔離すべきです。その上ですべてのデータを世界に公表してください」

「あれは悲惨でした。レオニードに写真を見せてもらいました。我が国で起こっていることとは思えません」

「私たちは何もできませんでした。だから世界に報《しら》せたい」

「すべてレオニードから聞いています。どうか、心配しないでください。あなた方は我が国を救ってくれた。感謝しています。ただそうではないと思う者も多くいますが」

「私たちはもうしばらくこの国にいることはできますか」

カールの言葉にジェニファーが眉《まゆ》をしかめた。

「何をするつもりです」

「宿主を見つけたい。これは多くの意味で必要なことです」

「凍土に埋もれていたマンモスではないのですか」

教授は一瞬、レオニードに視線を向けた。レオニードはその視線を避けるように下を向いた。

「ウイルス1とウイルス2はここで掘り出したマンモスの子供が宿主です。しかし、パルウイルスについては宿主は特定されていません」

「あなた方がおっしゃるパルウイルスがウイルス2の変異株であれば、これ以上探す必要はないわけです」

「変異の時間が短すぎます。こんなに短期間でウイルスがこれほど変異するのは珍しい」

「しかし、可能性はゼロではない。あってもおかしくはない」

確かにその通りだが、カールは違和感をぬぐい切れない。ＣＤＣに頼んだパルウイルスの遺伝子解析の結果を待つしかないのか。

「今後も調査は続ける必要があります。ガスポルト内を自由に調査することは出来ませんか」

「個人的には歓迎するが、私の権限外のことです。私はシベリア研究所の所長ではあるが、一大学職員にすぎない。私の立場も理解してほしい。これからモスクワの学長と電話会議です」

教授が腕時計を見ながら言う。

ドアの方に歩きかけた教授が立ち止まり振り返った。

カール・バレンタイン教授、と教授が呼びかける。

「『遺伝子、その生命の起源』は素晴らしい本です。失礼を許してほしい。実は、あなたのことは存じていました。コロナ対策についてのあなたのレポートは、ロシアにとっても有益でした。お目にかかれて光栄でした」

教授はカールに対して頭を下げると出て行った。


カールとジェニファー、レオニードとルドミラの四人は会議室に残された。

「なにかできることはないの。このままここで何もできないなんて――」

ジェニファーが立ち上がり部屋の中を歩きながら言う。

「疫学調査が必要だ。他にもユリンダ村のような村があるはずだ」

カールはレオニードに視線を向けた。

「ガスポルトの採掘現場近くで、同じような感染症が発生していないか調べてくれ。過去の話でもいい。風土病のような病はなかったか」

「教授の指示で、現在この研究所にいる学生たちが調べています。明日、集まる予定です。よかったら出てください」

「注意してやってくれ。彼らが実際に村を回るってことはないだろうな」

「全員感染症の恐ろしさは知っています。コロナの治療にも関係した医学部の学生もいます」

「現実の恐怖だ。頭の中のものとは違う。きみらもユリンダ村で経験しただろう」

レオニードとルドミラが顔を見合わせている。

写真や映像で知ってはいても、やはり実際に体験するのとは違う。死にかけている患者の息遣いを聞き、匂《にお》いを嗅《か》ぎ、肌に触れ、流れ出る血をふき取る。患者の苦痛と絶望を共有するのだ。それは恐怖そのものだ。

2

翌日の昼前、大学の実験準備室に学生たちが集まっていた。

壁のホワイトボードには、チェレムレフカ町周辺の地図が張られ、複数の赤丸が書き込まれている。ユリンダ村には昨日、カールたちが行って村人の血液サンプルを集めてきた。その周辺のサスヤラフ村、ジリオハ村にも感染者が出始めている。

「最初にペトロフがガスポルトの敷地内で感染して、ウイルスを村に持ち帰り家族に感染させ、家族が村人に感染させた。感染した村人が他の村に行き、そこの村人を感染させる。こうなると、感染は止まらない」

カールがホワイトボードの各村を赤線で結び、感染した順番に番号を書き込んでいく。

書きながらコロナ禍のことが脳裏をかすめていた。自分の慢心が母を殺した。疲れてはいたが、自分は感染対策のプロだと自信があった。対策は十分だと。なぜもっと注意しなかったのか。

「感染者の接触で感染は広がっていく。接触を断てば感染は封じ込めることができる」

カールはレオニードを見た。レオニードが立ち上がり説明を始めた。

「ユリンダ村は村人四十八名のうち、四十名が発症。うち三十六名が死亡。他の者も全員感染していた。現在、死者はおそらくもっと増えている。サスヤラフ村の感染者は二十九名、死者十九名。ジリオハ村は感染者八名、死者五名です」

レオニードがホワイトボードの地図を指しながら説明した。

「感染症は感染ルートをたどることが重要だ。ジリオハ村の発症はサスヤラフ村より、二日遅れている。ジリオハ村はサスヤラフ村の者から感染したと考えられる」

二時間前にカールがレオニードに説明したことを学生たちに伝えた。

「この辺りの第一感染者はユリンダ村のペトロフという男ということですか」

学生の一人がレオニードに聞く。

「間違いはないと思う。だが、感染が収まれば再度確かめてみる必要がある」

「ユリンダ村への感染は、ペトロフさんからさかのぼれば感染源に行き着くんでしょ」

「その通りだ。しかし、ユリンダ村に入るのは今は危険すぎる」

現在、ユリンダ村はロシア軍によって完全にロックダウンされている。

一般人の入村は禁じられているが、教授の力で各村には医療物資と医療班が送り込まれている。

「ユリンダ村について、新しいことは分かったか」

「治療はほとんど役に立っていないそうです。ただ、感染者の死期を数日延ばすだけ」

ルドミラの言葉が乱れ、頬《ほお》を涙がつたった。

「ルドルフ医師が亡くなりました。最後まで患者に寄り添っていたそうです」

「過去に他に感染症が出た村はないのか。ユリンダ村の前だ」

カールがルドミラの言葉を振り払うように問いかけると、学生の一人が話し始めた。

「消えた村って、昔聞いたことがある。ただし、俺《おれ》が生まれる前のことらしいけど」

学生は地元出身者だと言った。

「僕もあるよ。暑い夏の年には、悪魔が村にやってくるって。先住民の伝説」

やはり地元出身だという学生が話し始めた。

「村人から魂を奪い、身体《からだ》を食い尽くすって。血まみれになって死んでしまう」

「食い尽くすって、エボラ出血熱の症状じゃないのか。サイトカインストームにも通じるところがある」

「詳しくは知りません。言い伝えですから」

学生が答える。

「これじゃないですか。ルイカン村の悲劇。悪魔の出現。ネットに出ています。一九九三年。三十八名の村人が死に、生存者は三名。その三名ものちに死亡した」

タブレットを見ていたレオニードが言った。

「三十年前に、村が全滅したと言うのか。悪魔に食われてしまった」

「その年の夏も暑かったそうです。八月のシベリアの平均気温は過去最高だったと書いてあります」

「今年の夏も暑かったな。冬は最低でも、マイナス十度を下回っていません」

「永久凍土から溶け出したマンモスの体内にいたウイルスが活性化したんですか。それが感染を引き起こした」

「バカなことを言うな。生き返ったウイルスに村人が感染して死んだと言いたいのか。ゾンビウイルスってわけか」

「他に同じような例はないか、明日、市役所で調べてみます」

学生たちが勝手にしゃべり始めたので、レオニードが言った。

「いま調べましょう。姉さんが役所に勤めています。総務課です」

医学部の学生がスマホを出してタップした。

「姉さんか。頼みたいことがあるんだ」

学生はスマホをスピーカーにして、テーブルの上に置いた。

「昔、なんかの話の時に、一夜にして消えた村の話をしてくれただろ。もう一度詳しく話してくれないか」

〈いま、勤務中よ。そういう話は後でして。五分後には休憩に入るから〉

妙に取り澄ました声と言い方が返ってくると、電話は切れた。

「近くに誰かいるんでしょ。姉の方から電話が来るはずです。ロシアでは、ヤバイ話のときはよくあることです」

学生の言葉通り、五分後にスマホが鳴り始めた。

〈急に変な話をしないでよ。同僚たちが聞き耳を立ててるんだから。特に最近はね〉

「大事な話なんだ。前に話してくれただろ。疫病の話だよ。まとめておいた方がいいかと思って」

〈あなた、医学部の学生らしくなったわね。父さんたちも、喜ぶよ〉

声を潜めて話しているが、嬉《うれ》しそうな気分が伝わってくる。

〈三年ほど前、私が話そうとした話題でしょ。あなたが興味なさそうなのでやめにした〉

「悪かったよ。コロナ前の話だろ。あの時は興味がなくて。でも今は感染症の話は重要だと思ってる」

〈もう何年も前の話。例年より暑い日が続いた八月だった。村人の子供で、モスクワの大学に行っている学生が夏休みで村に帰ったんだって。でも家には誰もいない〉

女性が声を潜めて話し始めた。

〈村人の全滅が分かったのは、翌日の昼前だった。墓地に行くと、墓の前に一人の男が倒れていた。死んで何日もたってる様子だった。ここからは、学生の推測。倒れていた男は村の最後の生き残りだろうって。死んだ村人はその男が埋葬した。最後に残った男は、最後の村人が眠る墓地の前で死んだんだろうって。自分の両親の墓もあったと言ってた。両親が最後の一人でなくてよかったたって〉

話は十分余りで終わった。休憩時間の終わりを告げる声と共に電話は切れた。

「レニ村の話じゃないのか。色々、伝わってる。尾ひれを付けながらね」

「ロシア政府は動かなかったのか」

「このあたりじゃ、まだ携帯電話もなかった。極東の小さな村なんて、政府の頭にはなかったんだ。今でもないけど」

学生は淡々と話した。全員が頷いている。

「もし政府が知ってても、不安を広めることはないと決めたんじゃないですか。先住民の村の一つや二つはどうでもよかった。下手につついて、騒ぎが広まると大変だと判断したんじゃないか。コロナだってウイルスの起源が騒がれても、分かっちゃいないし」

「感染が広まれば、コロナ同様、恐ろしい感染症だ」

学生たちは真剣な表情で仲間の話を聞いている。


その日の夜、カールの部屋にジェニファーがやってきた。

ベッドに座って、タブレットで資料を読んでいるカールに言う。

「ここ数日のあなたを見てると、不安になる。何をそんなに焦ってるの」

「軍が動き出している。教授の知らせで政府が慌ててる。モスクワでは軍が本格的に乗り出すか検討しているらしい。そうなると、この辺りの村は立ち入り禁止になる。もうなっている村も多い」

「誰に聞いたの」

「レオニードだ。彼の親戚《しんせき》に軍の関係者がいるそうだ。ＳＮＳにもいくつか出ている」

「私たちの代わりを軍がしてくれるという訳でもなさそうね」

ジェニファーの顔色が変わっている。

「コロナの時、中国が何をしたか思い出せ。多くのことが闇に葬られている。やって来るのは医療部隊ではなく、生物兵器部隊だ」

中国、武漢で発生した新型コロナウイルスは数カ月の内に世界に広まった。ＷＨＯはその発生源を突き止めようと調査団を派遣したが、中国政府のさまざまな制限により、三年以上たった今もその発生源は特定されていない。発生源を見つけることは、パンデミックを防ぐ上で非常に重要なことだ。

「私たちは非合法にここにいるってことを忘れないで。おそらくここの警察は私たちに感づいている」

「政府なんてそういうモノだ。たとえ嘘《うそ》はつかなくても、都合の悪いものは表に出さない」

「だったら、おとなしくアメリカに帰るべきよ。今回のウイルスに最も詳しいのはあなたたなんだから。ここにいなくても今後のワクチン、抗ウイルス剤の開発に貢献できる」

ジェニファーが真剣な表情で言った。

3

翌日の朝、レオニードがタブレットを持ってカールの所にきた。

「友達からの報告です。サスヤラフ村、ジリオハ村以外のユリンダ村近くの村にも感染者は出ています。ただ、ユリンダ村ほどひどくはないようです。ウイルスの種類が違うのかもしれないということです」

「だったら、村を回って血液サンプルをとる必要がある」

いずれユリンダ村と同様になる、という言葉を呑《の》み込んだ。

カールの脳裏に、洞窟《どうくつ》の入り口で死んでいた子供のヘラジカの姿が浮かんだ。あのヘラジカには死に至るほどのキズなどはなかった。内臓の様子も詳しく調べるべきだった。

「ガスポルトで働いている者がその村にいるか」

「すべての村で複数の者が働いています」

「それぞれの村の最初の感染者を特定したい。いつ、どこで感染したのか。詳しいことを知りたい」

「まだ調べられていません。仕事先を調べるのが精一杯でした」

「重要なことだ。分かれば感染経路が特定できるかもしれない」

「できる限りやっています」

「村の一つに行ってみたい。できれば、ガスポルトにも。いちばん近い村はどこだ」

「モーリエ村です。途中まで車で行って、後はスノーモービルです。四時間もあれば行けます。途中何ごとも起こらなければですが」

「現地での作業時間はどのくらい取れる」

カールは頭の中で計算しながら聞いた。

「これから出れば午後には到着できます。その場合二、三時間。調査を終えると暗くなってます」

「泊まるところはあるのか」

「任せてください。この辺りは僕の庭のようなものです」

広すぎる庭だと言おうとしたが、そういう雰囲気ではなかった。

レオニードはトラックにスノーモービルを積んでおくと言う。

「用意ができたら言ってくれ。僕はいつでも出かけられる」

レオニードはスマホを出して、ルドミラに電話しながら部屋を出て行った。

彼は彼なりに精一杯やっている。彼のような者がいる限り、この国、この地球は大丈夫だという気になる。


三十分後、カールはレオニードの運転で出発した。

前回と同様、途中で車を降りてスノーモービルに乗りかえ、雪原を走った。

「距離は二十キロほどです。モーリエ村は中規模の村です。村民は百二十人余り。現在のところ、感染者はゼロでした」

「組織サンプルは取れそうか」

「血や組織をくれと言っても、反感を持たれるだけです。政府から派遣されたと言いましょう。あなたはアメリカから招かれた政府の科学者。僕はその助手兼通訳です。ロシア人は権威に弱い。IDなんて必要ないです。求められたら運転免許証でも見せてください」

レオニードが自虐的にいう。カールに異存はなかった。

「この辺りの村、すべてに感染が広がるんですか」

レオニードが聞いてくる。

「今の状況ではそうなる。しかし今は感染が起きても、村単位で止まっている。人の行き来があまりなかったからだろう。今後はどうなるか分からない」

問題は夏だ。雪が解ければ村々の行き来も活発になり、マンモスハンターが外国からやって来る。そして何より永久凍土の融解がさらに大きくなり、ウイルスが流出してくる可能性が高まる。

「いつかは村々に広がり、次は町ということですか。そしてモスクワなど、内陸の大都市に広がり、山や海を越えて外国にも広がる」

「我々はコロナウイルスで、パンデミックは十分すぎるくらい経験した。その経験が生かせていない」

「二度とああいう経験はしたくないですね。当時僕は、タシケントに住んでいました。人口二百四十万人、ニューヨークと比べれば大して大きな町でもないですが、親戚が感染して、祖母と叔母と従妹《いとこ》を二人亡くしました。従妹は二十五歳と、二十二歳でした。先生は身近な人を亡くしましたか」

「いずれガスポルトの敷地内を調べたい。必ず宿主となるモノがある」

カールはレオニードに答えず、アンカレジとサンバレーで見たマンモスを脳裏に浮かべながら言った。

車で二時間ほど走り三十分の休憩を取りながら北に向かって走った。午後になってから、車を止めてスノーモービルを下ろした。

「ここから雪原を走ります。一時間ほどで村があります」

レオニードの言葉通り、雪原の先に家々が見え始めた。モーリエ村だ。

通りに沿って両側に四十余りの家が並んでいる。村というより、小さな町という感じだ。政府の先住民対策によって作られた村だ。

「待っていてください。僕が先に行って、状況を話してきます」

レオニードは村の中央にある役所に入っていく。

カールは役所の前に立ち、村の様子を見ていた。人通りはほとんどない。通りを隔ててあるスーパーマーケットに時折人が出入りしている程度だ。

三十分ほどでレオニードが戻ってきた。

「有力情報です。一緒に聞いてください」

カールはレオニードと村長の所に行った。

村長は胡散臭《うさんくさ》そうにカールを見たが、話し始めた。

「ここから二十キロほど東にユリュート村という先住民の村がありました。先住民の村としては大きな方で村民は七十人余りでした。その村が五年前、ひと夏で消えてしまった」

「消えたというと住民がいなくなったということか」

カールの言葉をレオニードが村長に通訳する。

「モーリエ村はユリュート村とは行き来があったそうです。親戚関係にあった者も複数いたということです。その行き来が突然なくなった」

「電話は通じなかったのか。親戚であれば連絡は取り合うだろう」

「突然、通じなくなったそうです。当時は電波状態が良くなかったと言っています。今もですが」

「様子を見に行った者はいないのか」

「村から五キロほど手前に軍の検問所ができていて、追い返されたと言っています。この国ではよくあることです」

「軍の兵士の服装は」

「普通の軍服だったそうです。何を聞いても答えてくれなかったと言っています」

感染防止用の防護服がないのか、感染症を疑わなかったのか。

「半年で冬に入り、次の年の夏に出かけると、村には誰もいなくなっていて、以来、連絡が取れなくなったそうです」

「それ以後、村はどうなってる」

「ユリュート村の話はタブーになっているそうです。親戚の安否を聞きに役所に行った者もいたそうですが、村ごと移住したのだろうって。先住民にはよくある話だそうです。僕はそうは思いませんが」

「移住であれば連絡があるだろ。おかしいとは思わなかったのか」

「当然思ったそうです。そうするうちにコロナが世界に広まって、この辺りまで大騒ぎになった。おそらくそのせいで、忘れられたんだろうって」

「この村ではコロナの感染者は出たのか」

「モスクワに行った三人が感染したと言ってます。連邦保健省の役人がきて、彼らを連れて行ったそうです。二人が死に、一人は回復して村に戻っています」

「コロナウイルスよりもひどい何かがユリュート村に起こったというのか」

カールは時計を見た。午後三時近い。陽《ひ》が沈みかけている。

「これからユリュート村へ行こうって言うんですか。僕は感心しませんね」

「急いでここでのサンプル採取をすませよう。病院はどこだ」

モーリエ村でのサンプル採取が終わった時には、辺りは暗くなっていた。

「ユリュート村へ行ってくれ」

「分かりました。明日になりますが」

空を見上げると星ひとつ見えない。すぐに闇と寒さがあたりを支配する。

カールとレオニードは村を出た。


スノーモービルで走り始めた。

「どこに行くんだ」

カールはレオニードに聞いたが答えない。レオニードは前方を睨《にら》むように見て運転を続けている。

風が冷たさを増し、カールの全身から熱が奪われていく。細かい震えが始まった。

「僕の背中にピッタリと身体《からだ》をつけて。風をよけて暖が取れます。転げ落ちたら命取りです。眠気の防止にもなるし、何より熱を逃がさなくて済む。僕にも好都合なんです」

レオニードが怒鳴るような声を出した。

カールはレオニードの腰に腕を回し、全身を彼の身体に押し付けた。風がさえぎられると共に熱が戻ってくる。レオニードの言葉通り今までと比べ、数倍楽に感じる。

「まだ遠いのか。こういう乗り物には慣れてないんだ」

スノーモービルの速度が落ち、止まった。

「十分の休憩です。ストレッチをしてアメでも舐《な》めてください」

レオニードがポケットから出した飴玉《あめだま》を一つカールに渡し、自分も口に入れた。甘い味が口中に広がり、糖分が全身に染み渡る。

全身の関節が凍り付いたようで、動かせばギシギシ音が出そうだった。

レオニードがGPSを出して位置を調べている。

突然、北の空が明るくなった。カールは空を見上げた。

淡いグリーンの輝きが天空を染めている。その輝きがうねりながら帯状に変化し、高さを増し、濃さを増していく。天空から下りた光の幕が、微風にそよぐ巨大なカーテンのように揺れ始めた。白く輝くひだが大きくたなびく。時折赤味を帯びた光がひだの中を流れる。オーロラだ。

「シベリアで唯一自慢できるものです」

天空の輝きを呆然《ぼうぜん》と見つめていたカールにレオニードが言った。

「雪原やそこに生きる生物も自慢できるだろ。アザラシ、シロクマ、ヘラジカ。この空も夜もここ以外では見られないものだ。自慢してもいい」

これだけは数万年前と変わっていないはずだ。マンモスもヘラジカもこの光のカーテンを見たのだ。

犬の遠吠《とおぼ》えのような声が遠くで聞こえる。

「気にしないでください。オオカミです。オーロラと話しているんです」

声は波打つ光の動きに合わせるように高く低く、悲しげにも聞こえる。

「出かけましょう。止まっていると体力を消耗するだけです」

たしかに、その通りだ。寒さは皮膚を通り、骨まで凍えさせ脆《もろ》くする。

一時間ほどで車を止めた地点についた。

車は雪原を西に向かって走った。一時間ほど走ると、スピードが落ちた。

前方に黒い影が見え始める。長方形の建物だ。

建物は平屋の小学校ほどの大きさで、窓は一棟に二カ所、箱を雪原に置いたようだ。シンプルすぎるほどシンプルだった。そういう箱が三個ある。

「モスクワ大学のシベリア研究施設です。永久凍土と資源の研究を行っています」

レオニードが車をとめ、カールに言った。

「三棟ある建物はなんだ」

「大きな建物に研究室と研究員の居室があります。あとの棟は倉庫です」

「何人くらいが働いている」

「今は誰もいません。人が来るのは夏場です。昔は冬も開いていましたが、ここ数年は夏場だけです。コロナの影響で予算が大幅に削られました」

この施設はシベリアの資源開発のために作られた施設で、十年前までは年中十人体制で、主に永久凍土の地下に眠る資源開発の研究が行われていたことをレオニードが話した。

「とにかく中に入りましょう。凍えそうだ」

二人はカギを開けて中に入った。

「発電機を回してきます。燃料は十分あるはずです」

カールは懐中電灯の光で辺りを見回した。小さな研究室だが、装置は十分とは言えないまでもそろっている。

「実験室のドアは開けないで。あとで説明しますから」

地下からレオニードの大声が聞こえる。

十分ほどで発電機の音が聞こえ、ライトが点いた。

「サハロフ教授はこの施設に関係があるのか」

「先生が管理しています。ガスポルトや村までは、チェレムレフカからだと行き来に時間がかかるからここを使うようにと」

レオニードは話しながら装置を見て回っている。

「僕が前回来たのは夏です。一週間いました。シベリアは夏と冬とでは段違いです。冬は雪と氷の大地ですが、夏は草と虫の大地です」

シベリアに来た友人が、蚊の大群に襲われたと大騒ぎしていたのを思い出した。

「ここからユリュート村まで一時間ほどです。ガスポルトまでは二時間。明日は、ユリュート村に行ってみましょう」

「ここに泊まることができるのか」

「そのための研究所です。本当は冬の研究基地だったんですが、現在では夏、虫や植物や土壌、色んなサンプルを採集して冬は大学に戻り、持ち帰ったサンプルからデータを取ります。機器も日進月歩ですからね。ここにあるモノは、できたときは最新式でしたが、現在ではマンモスです。図体《ずうたい》はデカいが、中身は太古そのものです」

「しかし、十分に使える。知恵さえあれば」

カールは顕微鏡や遺伝子解析装置を見て回った。

4

その夜、施設の備蓄食糧で夕食を済ませた後、これからのことを話し合った。

できる限り近隣の村を回って、住民のデータを集める。パルウイルスにつながるものがあるかもしれない。

「ウイルスの発生源を特定するんだ。ユリンダ村から半径五十キロ以内の村を調べたい。そこの住民の健康チェックをしたい」

まずは感染者を探し出し、感染源を絞り込んで宿主を見つける。

カールは地図を見ながら指示を出した。

気が付くと雪が激しく舞っている。風も出てきたようで、施設の窓に激しく当たっている。

「静かでしょ。二重窓なので雪の音を消し、寒さから室内を守ります。オーロラが見えないのは残念ですが」

吹雪がオーロラの光をかき消し闇に包まれている。

カールはぼんやりと窓に当たる雪を眺めていた。

翌朝、昨夜あれほど降っていた雪は止《や》み、風も収まっていた。

カールとレオニードはまだ暗い雪原をスノーモービルで出発した。

モーリエ村の村長が言っていたように一時間も走ると、雪の中に黒い点が見え始め、近づくにつれて家の柱らしきものになり、その数が増えて集落になった。ユリュート村の跡だ。

「廃墟《はいきょ》の村です。墓は村の北側だと言ってました」

レオニードは村の外れでスノーモービルを止めた。

二人は懐中電灯の光の中を研究施設にあったスコップとつるはしを持って歩いた。

「気を付けてください。滑りますよ。転ぶとケガをします。地面は鉄のように硬いですから」

大地の表面はまだ凍っているが二カ月もすれば氷が解けだし、雪原は草原に変わる。

低い丘を上がったところで、カールは息を呑んだ。野球場ほどの雪原にぎっしりと墓が並んでいる。立っているのはほとんど朽ち果てた粗末な墓標だ。

「ひと夏で村が全滅している。管理者もいないし、墓参りに来る人もいないのでしょう」

カールの脳裏に埋葬する最後の一人の村人の姿が浮かんだ。何を思いながら埋葬したのだろう。自分自身の死についてか。そしてその一人は——。

「村は廃墟になっていた。朽ち方が早すぎるようだが」

「燃やされた後、風雨や雪にさらされたからでしょう。最後の一人が火をつけて、村を出たのかもしれません。呪《のろ》われた村を消し去るために」

ユリュート村の親戚の安否を調べに行った村人を軍が追い返したとモーリエ村の村長が言って

いた。村を燃やしたのは、最後まで生き残っていた村人か、それとも軍がすべてを消し去るために火をつけたのか。

二人はしばらく目の前の墓地を見ていた。

「我々が初めての墓参りというわけか」

カールは懐中電灯の光を当て、立ち並ぶ粗末な墓標を見渡した。全部で百以上ある。村人の代々の墓もあるのだろう。

「さあ盗掘だ。宝が埋まっているかもしれない、我々にとっての。まず、新しそうなのを探すんだ」

カールは沈んだ気分を奮い立たせるように言い、墓地の中を歩いた。多くは墓標の文字も満足に読めなくなっている。中で比較的新しそうな墓標の前に立ち止まった。

「グリゴリー・グデスマン。一九九二から二〇一八。二十六歳。これから始めよう」

カールはスコップで大地を掘り起こそうとしたが硬くて入らない。

「永久凍土ほどではないですが、かなり硬いですよ。半分凍っています」

カールはレオニードの言葉を無視して今度はつるはしを振り上げた。

それを見て、レオニードがスコップを手に取った。

辺りが明るくなり始めている。薄い光の中に墓標が並ぶ墓地が浮かび上がる。

一時間以上掘り進むと、棺《ひつぎ》の上蓋《うわぶた》が見え始めた。

「これを開けるんですか」

「遺体のＤＮＡを調べるんだ。これだけの人数が一度に死んだんだ。明確な原因があるはずだ」

カールはリュックから使い捨ての防護服を出して、レオニードに一つを渡した。

「念のためだ。真冬の夜はマイナス三十度にもなると聞いた。おまけに年月もたっている。ウイルスの活性化は失われていると思うが」

カールはレオニードを安心させるように言う。しかし、マンモスの体内で三万年もの時間を生きていたウイルスもいるのだ。

棺を壊さないように、周りの土を取り除いた。

「遺体を持ち帰って病理解剖するのがいちばんなんだが」

「まさに盗掘だ。マンモスとは違います。どこに、どうやって運ぶんです。無茶は言わないでください」

「死因を調べたい」

「ウイルスの有無が分かれば十分じゃないですか」

カールは答えず、棺の蓋に手をかけて開けようとした。

ほとんど手ごたえなく、木片が崩れた。棺の穴から遺体の眼窩《がんか》がカールを見上げている。

思わず声を上げそうになったが、なんとかこらえた。レオニードが顔を背けている。

「凍ってるからいいですが、解けると大変ですよ。完全に腐ってます。湿気の多い地域だ。二、三年もたてばすべてが土に戻ります」

カールは一瞬躊躇《ちゅうちょ》したが、スコップで蓋を突いた。一突きで三分の一が崩れる。

「蓋を外すなんてことはできませんよね。仕方がないか」

レオニードが言い訳のように言う。カール同様、入っているのが自分でなくてよかったと思っているのだ。

棺の中の遺体は朽ちかけた衣服を着て、ほとんど骨になっている。棺の底の部分が崩れて、土が見えていた。レオニードの顔にほっとした表情が現れた。

「満足な皮膚組織なんて残っていませんか。骨の表面が黒っぽいのはウイルスですか」

「カビだ。この湿気だ。細胞組織はほとんど土にかえり、残っているのは骨と衣服の一部だけだ」

「どこを採取すればいいんですか」

「最初に写真を撮って、身体からサンプル採取だ。頭部と胸、腹、手足の骨の一部を持って帰る。もちろん、土壌採取も行う。ウイルスの痕跡《こんせき》を探すんだ」

カールは遺体を調べながら言った。

「骨を持って帰るんですか。賛成しません」

「死因が分かるかもしれない。ウイルスが発見され、死因が分かれば、今後の役に立つ」

ナイロン袋に入れたスマホを出して録音アプリをタップした。

「身長約百七十センチ。男性。年齢は墓碑によると二十六歳。遺体と墓碑の写真を撮ってくれ」

遺体の所見を録音しながら、作業を続けていく。

二時間ほどかけて慎重に骨と土壌を採取した。運がよければ、骨か土壌にウイルスの痕跡が残っているかもしれない。

「帰りましょ。正直、こんなところに長居はしたくないです」

埋め戻そうとするレオニードの腕を押さえた。

「帰るときにまとめて埋め戻そう。あとで、調べることが出るかもしれない」

「帰るとき、まとめてって――」

「せっかく来たんだ、あと二、三体は調べたい」

「本気ですか。一体調べるのに二時間もかかったんですよ」

レオニードが泣きそうな声を出したが、カールは次の墓を探して歩き出している。

「これにしよう。オクサナ・スコプツェワ。女性。九歳」

レオニードがため息をついて掘り始めた。

比較的頑丈な棺で、朽ちてはいたが崩れ落ちることはなかった。

前の男性より状態は良かった。少なくとも肉片が残っている。遺体の周りには三体の人形と衣服が置かれていた。

「髪もかなり残っています。前の男性はほとんど何もありませんでした」

「はげてたんじゃないか。おそらく貧しい男性だ。棺も簡素なものだ。オクサナは裕福な家の娘。かなり高価そうな服を着て、子供ながらにネックレスもしている。布の袋に入っていたのは、食べ物だ。埋める時にお菓子もいれたんだ」

カールは声を録音しながら遺体を調べた。

男の時と同様に骨と肉片と土壌を採取した。

「もう嫌です。誰かが見ているような気がします」

レオニードが周囲を見回しながら言う。

カールはスコップを取って、レオニードに渡した。

「きっと墓の中からの視線を感じるんだ。私の死因を突き止めてほしいと。あと一体だ。いちばん裕福そうな墓を探してくれ。それで終わりだ」

二人は墓地を歩いた。

「村は墓地の南にあったのか」

「そうです。なぜ分かったのですか」

「立派な墓標が多い方が村に近いんだろう。貧しいと村から遠くなる。死んでも貧富の差は付いて回る。この墓の主は村一番の金持ちだ」

カールはつるはしを土に振り下ろした。硬い衝撃が手に伝わる。

一時間ほど掘ると、カールの言葉通り作りのしっかりした棺が現れた。

蓋を動かすときも崩れることはない。

「多少は防腐処理をしているのかもしれない。着ている物も値が張りそうだ」

そうは言っても、かなり崩れている。

「骨と髪の毛から遺伝子配列が分かりますね」

「土壌にもウイルスが混ざっている可能性がある。慎重に扱ってくれ。肉体は腐敗して微生物に侵され棺の底にたまる。黒い物質は身体の一部かもしれない」

もっと本格的な調査が必要だ。しかし、ロシア政府が許さないだろう。

「あなたやＣＤＣが村を調べていることが政府に知られると、ここら一帯は封鎖されます。感染拡大を防ぐには好都合なのですが」

レオニードが言葉を濁した。

「前にも軍が出たんだろう。訪ねて行った他の村人が追いかえされた」

「本格的に、軍が介入してくるということです。彼らはウイルスを兵器として考えますから。ユリンダ村の封鎖にも軍がかかわっています」

レオニードが言い切った。

カールは前の二体と同様に骨と周りの残留物と衣服を採取した。

「日が沈みかかっています。お願いですから、もう帰りましょう」

レオニードが泣きそうな声を出した。

「埋め戻そう。感謝の気持ちを込めてな」

最初の遺体にはスノーモービルに敷いてあった毛布をかけて、棺を埋め戻した。

研究施設に戻る準備を始めた時には、あたりは暗くなっていた。

5

星明かりを頼りにスノーモービルは走った。

カールも昨日の走行で慣れていたので、空を見上げる余裕がある。シベリアの透明な大気の彼方《かなた》に星々の輝きが続く。

スノーモービルのスピードが落ちた。

「研究所に明かりがついています。先生、消し忘れということはないですよね」

「発電機を回さなければつかないんだろ。研究所の内部を知っている者で心当たりはあるか」

「ルドミラが来るのは明日です」

「予定を早めたのか、大学の仲間か、その他の者か」

研究所の前には一台のスノーモービルが止まっている。

「ルドミラが到着しています」

レオニードが施設の中に駆け込んでいく。


室内にはジェニファーとルドミラが待っていた。

「きみは今ごろ、モスクワのアメリカ大使館じゃなかったのか。そこからアンカレジのＣＤＣに帰ることもできる」

「あなたの嫌味は絶好調ね。人の気分なんてウイルスの変異と同じ。目まぐるしく変わるものよ。特に女性はね」

ジェニファーが悪びれる様子もなく言う。

「すぐにウイルスの遺伝子取り出しの用意だ」

カールは採取してきたサンプルの入った冷凍ボックスをわざとらしくジェニファーに見せた。

「その前に食事をしたら。レオニードがお腹《なか》がくっ付きそうだって。朝からほとんど何も食べてないんでしょ」

カールがレオニードを見ると肩をすくめている。

研究室の食堂に行くと、夕食の用意がしてあった。

「サハロフ教授はどうしてる」

カールがルドミラに聞いた。

「政府の医師団と村を回っています」

「彼は医者じゃないだろ」

「あなたと同じです、バレンタイン教授。サハロフ教授は医師免許を持っています。医者は個人を救うが、科学者は集団を救うといつも言っています。そのために生物学の研究をやってるって」

「あなたと同じようなことを言ってる」

ジェニファーが笑いながらカールを見た。

「僕はどちらも救えなかった。個人も集団も」

カールは小さな声で言う。

発作の兆候を抑えようと、ジェニファーに悟られないように何度も深く息を吸った。

テーブルにタブレットを置いて、墓地で撮ってきた写真を出した。

「やめてよ。そんなの見ながら食べる気にならない」

ジェニファーが顔をしかめて横を向いた。

「この少女は九歳だ。棺に人形が入れてあった。頭の横に袋があったが、中の黒い粉はお菓子か食べ物だ」

カールがボルシチを食べながらジェニファーを見ると、目を吊り上げてスプーンを置いた。

「喧嘩《けんか》はやめてください。とにかく、早く食べてウイルスを調べましょう」

レオニードの言葉でカールはタブレットをしまった。


三時間ほどかけて、墓地から採取してきた土壌と骨のサンプルを処理して、顕微鏡で調べた。

少女と二十六歳の男からウイルスが発見された。光学顕微鏡なので形は鮮明ではないが、青みを帯びた棒状のウイルスであることは分かる。

「電子顕微鏡があれば他のウイルスとの比較ができるが、これでは正確な形は分からない」

「ＤＮＡの比較しかないですね。でも、これほど大きいとは思っていませんでした」

レオニードが驚きの声を上げた。

ウイルスからＤＮＡを取り出し、遺伝子読取機にかけた。

ラボを出るとすでに深夜に近い。

「明日の朝には結果が出る。それまで休んでいてくれ」

「とても休むって気分じゃないです。早く結果が知りたいです」

「その結果をどうするんだ」

「これ以上、全滅の村を作りたくない。そのために役立てます」

レオニードの言葉には強い決意が感じられる。

「サンプルをＣＤＣに送りたい。もっと詳しいことが分かるだろう」

カールはジェニファーに言った。

「パルウイルスと比較したいんでしょ。ＣＤＣでは、ダンの送ってきたウイルスの検査結果が出てるはず」

「こっちに送るよう頼めないか」

「セキュリティの問題で、それは無理。でも、私も興味がある。こっちで集めた試料をアンカレジに送るにしても、どうやって送るの。検疫所を通さなければならない」

「ここで調べた遺伝子情報だけでも送りたい」

「メールで送るのは簡単だけどロシア政府には知られるでしょうね。それでもかまわないならいつでも」

カールは考え込んだ。どうなるか予測はつかない。

「ロシアとしては他国には出したくないデータだろう。何とかして、知られずに送る方法はないか」

「科学に国境はない。あなたの口癖だった。とくにコロナの時はね」

世界を挙げてワクチン開発、抗ウイルス剤の開発を進めるべきだ、これはカールの持論だ。だからすべてのデータの公開を主張した。

「そのためＣＤＣとは少なからず対立はあった。しかし企業に情報を提供したから、あれほど早いワクチン開発ができた」

「欲の原理。これこそ最強の法則ね」

ジェニファーは企業がワクチンを早期に開発できたのは、開発の成功による知名度アップとそれから得られる利益が莫大だったためだと言っている。

カールの脳裏にパルウイルスの蒼《あお》っぽい姿が浮かんだ。ＣＤＣではすでに遺伝子解析は終わっているはずだ。なぜ報せてこない。単にセキュリティの問題なのか。それとも、遺伝子解析結果に問題があったのか。感染力、毒性、両方において今まで人類が経験したことのないものだったのか。あるいはジェニファーが――。様々な思いがカールの精神を駆け巡った。カールの頭が痛み始めた。

ジェニファーがカールを見つめている。鎮静剤を飲むために立ち上がった。

その夜、カールは顕微鏡のモニターを睨むように見詰めていた。デジタル処理で形は多少シャープになってはいるが、電子顕微鏡に比べれば小学生の絵のようなものだ。

カールはダンから送られてきたウイルスの写真と遺伝情報を思い出した。どこかが違っている。色も蒼より、灰色に近い。これはパルウイルスではない。そういう思いが強くなっていた。

「とても眠れそうにない」

ジェニファーがソファから起き上がってカールの所に来た。

「サンバレーのウイルスと同じだ。感染力は弱いが、致死率が六十パーセントを超えているウイルス2だ」

「ウイルス2が一つの村の住人をすべて殺したの」

「そういうことになる。もう五年も前の話だ。医者もいなくて治療薬もない。ウイルスや感染源に対する知識もない村だ。感染力が低くても、あっという間の感染拡大と死亡者の増加だったのだろう。おそらく、ダンもニックと一緒にユリュート村に行ったに違いない。その惨状を見て懸命にマンモスを探した」

カールはモニターから顔を上げた。

「やはりパルウイルスの遺伝子情報との比較が必要だ。ユリンダ村の住民から採取した遺伝子情報をCDCに送る必要がある」

「衛星電話回線を使えれば可能なはずよ。ロシア政府に知られる可能性は大きいけれど」

カールはジェニファーに頼んで、写真と遺伝子情報をCDCに送った。

「結果が分かるのはいつだ」

「できる限り早く返事を送るようにメモを付けた。でも、よくやっていられるわね。同じ写真を二時間以上も見てるなんて」

ジェニファーがモニターを覗《のぞ》き込んだ。

「ウイルスが僕に語り掛けてくるんだ」

「私には無言のまま。きっと嫌われてるのね。ウイルスは人類の敵、たしかあなたの言葉よ」

「そう思っていた。でもこうして見ていると、同じ生命体として生きるために懸命なだけじゃないかとも思えてくる」

「生物のそれぞれの個体は、遺伝子が悠久の時間を旅するための乗り物にすぎない。リチャード・ドーキンスか。意外と古風なのね」

ドーキンスは、イギリスの動物行動学者だ。一九七六年の『利己的な遺伝子』で、生物は遺伝子の乗り物にすぎないと述べている。

「地球温暖化が進んで、北極や南極を含めて、世界の氷河や永久凍土が解けだしている。そのため海の水位が上がったり、海面温度が上がって台風が増えたり、熱帯の動植物の北限域が上がるだけじゃない。氷河期から何万年も氷や凍土に閉じ込められていたウイルスやバクテリアが再び活動を始めるんだ。我々は現在、その真っただ中にいる」

カールは一気に言うと重い息を吐いた。

「その脅威はすぐに全世界に広がる。コロナウイルスのように。いや、もっとひどい状況が来るかもしれない」

「ウイルスだって、生き残りたい。彼らは自分では細胞分裂もできない。だから、他の生物の細胞に入り込み、自分たち自身を増やしていく。その過程で、様々なことが起こる。なにしろ、他人の身体の中で生きていかなきゃならないんだから」

ジェニファーがカールに続けた。

「サルやコウモリ、ここではマンモスが宿主だった。彼らの体内ではなんの害も与えず、共存して生きていた。しかし、やはり暴走はつきものだ。ウイルスが仲間を強力に増やしすぎて、宿主を殺してしまうこともある。だから、その前に住みかを変える。その過程でより住みやすいように自らを変えていく。変異していくんだ」

カールはウイルスの写真をデスクに置いた。光学顕微鏡のぼやけた写真ではあるが、そこに映る棒状のウイルスがカールに語りかけてくるように感じる。

「感染力を変えてみたり、数を増やしてみたり。できるだけ宿主を殺さないように、害を与えないように自らを変えていく。丁度いいバランスがあるんだろう。しかし、時に暴走する。時々、ウイルスも意思を持っていると思うことがある」

「それには私も賛成する。こっちが考えることを先読みして、上手くすり抜けていく」

珍しくジェニファーがカールの言葉を受け入れた。

「今後も新手のウイルスが現れる。人間が暴走し、アフリカのジャングルを切り開き、そこに住む動物たちを追い出した。その結果、奥地にひっそりと生息していたコウモリやネズミが人間の社会に入り込んできた。人間が生態系を壊し、その反動で未知のウイルスが人間社会に出てくる。

エボラもサーズもマーズもね」

「その最新版がコロナウイルスだと言いたいのでしょ」

「この流れを取り除かなければ、また次のウイルスが現れる。そして、いつか人類も消え去る運命にある」

カールは同意を求めるようにジェニファーに視線を向けた。ジェニファーは肩をすくめると言った。

「人類は、早期のワクチン開発に成功したと自負している。従来のワクチンとはまったく製法が違う、遺伝子情報を人体に投与するmRNAワクチン。いずれ問題が起こるかもしれない。あなたはそう思ってるんでしょ」

「だったら、mRNAワクチンに代わる新しいワクチン製造法を考えればいい。それが、人類がウイルスに勝つ証《あかし》にもなる」

カールは確信を持って言い切った。


その時、ノックとともに、レオニードが入ってきた。

「ガスポルトに知り合いがいます。正確には知り合いの友人です。彼にペトロフの仕事を調べてもらいました。プラントの点検です」

「ペトロフはガスポルト内を歩き回っていたのか」

「プラント全体の見回りと言ってました。異常を見つけ出して、技術部に報告する」

ガスポルトの敷地面積は百ヘクタール以上ある。とても一人で回れる面積ではない。

「一般の従業員が行かないところにも行く可能性が高い」

レオニードが持っていた数枚のコピー用紙をカールに見せた。

「ペトロフの業務日誌です。発症するまでの一週間分です。これで、彼が回ったルートが分かります」

「感染の可能性は発症の三日前からだ」

レオニードがデスクにコピー用紙を二枚と地図を置いた。地図には赤い線が記されている。

「日誌の場所を地図に描いてみました。プラントの北地域を中心に回っています。このどこかで感染した可能性があります」

カールは業務日誌とレオニードが描《か》き込んだ地図を見比べた。

「人が行かないところを重点的に回っているのか」

「彼は現地育ちで、この辺りは詳しいですから。秘密の場所で一息入れていたのかもしれません」

「連れて行ってくれないか」

「無茶を言わないでください。ガスポルト内は私有地です。無断で入ることは家宅侵入って言うんでしょ。ロシアじゃ犯罪です」

「アメリカでも同じだ。しかし重要なことだ。感染源が特定できるかもしれない。どうせ前にも行っただろう」

「前とは状況が違います。前回は鉄条網のすぐ先でした。今回はかなり入り込んでいます。ガスポルトも第七区の操業が近づき、警戒して警備員を増やしているとも聞きます」

「彼らも薄々は感づいているのかもしれない。このままだと、感染はますます広がる。早急に宿主を見つける必要がある」

レオニードが仕方ないという顔で頷いた。

「明日の日の出は午前十時です。暗いうちに出かけ、日が昇る前には帰ってきます。往復で二時間、ガスポルトでの作業時間を四時間とすると、午前四時には出発したい。いいですか」

「僕は問題ない」

ジェニファーを見ると頷いている。

時計はちょうど日付が変わるところだった。

「CDCに送ったパルウイルスの詳しい分析結果はまだなのか。サンバレーの感染が収まれば調べると言っていたはずだ」

カールがジェニファーに聞いた。

「未知のウイルス、おまけに最悪のウイルスなのよ。時間をかけて調べているんじゃないの」

「それにしても時間がかかりすぎている。だからCDCはダメなんだ」

ジェニファーは目を吊り上げたが否定しない。

第六章　マンモスの墓場

1

あたりは暗く静まりかえっている。雪が降る音さえ聞こえてきそうだった。

カールとジェニファーは、レオニードとルドミラが運転する二台のスノーモービルに乗って、ガスポルトに出かけた。

男二人で出かけるつもりだったが、ジェニファーがどうしても行くと主張したのだ。躊躇《ちゅうちょ》していたカールも最後には折れた。結局、四人で出かけることになったのだ。

一時間ほどでガスポルトの鉄柵《てっさく》が見えるところに来ていた。

スノーモービルを五百メートルほど手前に止め、白いカバーで隠すと徒歩で鉄条網のところに行った。

「これからやることは、違法行為です。見つかれば警察に通報されます。今度は、教授の力でもどうすることもできません」

レオニードがカールとジェニファーに向かって言う。

「前回と同じだ。見つからなきゃいいんだろ。感染源が特定できれば、かえって感謝される。きみたちも、勇気ある科学者として称《たた》えられる」

「アメリカ人は楽観的すぎる」

「全員じゃない。カールが特別なだけ」

ジェニファーがレオニードに言い聞かせるように言う。

レオニードは持ってきたワイヤーカッターで鉄条網を切り、人が通れるほどの穴を作った。

「リュックを下ろして、敷地内に入ってください。全員が入ると穴は隠します。監視カメラが作動していますが、暗い内は大丈夫です」

「調べたのか」

「従兄《いとこ》が軍にいます。彼はガスポルトの警備もしたことがあるそうです」

レオニードがリュックを鉄条網の中に押し込む。

「しかし、雪原を歩く私たちの足跡は残ります。日が昇る前にすませましょう」

レオニードは空を見上げた。雪がわずかに舞っているが、足跡を新雪で隠すには時間がかかりそうだ。

レオニードは地図を見ながら歩き始めた。

カールたちはレオニードについて、三十分ばかり歩いた。

広大な雪原だ。この下に数万年前は原始の森が続いていた。今はガス田となって存在している。

数百メートル北にあるガスの掘削リグの先から出るガスの炎が見える。

「急ぎましょう。四時間もすると明るくなります。その前に戻りたい」

四人は昨夜、調べておいたガスポルトの敷地内にある谷に向かって進んだ。ペトロフがプラントを見回っていた地区だ。

「広すぎる。ペトロフはここの配管をチェックしていたのか」

「第七区です。かなり絞られています。ただし、ガスポルトの建設は二年かかっています。操業を入れて三年。目立つところに感染源があれば、もっと前に感染が広がっているはずです」

レオニードが立ち止まった。前方の丘の中央に幅五メートルほどの亀裂《きれつ》がある。

「またです。前と同じ。何なんだこれは」

亀裂の入り口にはヘラジカの子供の死骸《しがい》がある。今度は全身がそろっていた。

「マンモスほど古くはない。せいぜい――数日といったところだ」

「笑えない冗談。パルウイルスに感染して死んだんじゃないの。土壌にもウイルスがいたのかもしれない」

「マンモスからヘラジカへか。そして――」

カールはやっと角が生え始めた体長一メートル余りのヘラジカの遺体を見つめた。ウイルスは変異を続けているのか。野生動物が何らかの方法でマンモスのウイルスを取り込んで、その動物の肉を人間が食べたのかも知れない。

「傷がない。老衰とも思えないしね。死因を調べたい」

ジェニファーがリュックを下ろして検体を取り始めた。

四人は永久凍土の裂け目に入っていった。

その時、突然、カールの足元が崩れた。

声を上げる間もなく、滑り落ちていく。足下には深い闇《やみ》が広がっている。


カールは立ち上がった。一秒の十分の一にも満たない落下だったが、全身が痛んだ。

「大丈夫なの。無事なら返事をして」

頭上からジェニファーの声が響いた。見上げるとライトの光と彼女の顔の影がのぞいている。

カールはライトをつけて辺りを見回した。

急な坂は高さ五メートルほどの凍土壁の崖《がけ》だった。雪原からは遮断された、大地の裂け目のようなところだ。

足元をライトで照らした。いくつかの足跡が見られる。作業用ブーツの靴底で一人のものだ。

ライトを凍土壁に向けた。カールの視線が貼《は》りつき、動悸《どうき》が激しくなった。

ロープを使ってレオニードが降りてきた。

「怪我《けが》はないですか」

「大丈夫なら返事くらいはしてよね。心配してるんだから」

続いて降りてきたジェニファーの声が聞こえる。

「これを見ると心配なんて吹き飛ぶぞ」

カールは凍土壁に目を向けたまま言う。

凍土壁からは黒い円柱状のものが突き出している。粗い毛に覆われた、マンモスの足だ。前足の先の部分で、アンカレジとサンバレーで見たマンモスの二倍はある。この凍土の中にマンモスの頭部、腹部を含めて全身が埋まっているのだろう。

「触るな」

カールは思わず大声を出した。

レオニードがマンモスに触れようとしたのだ。

「ペトロフはおそらく、このマンモスに触れて感染した。ウイルスはこのマンモスの中で生きている可能性がある」

「じゃあ私たちも――」

「このウイルスは空気感染しない。素手では絶対に触らないようにしろ」

カールは強い口調で言って足元のブーツの跡を照らした。横に数本のタバコの吸い殻が落ちている。

「ペトロフはここで一息入れていた。人目にもつかず、風よけにもなる」

カールはライトを凍土壁に沿って移動させた。滑り落ちた坂から数メートル離れて、細いなだらかな坂が雪原につながっている。

「しばらくは誰《だれ》にも言うな。秘密にしておこう」

「どうしてですか。生物学的な大発見です」

レオニードがマンモスを見たままかすれた声を出した。

「分かってる。だけど危険すぎる。ユリユート村のことを思い出せ。この五年間で三つの村が消えてしまった。おそらく、ここのウイルスでだ」

「まだ、マンモス由来だとは決まっていません」

「それが分かるまで我々の中でしまっておくんだ」

カールは強い口調で言う。

「もしこのことが政府に知れると軍が来る。ここら一帯を封鎖する。僕たちは二度と、このエリアには戻ってこられない。彼らはあらゆるモノを秘密にする。ウイルスがいれば生物兵器として使える」

「たかがマンモスの足一本でですか」

ルドミラが言う。

「たかが足一本の中に何億個、何十億個のウイルスがいるんだ」

「急ぎましょ。採取しないと時間がない。今後どうするかは帰って考えましょ」

ジェニファーが我に返ったようにデイパックを下ろして、ゴム手袋をはめ、組織片の採取の準備を始めた。カールたちもジェニファーにならった。

保存状態は今までで一番良かった。

「注意しろ、ペトロフのようになりたくなかったらな。ウイルスが特定できるだけのサンプルでいい」

一時間ほどかけてマンモスの足、数カ所から肉片を採取した。

「この坂が上に続いている」

カールは歩き始めた足を止めた。改めて崖の永久凍土をながめた。微妙に傾いて見えたのだ。

「急ぎましょ。何かおかしなところでもあるの」

「いやなんでもない」

そうは言ったが、地盤が傾いている。そのために永久凍土に亀裂ができ、マンモスが現れたのか。これも、ガス田採掘の影響か。

カールたちは凍土壁の亀裂を出て、鉄条網の所に引き返した。

辺りが白く浮き上がってくる。午前十時になろうとしていた。陽《ひ》が昇り始めている。


二時間後、カールたち四人は研究施設に戻っていた。

全員が無言だった。部屋に入ると暖房も入れず、ソファや椅子に座り込んだ。

カールは、数時間前に見た永久凍土の壁で見たマンモスの姿が脳裏から離れなかった。他の者も同様なのだろう。

「ぼんやりしている時間はない。あのマンモスは三万年前の世界から何を持ってきたか。我々には確かめる義務がある」

カールの声で全員が立ち上がった。

直ちに実験室に入り、採取してきたマンモスの肉片を調べた。

光学顕微鏡の倍率を最大にして、ウイルスの有無を調べる。

「やはりウイルスがいる。静止したままだ。すでに死んでいる」

「当然よ。三万年前のウイルスだもの」

「零下十度以下の永久凍土で眠り続けているウイルスもいた。ニューヨークとサンバレーを思い出せ」

モリウイルスもその一つだ。

しかし、と言って、カールは考えをまとめようとした。

「たとえ、マンモスのウイルスが活性化してもヒトに感染するとは思えない。ヒト・ヒト感染は遺伝子の変異時間が必要だ。数日で変異が起こるとは考えられない」

カールは自問するように言う。

「サンバレーのウイルスはどう考えればいい。ヒト・ヒト感染を起こしている。明らかにマンモスを宿主にしたウイルスが変異したものと考えられる」

「三万年マンモスの体内で眠っていたウイルスです。その間にも変異は起こると考えられませんか」

レオニードが聞いた。

「不可能だ。我々が見ているウイルスはマンモスが凍土に閉じ込められた時のものだ。変異は起こしていない。変異は遺伝子が分裂するときのコピーミスだ」

カールは言いながら、永久凍土の切れ目に死んでいたヘラジカから採取した血液を顕微鏡にセットした。

「ヘラジカの死もウイルスと関係あると思いますか。目に見える傷はありませんでした。まだ若いヘラジカです」

「ウイルスが生きている」

カールの言葉に、全員の目がモニターにくぎ付けになった。明らかに青みを帯びた棒状のウイルスがうごめいている。

「マンモスのウイルスと同じものか、遺伝子を調べろ」

四人は手分けをしてＤＮＡ解析器にかけた。三時間後には結果が出る。

「ヘラジカはこのウイルス感染で死んだのでしょうか」

「他にヘラジカの集団死の報告がないか調べてくれ」

「前にヘラジカの死体を見つけたときに調べましたが、見つかりませんでした」

「あのヘラジカは、群れから離れて単独行動していてあのあたりに迷い込んだ。そして偶然、マンモスの死骸《しがい》と接触し感染した。群れから離れたヘラジカだったので、他のヘラジカは感染を免れた」

カールは慎重に言葉を選びながら話した。脳裏には様々な思いが錯綜《さくそう》している。

「このウイルスが運悪くヒトに感染しても、そこからさらにヒト・ヒト感染するウイルスに変異するには、さらに何世代もの変異が必要だ」

「もっと、感染源の絞り込みが必要ということですか」

レオニードがカールに問いかけてくる。

カールは答えることができなかった。

電子顕微鏡にかけてその姿を明確にし、ＤＮＡ配列が分かればウイルスの特定ができるだろう。おそらくウイルス２に一致する。サンバレーで感染を引き起こしたウイルスだ。では、ダンが送ってきたパルウイルスとは何だ。あのウイルスに関してはもっと調査が必要だ。

「ガスポルトに正式に調査を申し込むことはできないか」

カールはレオニードに聞いた。数時間前に見たマンモスの足が脳裏を離れなかった。

あの先の凍土の中には完全な形のマンモスが埋まっている。さらにそのマンモスの体内にはウイルスがいるに違いない。そのウイルスは、カールが探しているウイルスなのか。

「難しいと思います。民間会社として開発を進めていますが、実質は国営と同じようなものです。ＣＥＯのミハイル・ペトレンコは政府ともつながりが太い。オリガルヒの一人です。政府が許可することはないでしょう」

「せめて調査がすむまで、ガスポルトに開発を待つように頼めないか」

「かなり開発日程が遅れていると聞いています。彼らも焦っているようです。政府が急ぐように圧力をかけているのは事実です。ウイルスがいてもいなくても、予定は遅らせたくない。それが本音です」

世界はカーボンニュートラルの方向に進んでいる。二酸化炭素を多く排出する石油や石炭の需要が減少するのは目に見えている。代わりに天然ガスの需要は増えている。それも、開発を急ぐ理由の一つだ。

「そういう焦りが自然破壊を進め、地球温暖化につながってきた」

カールは吐き捨てるように言った。

レオニードは何かを考えるようにしばらく黙っていたが、やがて腹をくくったのか話し始めた。

「ガスポルトは開発を進めるために、高温高圧のガスを地中に流すつもりです」

「そんなことをすれば、永久凍土が解けて、今まで眠っていたウイルスやバクテリアなど、人類にとって未知なものが現れる。その中に、人類に多大なダメージを与えるものも含まれているかもしれない。一度留《とど》まって、再考すべきだ」

言いながらも、カールは自分の言葉の虚《むな》しさを嚙《か》み締めていた。

「アメリカ大使館を通して中止を訴えることはできないか」

「なんて言うの。危険なウイルスがいる可能性がある。ガス田の開発を中止してもらえないか。ガスポルトは否定するだけよ。ロシア政府もね」

ジェニファーの冷ややかな口調の声が返ってくる。

2

翌日、カールたちは得られたデータを持って、チェレムレフカに戻った。

ホテルの部屋に入って、ジェニファーに電話しようとするとノックがあった。入ってきたのはジェニファーだ。

「データをCDCに送って、他のウイルスと比べてほしい」

カールの言葉にジェニファーが時計を見た。

「あと二時間で最初の報告が来る。持ってるデータは、すべてアトランタの研究所に送った。ニューヨークとサンバレーのウイルスとは、至急比較してみると言っていた」

「ダンが送ってきたパルウイルスとの比較もできるだろう。すでに結果は出ているはずだ」

「それも頼んでる。電子顕微鏡にかけたいんだけど、ここではムリかしら。鮮明な映像がほしい。血液や肉片はパソコンでは送れないから」

「サハロフ教授に頼んでみる。ただしデータは共有になる。その場合、ロシア軍に漏れる可能性が高い。ここは常に見張られているらしいから」

「分かってる。でも、やはり早急に必要だと思う」

「僕もそう思う。あの辺りの永久凍土はかなり脆《もろ》くなっていた」

カールは洞窟《どうくつ》で感じた大地の振動を思い出した。永久凍土の崩壊はすでにかなり進んでいるのかもしれない。地球温暖化のせいもあるだろうが、近くでガス田の開発が加速されていることも原因の一つだろう。ダイナマイトの爆発音も聞いたし、震動も感じた。いつか大規模な永久凍土の崩壊が起こっても不思議ではない。


カールとジェニファーは大学に行ってサハロフ教授と会った。

教授は深刻そうな表情で考え込んでいる。

「電子顕微鏡の使用には報告書が必要です。私は虚偽の報告はできない」

「隠すことはありません。遺伝子情報はＣＤＣに送りました。必要なら、レオニードに言ってください。遺伝子解析は彼も手伝ってくれました」

一時間後には電子顕微鏡の使用許可が出た。

カールとジェニファーはレオニードに手伝ってもらい、電子顕微鏡にかけるサンプル作りに入った。

夕方には最初の映像が得られた。

カールはディスプレイに顔を近づけた。エボラウイルスに似た棒状のウイルスがはっきりと見える。

「エボラウイルスの一・五倍ほどある。保存状態はかなりいい。このウイルスは死んでいるが、生きているウイルスがいても不思議じゃない。事実、ヘラジカのウイルスは生きていた。だからヘラジカは死んだ」

「もしもパルウイルスであれば、ウイルス２以上の致死率を持ち、世界は再び大混乱に陥る」

「断定はできないが、ここで見つけたウイルスはサンバレーでパンデミックを起こしそうになったウイルス２と同じか変異株だ。パルウイルスじゃない」

「なぜそう言い切れるの。遺伝子を比較してみなきゃわからない。村の状況はかなり酷《ひど》かったんでしょ」

「この種の遺伝子の変異株はたいていそうなる」

「ウイルス２に由来してるウイルスだというの。そしてパルウイルスとは違う」

カールは無言のままだった。ダンはなぜパルウイルスを送ってきたのか。サンバレーで感染拡大したウイルスとは違う、人類にとってはさらに脅威となるウイルスの存在をカールに報《しら》せたかったのだ。それがパルウイルスなのだ。

「たとえパルウイルスとは違っても、十分恐ろしいウイルスよ。私たちは何としてもこのウイルスの拡散を防がなくてはならない」

ジェニファーの叫びにも似た声が遠くに聞こえる。


Ｐ３ラボを出たとき、レオニードが待っていた。

「ガスポルトは開発を急ぐために、地中に高温高圧ガスを流すことは話しましたよね。すでに準備に入っています。部品待ちだと言ってました。遅くても来週には開始します」

「ガスの採掘を中止して、先にマンモスと永久凍土の状態を調査すべきだ。アメリカ政府からロシア政府に申し入れることはできないか」

カールは途中からジェニファーに視線を向けて、強い口調で繰り返した。

「アメリカ政府が何を言っても、ガスポルトは聞かないでしょう。民間企業と言っても、政府とのつながりは強い」

「ＣＤＣがアメリカとロシアの政府に申し入れることはできないか。操業中止はムリとしても、延期はなんとしても必要だ」

カールはしつこく食い下がった。

「CDCに送った遺伝子情報の結果待ちというところ」

その時、ジェニファーのスマホが鳴り始めた。

「CDCからよ」

ジェニファーはスマホをスピーカーにした。

カールたちの予想通り、マンモスから発見されたウイルスは、サンバレーのウイルス2の変異株だった。

〈ただしサンバレーのウイルス2より、さらにエボラウイルスに近い。致死率も高いし、感染力も強いと推測している〉

「サンバレーからCDCに送ったウイルスのサンプルの遺伝子解析の詳しい結果を教えてほしい。もう、出ているはずだ」

〈現在やってる。かなり危険なものだ。慎重にやる必要がある〉

一瞬の沈黙の後、返事が返ってくる。

「分かっていることだけでも教えてくれ。あのウイルスは――」

〈今は現実に起こっている問題に目を向けろ〉

カールの言葉を遮った。

〈感染力はサンバレーのウイルスの一・五倍。致死率は、二倍以上だ。エボラウイルスの負の要素はことごとく上を行ってる。こんなのどこから持ってきたんだ。もしまだ持っているのなら、厳重に密閉して注意して扱うんだぞ〉

「それは、持って帰れと言うことか」

〈当たり前だ。こんな危険なウイルスは早急に焼却処理するのが最良なのだが、ＣＤＣとしては――〉

「じゃ、そうさせてもらう」

慌てた様子の声が返ってきたがよく聞き取れなかった。カールは聞き返すことなく、通話を切った。

彼らは何かを隠している。パルウイルスの遺伝子解析の詳細な結果はすでに出ている。彼らはその扱いを検討しているのだ。カールの脳裏に軍の影がよぎった。


その日の夜、カールはサハロフ教授に会った。

最初に、ＣＤＣのウイルスに関する報告を伝えた。ガスポルトのガス田開発中止を頼むためだ。

「かなり危険なウイルスです。ガスポルトの開発をしばらく中止することはできませんか。その間に、さらに詳しい調査をする」

教授は苦渋に満ちた表情で聞いている。

「ガスポルトはロシアとアメリカの企業の合弁会社です。極東シベリアの開発がうまくいけば、アメリカだけではなく欧州や日本の資本も呼び込むことが可能です。シベリア全体の開発が期待できます。私たちの大学も、初期段階から協力してきました。ロシア政府としても重大なプロジェクトです」

教授は蒼《あお》ざめた顔で震えるような声で話した。問題の重要性を十分に認識しているのだ。

「しかし、事前調査、特に環境調査は不十分です。すでに教授もご存じのはずです。永久凍土の中には、マンモスが眠っていて、マンモスの中にはウイルスがいます。もし、この中に活性化するウイルスがいれば、もし、外部に出ていれば。いや、確実に出ています。ニューヨーク、サンバレー、さらにユリンダ村を初めとして、シベリアの先住民の村々にもすでに広まっています」

「可能性にすぎません。ロシア政府はユリンダ村の感染についてもウイルスの存在を認めていません。たとえ今後認めたとしても、マンモスと結びつけることはないでしょう。ガスポルトも周辺の環境には十分考慮して、政府に開発申請しているはずです」

「よく政府の承認が下りましたね。我々はガスポルトの敷地内で、確かにマンモスを発見しました。感染で死んだと思われるヘラジカもね」

「ロシアのロシアたる所以《ゆえん》です」

教授が苦渋の表情で言う。

「ロシアに環境保護の部署はあるんですか」

「もちろん、あります。しかし、中央政府の意向に沿った環境保護です」

「つまり大統領次第ということですね」

「ロシアは政治的、経済的に大きな問題を抱えています。昔のソ連に戻りたがっている者も多くいます。かつては世界に強い影響を与える偉大な国でした。その権威を取り戻すためには手段を選ばない者も、大きな支持を集めています」

教授は深く息を吐いた。

「シベリアにはガス田のほか、多くの資源が眠っています。地球温暖化により永久凍土が溶け、開発がしやすくなっています。ガスポルトのシベリア開発はその先鞭《せんべん》をつける事業です。失敗するわけにはいかないのです」

教授は分かってほしいという顔でカールを見て続けた。

「さらに北極海の氷にも大きな変化が出ています。北極航路です。今後、シベリア開発はますます進んでいくでしょう」

「だからこそ、もっと慎重になるべきです。現在を未来に続けるためにも」

教授は考え込んでいる。

「明後日、ガスポルトのCEO、ミハイル・ペトレンコが視察に来ます。途中、チェレムレフカに寄ります。なんとか、会えるようにはからいましょう」

ただし、と言ってカールを凝視した。

「彼を説得することは難しい。かえって、悪い方向に進む可能性もある」

教授は苦しそうに顔をゆがめた。

カールはレオニードと一緒に、大学の会議室で待っていた。約束の時間よりすでに一時間もすぎている。

教授に電話しようとスマホを出した時ドアが開き、スーツ姿の男が入ってくる。

「ミハイル・ペトレンコ――」

レオニードの口からかすれた声が漏れた。

白髪が目立つが、がっちりとした体格の長身の男だ。年齢はおそらく、五十歳前後だろう。ガスポルトのCEOだ。ロシア共産党の党員で、有力なオリガルヒの一人だ。大統領とも特別な友人であることは広く知られている。

オリガルヒとはソ連崩壊時に国家財産を受け継ぎ、政府と癒着して巨大化した新興財閥だ。大統領の親族や側近、政府高官たちと、お互いに依存しあっている。

「アンドレイ・サハロフ教授に頼まれて、あなたに会うために来ました」

流暢《りゅうちょう》な英語だった。慇懃《いんぎん》な口調で言うと右手を差し出した。カールはその手を握った。握力ゼロの握手だ。

「率直にお話しします。私たちはチェレムレフカ町の北部のいくつかの村で、致死率五十パーセントを超える感染症ウイルスのまん延により生じた悲劇を目の当たりにしました。一部の村は全滅し、また一部では全滅の危機に瀕《ひん》しています」

ペトレンコが腕時計を見た。暗に時間がないと示しているのだ。

「ガスポルト近くの村で、患者の血液から発見されたウイルスについて話したいのです」

カールは類似したウイルスがマンモスの体内からも発見されたことを話した。

「私たちはそのマンモスをガスポルトの敷地内で発見しました」

ペトレンコが顔を上げてカールを見すえた。

「敷地内は立ち入り禁止なのはご存じですか」

「今、重大なことは、ガスポルトの地下にはマンモスが眠っていて、その体内には人類が未《いま》だ遭遇したことのない感染力と致死率の高いウイルスがいるという事実です」

「ガスプラント建設前に、わが社も調査を行いました。あなた方が主張されているような事実は見つかっていません。我々も環境保護には最大限の配慮を図っています。計画の時点で、この辺り一帯の永久凍土の調査も行っています。あなたが危惧《きぐ》している永久凍土の融解は見られていません」

ペトレンコは地図を示しながら、天然ガスの埋蔵地と永久凍土の分布について説明した。

「この調査に基づいてガス田開発の政府許可も取っています。それに対して、アメリカ人のあなたがクレームをつけてきている。さらに敷地内で凍土に埋もれたマンモスを発見したと。これこそが大きな問題ではないのでしょうか」

ペトレンコは薄笑いを浮かべた。カールがガスポルト敷地内に不法侵入したことについて言っているのだ。

「ガス田の開発により、この辺りの永久凍土層にバランスの乱れが生じています。凍土に封じ込められていたマンモスが地表に現れたのも、そのせいかもしれません」

「学術的に素晴らしいことだと思いますが」

「そのマンモスがウイルスを持っていたとすれば」

カールはペトレンコの表情がわずかに変わるのを見逃さなかった。

「根拠はあるんですか」

「それを探すために我々はここに来ました」

「それは、私たちが引き継ぎましょう。あなた方は国にお帰りください」

「我々も敷地内に入って調査させてください」

「たとえ、あなたが言うことが事実であったとしても、マンモスの生存は数万年前です。どのような生物も生存が不可能な時間だとは思いませんか」

「私もそうあってほしいと願っています。だから、もっと調査が必要なのです」

「この辺り一帯が有望なガス田です。地下千メートルには膨大な量の天然ガスが溜《た》まっています。専門家以外が入るのは非常に危険な地帯です」

「あなた方の指導の下での調査でも結構です」

カールは執拗《しつよう》に頼んだ。

ドアが開き、若い女性が入ってきた。ペトレンコの秘書で、耳元で何ごとか囁《ささや》く。

ペトレンコが立ち上がった。

「次の予定があります。あなたの忠告は十分に考慮したいと思います」

ドアに向かって歩き始めたペトレンコが立ち止まり、振り返った。

「ここで発掘された天然ガスは、西はヨーロッパ、南は中国、モンゴル、東は日本、アメリカにまで送られています。今後もさらに増産され、送り続けられるでしょう。それがロシアの世界に対する責任と信じています」

「しかし、工場の敷地内にはウイルスを持つマンモスが眠っています。その体内には強い感染力と致死率を持つウイルスが生存している可能性があります」

「時の流れを考えれば、ゼロに近い可能性です。そのために、工期を遅らせることは国家レベルの損失です。世界にも少なからず影響が出ます。来週には操業が開始されます。残念なことだが、この国はテロが多い。不法侵入者には、射殺許可も出しています。強引に入り込もうとすれば命の危険があることをお伝えしておきます。これはロシア政府の意思でもあります」

カールたちに対する警告の意味もあるのだ。

ペトレンコはかすかに笑みを浮かべると出て行った。

3

サハロフ教授から連絡があったのは、その夜だった。

〈明日、ガスポルトは新規ガス田、第七エリアの試験操業を始めます。東部地区です。あなた方がマンモスを発見した場所と近い〉

「我々も立ち会えませんか」

〈私も政府を通してあなた方の立ち会いを求めている。明日の早朝に返事が届きます〉

カールはそれ以上頼むのを止めた。カールたちの立ち会いなど考えられない。サハロフ教授の立場もあるだろう。

「教授の立ち会いは認められたのですか」

〈それも明日にならなければ分からない〉

「いずれにしても、細心の注意が必要です。もしウイルスが存在していれば、コロナ禍の再来になる可能性がある」

〈永久凍土地帯の未知の部分は伝えています。彼らの中にもウイルス学者はいます。恐ろしさは承知しているはずです。しかし第七エリアは残された有望なガス田の一つです。彼らとしても、開発を続けなければならないのでしょう〉

シベリアの中でもこの極東地区は、希少金属の埋蔵を含めて宝の山なのだ。しかし、それ以上に未知の部分が多い地域だ。

〈連絡が入り次第、伝えます〉

教授の電話は切れた。

カールはジェニファーに教授から電話があったことを伝えた。

次に教授から電話があったのは、明け方近くになってからだ。一時間後にガスポルトの車が迎えに行くので、ジェニファーと一緒にホテルの前で待つようにという電話だ。

ガスポルトもカールたちを招待して、安全には最大限の配慮をしていることを世界に示したいのだ。

カールとジェニファーがホテルの前に出るとリムジンが待っている。

二人が乗り込むと走り出した。横にはサハロフ教授も座っていた。

リムジンはガスポルトの正門を通り工場内の道を走った。

新規ガス田の操業現場は複数の巨大なサーチライトに照らされ、昼間のように明るかった。

車が止まると男が近づいてきて、ペトレンコの秘書と名乗った。

「敷地内の北東側のガス田、第七エリアの操業に際して、試験操業を始めます。ペトレンコCEOがあなたたちにも是非、見ていただきたいとお招きしました」

ペトレンコはすでに到着していた。政府の役人、ガスポルトの技術者、さらに軍服姿の男たち、総勢三十名近くいる。彼らは全員、ガスポルトのロゴ入りの赤いヘルメットを被《かぶ》っている。カールたちも渡されたヘルメットを被った。

「ここに皆さんをお迎えして新ガス田の操業を始めることを名誉に思います。このロシア、シベリアの地には大地と時の恵みとも言うべき天然ガス、石油、その他の貴重な天然資源が眠っています。それを国家のために採掘することを誇りに感じます」

ペトレンコの短い挨拶《あいさつ》の後、技術者の合図でプラントが動き始めた。

「永久凍土の地下八百メートルまで掘り進んでいます。この深度でガスを汲《く》み出します」

操業が開始されて十分ほどが経過した。

掘削リグの先から漏れ出るガスに火が灯《とも》った。

「天然ガスの層に到達しました。ガスの採掘が始まります」

拍手の音が響き渡った。

その時、カールは違和感を覚えた。足元が微妙にふらつく。発作の前兆かと思ったが、それとは違う。もっと物理的なものだ。

轟音《ごうおん》が轟《とどろ》いた。同時に、足元の大地が揺れ始めている。細かい振動は徐々に大きさを増してくる。

集まっている人たちの顔に動揺が現れ、車の方に戻り始めた。

「何が起こってる。この辺りは地震など起こらない」

政府の役人の一人が後退しながら言う。

「落ち着いてください。大したことはありません。地盤の一部が不安定なために、プラント稼働の初期に起こる現象です。すぐに収まります」

カールの隣にいたガスポルトの技術者が大声を出した。

振動は地響きと共に、さらに大きさを増していく。同時に大小さまざまな石が吹き上げてきた。拳《こぶし》大の石が鈍い音を立ててヘルメットに当たり、衝撃が脳に伝わる。

カールはジェニファーの身体を抱くようにして噴石から守った。

腹に響く重い音と共に目の前の大地が崩れ落ちていく。温暖化で永久凍土が脆くなっているのか。

気が付くとカールが立つ場所の十メートルほど先に直径三十メートルほどの巨大なすり鉢状の

穴が開いて、細かい岩石の欠片《かけら》がガスと共に吹き上げてくる。五分ほどで噴き出していたガスが止まり、揺れも収まっている。

「落ち着け。地盤が沈下しただけだ。怪我人《けがにん》はいないか」

カールは穴に近づき覗《のぞ》き込んだ。深さは十メートル以上ある。巨大なクレーターのようだ。底は暗くて見えない。

「ライトを持ってこい」

怒鳴り声と共に数台のライトが移動してきた。光の中に煙のような粉塵《ふんじん》の波が見える。

「ＵＦＯでも落ちたのかと思った」

政府の役人がカールの横から穴を覗き込んでいる。

粉塵が収まってくると、穴の底が見え始めた。

「なんてことだ」

カールは思わず声を上げた。

周りにいた男たちが穴に近づいて覗き込んでいる。全員が言葉もなく、ただ呆然《ぼうぜん》と穴の中を見つめていた。

彼らの目の下にはマンモスの頭、足、腹が崩れた凍土から見えている。マンモスの群れが折り重なって倒れているのだ。見えているのは一部だろう。その下には、数十頭、いやもっといるに違いない。だがマンモスの一つの群れはせいぜい二十頭だ。数が多すぎる。

「マンモスの墓場だ」

カールの口からかすれた言葉が漏れた。マンモスたちはここに集まり、集団で死んだ。その上に雪が降り積もり、土が積もり、草木が茂り、それらが凍りつく。何万年もの間、埋め隠していたのだ。

ジェニファーがカールの腕をつかみ、穴の底を覗き込んだ。

「何頭いるの」

「分からない。何十頭、いやそれ以上だろう」

「推定はつくでしょう。永久凍土は何エーカーも広がっている」

「通説では、マンモスの家族は十頭あまりだ。しかし――」

埋まっているマンモスは何十頭もいる。

「ここはマンモスの墓場だ。死に瀕した群れのボスが、仲間をここに導いたんだ。そうした群れが何組も、何十組も集まってくる。そして、ここがマンモスの墓場になった」

ジェニファーは反論しない。

「古生物学者にとって、最高の発掘物だ」

どこからか声が聞こえた。

「いや、ウイルスの塊だ」

カールは呟《つぶや》いて、穴の底に降りようとした。

一発の銃声が轟いた。ペトレンコの横に立っている警備兵が撃ったのだ。

「みなさん、ここは危険です。操業はしばらく延期します。今日はお引き取りください。追って連絡します」

「マンモスの調査はしないのか。せめて頭数だけでも調べろ」

カールが叫ぶと、ペトレンコがカールに向かって手を挙げた。

「天気予報によると、今夜から猛烈な寒波が襲います。たとえウイルスがいたとしても、マンモスたちの中で凍えていることでしょう。起き出そうって気も起こらない」

必死で冷静さを保とうとしているペトレンコの声が聞こえた。


カールとジェニファー、レオニードとルドミラは実験準備室に集まっていた。

カールはレオニードたちに今日ガスポルトで起きたことを正確に伝えた。

ガスポルトの敷地内からマンモスの群れが発見されたことは、軍によって直ちにかん口令が敷かれた。カールとジェニファーも口外禁止を強く言い含められて、ガスポルトから出ることを許されたのだ。

サハロフ教授が入ってきて、カールたちを見回した。

「ガスポルトは計画を再考する考えはなさそうです。計画通り新規の装置が届き次第、開発を開始するつもりです」

教授はウイルスの専門家としてガスポルトの役員会議に呼ばれていたのだ。

「マンモスとウイルスの関係を明確にすることが必要です」

「ガスポルト側は彼らのやり方で進めるそうです。つまり、ガス田の操業を進めつつ、マンモスの発掘も行うと言っています」

「危険すぎる。まず、安全性を確保すべきです。その上で、操業をどうするか決めればいい」

「ガスポルトは新しい開発申請を出して、すでに許可が下りています。政府内に強力に推進しようとする高官がいるのでしょう。大統領かもしれない」

「環境局を動かせば中止は可能なんじゃないですか。アメリカでは企業の利益よりも国民の安全が優先されます」

「あなたは我が国の政治の現状を知らない。民主主義と言っても、名前だけです。君主がいて、側近がいる。君主が指示を出して、側近が動く。その後ろ盾となるのは軍です。今度の場合、君主に近い側近が関係している。いや、関係しているのは、君主その人かもしれません」

教授は苦渋の色を浮かべて話している。君主というのは大統領のことだ。

「今週末には装置が届きます。セッティングは二、三日で終わり、稼働が可能となります」

「あのマンモスの墓場はどうなるんです」

「すぐにどうこうするということはないでしょう。今、どう扱うか議論中です。ただし、操業と研究は別です」

教授は軽く息を吐いて、カールを見た。一瞬躊躇の態度を示したが話し始めた。

「あの地域一帯は、近いうちに軍の管轄に入ると思います。しばらくは研究対象になるでしょう。次のステップは私にも分かりません」

「軍というとウイルスを扱うということですか」

「私には分かりません」

教授は苦渋の表情を浮かべ、同じ言葉を繰り返しカールから視線を外した。

「他にもまだ同じようなものがあるかもしれません」

第七エリア以外は、通常通り天然ガスの採掘が続けられていると聞いている。

「今となっては、すべてが手遅れです」

「国際社会に訴えればどうです。マスコミに流して」

「やはりあなたは我が国の実情を知らない。政府と、政府が肩入れしている企業は、マスコミを黙らせ、締め出すことも可能です」

「時間は多くありません。感染が始まれば、抑えることは難しい。我々はコロナウイルスで学んだはずです」

教授は時計を見ると、これから学内で会議があると言って出て行った。


室内には陰鬱な沈黙が漂っていた。

今まで集めたデータは教授と話し合って、大学とガスポルトに提出していた。ガスポルトを通じて、政府にも報告が行っているはずだ。かなり慌てていると伝わってきている。

電話をしていたレオニードが、カールの方を見た。

「やはり彼らはあの一帯に熱湯をまくつもりです。軍主導で永久凍土を解凍してマンモスを掘り出すつもりです」

「科学を無視した暴挙だ。どれだけの熱量が必要か計算したのか」

「幸い、燃料は豊富ですからね」

レオニードが皮肉を込めて言う。

「そんなことをすればウイルスが拡散する恐れがある」

ジェニファーが怒りを含んだ声を上げた。

「熱湯をかければ土壌のウイルスは死んでしまうといっています」

「土壌よりマンモスの体内にいるウイルスはどうなるの。そのウイルスが周辺の村の住民を殺したのよ」

「燃やすべきだ」

二人の話を聞いていたカールが低い声で言った。

「やめてよ。マンモスは貴重な資料よ。あんなに完全な形で残されているのは見たことがない」

ジェニファーがカールを睨《にら》んだ。

「ほかに手はあるか」

「あのマンモスの体内にウイルス2がいるとは限らない」

「その通りだ。だが、ユリンダ村の住人は全滅した。今度はシベリア中の住民に広がり、次はロシア全土だ。次はアジア、ヨーロッパ、もちろんアメリカにも感染は広がる」

「食い止めることができる。私たちはコロナ禍から多くを学んだ」

ジェニファーが強い意志を込めて言う。

「ペストや天然痘でどれだけのことを学んだ。コロナウイルスはひと月で世界にまん延した。六億人が感染し、七百万人が死亡した。まだ増える。今度だって同じだ」

「あのマンモスたちは三万年も私たちが発見するのを待ってたのよ。新しい命を吹き込んでくれるのを」

「ウイルスにとってマンモスは、ただの遺伝子のタイムカプセルにすぎない。自分たちが次に目覚める時まで、マンモスの胎内で息を潜めていた。次の入れ物が現れ、自分たちの仲間を増やせる時まで」

カールは絞り出すような声で言った。自分たちの前に横たわっている太古の生物は、現代に生物の進化の歴史を伝えるのか、滅亡をもたらすのか。

「コロナウイルスで分かったはずだ。たった一つのウイルスが現代社会に放たれた時の恐ろしさを。一度、世に放たれると世界にパンデミックをもたらし、収束までに三年以上かかっている。その間、人類は多くの犠牲を払い、今でさえ通り過ぎるのを待っている。今度はもっとひどいかもしれない」

「違う」

ジェニファーがカールに鋭い視線を向けた。

「私たちは戦った。ワクチンを作り、抗ウイルス剤を作った。あなただって戦ったはず。ただ通り過ぎるのを待っていただけじゃない」

カールは黙り込んだ。頭では分かっていても、心の奥の恐怖にも似た不安は拭《ぬぐ》いきれない。

4

すでに陽《ひ》が沈んで三時間がすぎていた。と言っても、まだ午後五時を回ったところだ。

レオニードとルドミラは帰って行った。

マンモスの墓場の光景はカールの頭を離れなかった。それはジェニファーも同じはずだ。

カールとジェニファーが帰り支度をしているとき、沈痛な顔をしたサハロフ教授が入ってきた。

「軍が動き出しています。ベクターから来た生物兵器の専門家が、ガスポルトの幹部と会っているという話です」

教授が懸命に感情を押し殺そうとしているのが分かった。

ベクターとはロシアの東部、コルツォヴォにある国立ウイルス学・生物工学研究センターの通称だ。ここには天然痘ウイルスが保管されている。

「名目上は今後の研究のためということでしょう。しかし、ウイルスは兵器としても使えます」

歴史上、もっとも多くの人類の生命を奪ったのは、戦争でも思想上の殺戮《さつりく》でも、自然災害でもない。ウイルスなのだ。ウイルスこそ、最大の人類の敵となり脅威になる。同時にインフラを破壊しない最強の兵器ともなる。

「軍が関《かか》わってマンモスの掘り出しを行うというのですか」

「おそらく、そうなります。その前に何とか手を打たなければなりません」

「アメリカ政府も黙ってはいないでしょう。サンバレーでは感染症が発生しました。そのウイルスが、シベリアのマンモス由来という可能性があります。早急に報告したほうがいい」

「しかし、今回のマンモスの発見はあくまでロシア国内の問題です。アメリカが口出しすることはムリでしょう」

「そう言って、コロナウイルスは武漢から世界に広まりました。直ちに世界が行動を起こすことが必要です。我々には時間がありません」

カールはガスポルトの試験操業の場所に、軍服の男たちが来ていたのを思い出していた。

「CDCとの協力体制はとれるのかしら」

ジェニファーが言う。

「ロシア軍主導でね。軍も慌てているんです。想定もしていなかったことなので。ミスを犯さないことを祈るだけです」

教授はまだ何か言いたそうにカールを見ている。

「もっと悪いことが起こりそうなんですね。言ってください。早めに知っておきたい」

「研究所を国が管理することになりました。暫定的だとは言っていますが、先のことは分かりません。政府の役人が派遣されます。今後はすべてに政府の許可が必要になります」

「ここのサンプルはすべて我々が集めました。貴重な研究試料です」

「研究は大学の手を離れ、ロシア政府が引き継ぎます。おそらくベクターが」

「そんなことは国際社会が認めない」

カールの動悸《どうき》が激しくなった。懸命に感情を抑えようとした。ジェニファーが心配そうに見ている。

「ここはロシア連邦です。この研究所も政府のものです。ここのモノのすべてはロシア政府のものです」

「そんなことは許されない」

「それが許されるのがこの国です」

教授は淡々と話しているが、時折声が震えた。

「軍の研究者がこの研究施設に来るのですか」

「彼らは移動式の研究所を持っています。ここよりも最新式で高性能の機器をつんでいます」

しかし、と言って一瞬躊躇するそぶりを見せた。

「政府関係のウイルスの専門家が送り込まれるでしょう。ウイルス兵器のプロという意味です。我々はその下で働くことになる」

「軍はウイルスを兵器として利用する。すでに決定されたのですか」

「ここで研究を続けることは許可されました。ただし、サンプルやデータの持ち出しは、すべてロシア政府の許可を得ることになります。例外はなしです」

教授は質問には答えず、カールを見すえて事務的に伝えた。

「今後はホテルの部屋での会話にも十分に気を付けてください。盗聴されている可能性がありま す。メールも電話も注意したほうがいいでしょう」

教授が真剣な表情で言う。

「あなたも軍に監視されることになるのか」

サハロフは答えず、カールたちに早くホテルに帰るよう促すようにドアの方を見た。


その日の夜、十一時をすぎたころ、ジェニファーがカールの部屋にやってきた。

いつもより顔が青ざめている。

ジェニファーはテーブルにパソコンを置き、立ち上げた。

「これは十分前にCDCから送られてきたファイル」

カールはパソコン画面に見入った。

画面いっぱいに世界地図が表示されている。

サハ共和国の一点に赤い点が現れた。その点は北、北極をのぞいた三方に広がり始めた。モスクワに現れた点は濃さと面積を増していく。突然、ニューヨークとロサンゼルスに飛び火のように赤い点が現れる。さらに、パリ、ベルリン、ロンドンと、次々に点が現れると、ヨーロッパ全体に広がり始めた。赤い点はウイルスだ。

同時にアメリカに飛び火したウイルスが全米に広がっていく。これらの拡散の様子は、コロナと同じだ。しかし、その速度はコロナウイルスより速いように思われた。

「ユリンダ村のウイルスの拡散シミュレーション。赤の濃さが感染者の密度を表している」

右上の数字が目まぐるしく変わっていく。タイムスケールだ。

「最初の感染者がモスクワに出て数時間後には、世界の主要都市に感染者が出始めている」

ヨーロッパ、アメリカ全土に広がると同時に東京、北京《ペキン》にも広がり始める。

赤い点が世界の都市に広がり、そのそれぞれが濃さと面積を増していく。

「一週間後には、ほぼ全世界に広がっている。パンデミックよ。コロナと同じ。二〇一九年の十二月、中国武漢に現れたコロナウイルスは、ひと月のうちに全世界に広がった」

「我々にはコロナの経験がある。新型ウイルスの出現と同時にワクチン開発を進める。半年以内にワクチンが開発されて、全世界に配られる」

カールが呻《うめ》くような声を出したが、説得力はない。

「今回のウイルスは感染の速度、致死率ともにコロナウイルスを上回っている。ひと月後には人類のかなりの数が感染し、死んでいく」

ジェニファーがマウスをクリックしてパソコンをカールに向けた。

「ウイルスが漏れ出した場合の拡散の第二バージョン。永久凍土が溶け、川や地下水に交じって北極海に流れる。最悪の場合のシミュレーション。ウイルスをプランクトンが食べる。そのプランクトンを小魚が食べる。小魚をマグロやアザラシや海鳥が食べて、世界の海と空にウイルスが広がる。あらゆる生物が宿主となり、全世界に広がっていく」

「そんなことはあり得ない。種を超えて一気にウイルスが広がるなんて。何年もかけて、変異を続けながら、ゆっくりと世界に拡散していくのではないのか。数万年も凍土の中で眠っていたウイルスだ。数年、数十年、いやそれ以上の年月がかかろうと、大した違いはない」

カールは自分自身を納得させるように言う。

「現在の人流、物流を考えてみて。コロナウイルスは数週間で全世界に広がった」

カールの脳裏に自分は見ることさえできなかった、棺《ひつぎ》に納められた母親の顔が浮かんだ。

病院の廊下まで埋め尽くしたベッドでは、数百人、数千人の患者が呼吸困難、低酸素血症、多臓器の機能障害を起こし、家族にも会えず死んでいった。自分は何をすることができたのか。

「次のパンデミックは、何としても止めなければならない」

カールは無意識のうちに呟いていた。

その時、カールのスマホが鳴り始めた。

〈ガスポルトは軍と協力してマンモスの掘り出し準備にかかりました〉

レオニードの興奮した声が飛び込んでくる。

カールはスマホをスピーカーにしてテーブルの上に置いた。

「やはり、マンモスの墓場に熱湯を流し込むつもりなのか。そんなことでは永久凍土は解けない」

〈凍土の表面を解かして、あとは人力で掘り出そうと考えているようです。永久凍土がかなり解けて、柔らかくなっているんです。すべて地球温暖化のせいでしょう。大して時間はかからないと言ってました〉

「危険すぎる。永久凍土が解けるとウイルスのたまり場になる可能性がある」

ジェニファーが悲痛な声を出した。ＣＤＣの世界への感染シミュレーションを見た後なので、恐怖が倍増しているのだ。

〈すでに中国や北朝鮮がロシア軍の動きに気付いて、動き出したとの情報もあります。ウイルスを手に入れようとしているのかもしれません〉

「生物兵器としてか」

〈他に何かありますか。コロナ・パンデミックの後ですから。ウイルスにはかなり神経質になっています〉

カールはＣＤＣの対応を思い出していた。彼らも手に入れたがっていることは確かだ。

「軍が掘り出す前に何とかしなきゃ」

カールは自分自身に言い聞かせるように呟いた。

第七章　パルウイルス

1

翌朝、ノックの音で目が覚めた。

頭の芯《しん》がわずかに痛んだ。昨夜は寝たのが日付が変わってからだった。

しかし、シベリアに来てから神経が張りつめているにもかかわらず、発作は起きていない。

カールがドアを開けると、レオニードとルドミラが立っていた。

隣の部屋のドアが開き、ジェニファーが出てくる。

ジェニファーを先頭に三人がカールの部屋に入ってきた。

「ガスポルトの第七地区は軍の管理に入りました。軍が二十四時間、警備についています」

レオニードがタブレットの地図を指しながら説明する。

「彼らは何をするつもりだ」

「モスクワの指示待ちと言ったところです」

「ウイルスについては言っていなかったか」

「軍の幹部がこっちに向かっているとも言ってました。数日中には到着すると思います。本格的にウイルスを生物兵器に組み込むつもりかもしれません。コロナウイルスも武漢ウイルス研究所から漏れ出したものだと騒がれました」

カールは昨夜のサハロフ教授の言葉を思い出していた。

「ウイルスに汚染されたマンモスだ。また、パンデミックが起こる」

カールの脳裏にジェニファーに見せられたCDCの感染シミュレーションが甦《よみがえ》ってくる。わずか一週間でヨーロッパ、アメリカに広がり、半月後にはアジアを赤く染め、ひと月後には世界はウイルスに侵されていた。

「燃やすのが一番だ」

カールは無意識のうちに呟《つぶや》いていた。

アンカレジの燃えさかる倉庫のことを考えていた。あの中にはマンモスが保管されていたのだ。そして、マンモスの体内にはウイルスがいた。

「穴にガソリンを流し込んで火をつける」

「アンカレジと同じね」

ジェニファーが言う。彼女も同じことを考えていたのだ。

「あの火事では一人の死傷者も出なかった」

カールはテレビニュースで見た消防隊員の言葉を思い出した。「複数の死傷者が出てもおかしくない火事だ」

カールはふっと思った。あの火事を引き起こした者も同じことを考えていたのかもしれない。マンモスを燃やすというより、ウイルスを消し去ったのかもしれない。しかし、誰《だれ》がそれをやったのだ。脳裏に浮かんだ影を強く目を閉じて消し去った。

「どうやって燃やす。ガスポルトの奴《やつ》らが黙ってはいない。警備に軍も加わっている」

カールが自問するように呟く。

「昨夜からあの穴は、自動小銃を持ったロシア兵が警備しているそうです」

「ガソリンが必要だ。大型タンクローリー数台分」

「バカなことを考えるのはやめるべきよ。そんなものどこにもない」

ジェニファーがカールを見つめ、強い口調で言う。

「このまま、彼らに任せることはできない。コロナよりも深刻なパンデミックになる」

「ガソリンなら軍にあります。燃料輸送車が何十台も並んでいるのを見たことがあります」

考え込んでいたレオニードが言った。

「その部隊はどこにいるんだ」

「ガスポルトの近く、南に車で一時間ほどです。でも、やめてください。盗み出すと言うんですか。見つかると、国家反逆罪で一生刑務所から出られない。最悪、死刑です」

「コロナのことを考えろ。世界を救うことにもなる。数百万人が苦しみながら死んでいった。きみの身近な者もいたはずだ」

レオニードが再度考え込んでいる。

「何か方法があるのか」

「僕の従兄《いとこ》がロシア軍にいます。東部軍管区第三十六軍団の大尉です」

レオニードが声を低くして話す。

「偉いのか」

「知りません。でも、部下が百人以上いると自慢してました」

「何とか頼めないか。ガソリンを満載した大型タンクローリー」

「バカ言わないでください。ムリですよ。融通が利かない堅物です」

それはおまえと同じだろう。喉元《のどもと》まで出かかったが、出たのは別の言葉だった。

「僕を彼の所に連れて行ってもらえないか」

驚いた顔でカールを見ている。


午後、カールはレオニードと東部軍の駐屯地に行った。

凍った大地の広場に戦車や装甲車、軍用車両がそれぞれ数十台並んでいる。その間を防寒服を着て、自動小銃を持ったロシア軍の兵士が行き交っている。

極東に駐留するロシア軍東部軍管区の駐屯地だ。

カールはレオニードと並んで歩いた。

「先生はアメリカの大学からモスクワ大学への訪問者で、僕の先生ということにしています。専門はウイルス学。ロシア語は話せない。先生はできるだけ話さないように。すべてが嘘《うそ》じゃない。神さまも許してくれるでしょう」

レオニードは半分はカールに向けて、半分は自分自身に言い聞かせながら歩いていく。

「彼についてもっと詳しく聞いておくべきだった」

ここまで来る途中にレオニードから大尉については聞いていた。この数年間に彼の身に起こった出来事だ。

「いい奴です。ただ何かと言うと、ロシア国家を持ち出す男です。融通が利かない。だから、同期の者より出世が遅れている」

レオニードがカールをちらりと見た。

「僕がアメリカのことを良く言うと怒り出す。ロシアを世界一の国だと信じようとしている。しかし現実との矛盾に悩んでいます。典型的なロシアの職業軍人です」

「手強《てごわ》そうな奴だな」

「でも僕は知っています。彼が自由社会に憧《あこが》れていることを」

「なぜ分かる。今までに聞いたことと正反対だ」

「彼の宝物は何だと思います」

レオニードが立ち止まりカールに問いかけた。

「早く言え。時間がないだろ」

「ビートルズのＣＤです。こっそり聞いている。今どき、こっそり聞いてるんですよ。かなりおかしな奴です」

レオニードが再び歩き始めた。


セルゲイ・ラフチェンコ大尉は体つきと顔はレオニードとよく似ていた。

「あなたはコロナで母親と妹を亡くしたと聞きました。まず、お悔やみ申し上げます」

カールはセルゲイの反応を見ながら話した。

「ひどいパンデミックでした。特にアメリカでは感染者、死者は世界でも最悪の部類に入ります。実は私も母を亡くしています」

カールの言葉をレオニードが伝える。

初め、カールをうかがうように距離を置いていたセルゲイの表情が変わってくる。

「コロナ以上のパンデミックが起こる可能性があります」

カールはサンバレーの感染の話とガスポルトでのマンモスの話をした。

「マンモスの体内にはコロナウイルス以上の毒性があるウイルスがいる可能性があります」

セルゲイは平静を装おうとしているが、かなり動揺しているのが分かった。

「私にどうしてほしいと」

「ガソリンがほしい」

「どのくらい」

「二十キロリットルのガソリンを満載したタンクローリーを二台」

「ちょっと欲張りすぎじゃないか。これがアメリカ人には普通なのか」

セルゲイが言う。

カールはタブレットを出して立ち上げた。

サンバレーの病院の写真を出した。血を吐き、全身が血まみれになってベッドに横たわっている患者の動画だ。病院を埋め尽くすベッドの写真もある。

「通訳をしてくれ」

カールがレオニードに向かって言う。

「これがサンバレーの病院か」

セルゲイが英語で聞いてくる。

「ロシア軍でも英語ができないと、上には上がれないんだ。レオニードから、どう聞いたかは知らないが」

レオニードが驚いた表情でセルゲイを見ている。

カールは状況を詳しく説明した。

次にガスポルトの永久凍土のマンモスの写真と、ＣＤＣが送ってきたウイルスの拡散シミュレーションの映像を見せた。

「この映像が作りものでないと証明できるか。今はフェイクが出回っている。もう帰ってくれ」

セルゲイはカールからレオニードに視線を映した。

カールはタブレットを操作して、画面をセルゲイに向けた。

一度カールに視線を向けたセルゲイの目が画面に止まっている。

画面にはユリンダ村の臨時診療所の映像が写っていた。血にまみれた患者と死んだ十二歳の少女がベッドに横たわり、ルドルフ医師が患者たちの説明をしている。最後に少女の前に立ち止まり、その頬《ほお》に手を触れた。

「少女はこの医師の娘だ。彼は感染を覚悟して患者の治療を行っている。ユリンダ村を知っているか。ここからそんなに遠くない先住民の村だ。おそらくもう住民は残っていない。全員が死んでしまった」

セルゲイは映像を見た後も無言だった。

カールは言葉を続けた。

「マンモスの体内には、ウイルスがいる可能性がある。もし、そのウイルスが人類にとって有害なものであれば、コロナの悪夢が繰り返される。いや、それ以上かもしれない」

「ウイルスはマンモスが宿主だったというのか」

「ガスポルトの敷地内で――」

「知っている。マンモスの墓場が発見された。軍が出動したのはこのためか」

セルゲイが呟くように言うと、考え込んでいる。

「私の部隊にもガスポルトへの出動命令が来ている。周辺の封鎖と警備だ。数日内には行くことになる」

「コロナでウイルスの怖さは十分知ったはずだが、軍の上層部はウイルスで生物兵器を作ろうとしている可能性がある」

「マンモスは何頭いる」

「数十頭、いやそれ以上いるかもしれない」

「燃やすつもりか」

「あなたは知らない方がいい。しかし、それしか方法はない」

「自然保護団体から文句が出る。死んでるとはいえ、貴重な太古の遺産、マンモスを燃やすんだ」

大尉は冗談っぽく言ったが目は笑っていない。

「WHOやCDCからは感謝される。そして何より、世界中のコロナで苦しんだ人たちから」

カールは心からそう思った。大尉の表情がわずかに変わった。

「サンバレーではあなたが新種のウイルスを封じ込めたと聞いている。早期に手を打ったのが功を奏したとか」

「市長ほか、市の関係者が先手を打って動いた。そして何より、市民が協力的だった。コロナの教訓を生かした最初の例だ」

「私にもそうしろと言うのか」

「二度とコロナの悲劇を繰り返したくなければ」

カールの言葉に大尉は考え込んでいたが、やがて顔を上げた。

「私はロシアの軍人です。軍のものを横流しすることはできない」

きっぱりとした口調で言い切った。

「いつ英語を覚えた」

部屋を出るとき、レオニードがセルゲイに聞いた。

「最初はビートルズの音楽だ。テープが擦り切れるまで聞いて、歌詞の意味が分かるようになった。次はハリー・ポッターの本とＤＶＤだ。どちらも苦にはならなかったよ。百回見て聞いても、魔法は習得できなかったがね」

大尉はそう言うと肩をすくめた。アメリカ流のジェスチャーだ。

「だから言ったでしょ。僕以上に堅物で、融通の利かない男です。それに信心深い」

兵舎を出て駐車場に歩き始めたとき、レオニードが小声で言う。

「これだけの物資が無造作に置かれているんだ。有効な使いかたをしても、神さまは許してくれる」

「まさか――。やめてくださいよ。見つかれば、永久に国には帰れませんよ。僕はまだ、大学で勉強したいし、アメリカにも行きたい」

「いくら学んでも、その勉強を生かさなければ、何の意味もない」

「一歩踏み出せってことですか。でも、僕にはその度胸も才能もありません」

そのとき、レオニードのスマホが鳴り始めた。

何度か頷《うなず》きながら聞いている。最後にサンキューと英語で言ってスマホを切った。

「ロシアの軍人にはミスがつきものだそうです。キーが入ったままのタンクローリーもあるそうです」

レオニードがカールの腕をつかみ、兵舎の裏手に入っていく。

数台のタンクローリーが止めてある。

「タンクローリー一台、これがミスの限界だそうです」

一台ならごまかすことができると言っているのだ。

「これを持ち出すにはどうする」

レオニードは手前のタンクローリーに乗り込んでいく。

カールも慌てて助手席に乗った。席には自動小銃が置いてある。カールはそれを座席の後ろに移した。後部座席には軍用コートが脱ぎ捨ててある。コートの下には手榴弾《しゅりゅうだん》が二つ転がっていた。

これもロシア軍のミスか。それとも――。

カールは軍用コートをレオニードに渡した。レオニードがそれを着て、サンバイザーを探るとキーが出てくる。

「コソコソするから怪しまれるんです。こんな永久凍土の真ん中の基地から、タンクローリーを誰が盗み出すと思うんです」

「タンクローリーを運転できるのか」

「アルバイトで軍で働いていたことがあります」

キーを回しているがエンジンがかからない。

レオニードは深呼吸して再度エンジンキーを回した。タンクローリーは重いエンジン音を響かせ始めた。

タンクローリーは、ゆっくりと正門に向かって走り始める。

レオニードは門の兵士に軽く片手を上げて基地を出て行く。


その日の夜、カールのホテルにレオニードが来た。

ガスポルトの警備状況について調べてきたのだ。

「昼間は三十名体制で掘り出しています。銃を持った警備員と兵士が五名。常に見張っています。忍び込むのはまず無理です」

「夜はどうなってる。徹夜で掘り出していると聞いた」

「昼間の半分以下の兵士で作業していると聞きました」

「死傷者は絶対に出したくない。あの穴が燃えだすと、作業をしている者と警備兵は、消そうとするか、逃げ出すか」

「逃げ出す方に賭《か》けますが、絶対ではありません。中には気まぐれ者がいて、火を消そうとするかもしれません。近いうちに政府も本格的にマンモス発掘に乗り出すと聞いています」

「やはり生物兵器の開発だろう」

残された時間は多くはないということだ。

「タンクローリーはいつでもガスポルトに運び込めるか」

「大丈夫です。警備は厳重ですが、テロリストや反政府勢力に対してです。誰もタンクローリーを使うなんて思っていません」

「タンクローリーを穴の中に突っ込ませる。アクセルを固定して、落ちる直前に車から飛び降りるんだ。できるか」

「大丈夫です。でも、タンクローリーが現れると、穴に突っ込む前に止められるかもしれません」

「警備員たちをどこかにおびき出せないか」

「今夜、考えてみます。明日まで待ってください」

「時間がない。タンクローリーをいつまで隠し通せる。軍はすでに気づいて、探しているかもしれない」

「隠しません。町の裏通りに止めてありますが、軍はまだ気づいてはいません」

レオニードは自信を持って言った。


一時間後、カールはレオニードにメールで近くのカフェに呼び出された。

店に入るとレオニードが隅の席に座っている。

横にレオニードと同年代の青年がいた。

「友達のイリヤです。彼が手伝ってくれるそうです。明日、途中まで彼も連れて行きます」

イリヤはレオニードと小中学校が一緒で、高校は違うが卒業すると軍隊に入ったという。

「軍には五年いました。二年前に退役して、地元の雑貨店で働いています。明日仕事の後、手伝ってくれます」

イリヤがトイレに行った時、レオニードに聞いた。

「彼は信用できるのか」

「子供のころからの友達です。僕の頼みは何でも聞いてくれます」

「そういう問題じゃない。これはロシアじゃ重大犯罪だ。いやアメリカでも同じだ。やめた方がいい。計画について話したのか」

「彼の妹と祖母がコロナで死んでいます。ウイルスという言葉に今でも嫌悪を持っています」

「世界中の人間が持っている。一部の製薬会社の幹部をのぞいて」

カールは考え込んだ。コロナウイルスでは世界中で多くの人が大切な人を亡くした。大きく運命を狂わされたのだ。自分自身がそうだった。そのようなウイルスがまた世界に広まろうとしていたら。

カールは腹を決めた。今を逃せばチャンスはない。

イリヤが戻ってくると、レオニードがタブレットに地図を出して計画を話し始めた。

「穴から南に一キロ余りの所に警備兵の宿舎があります。イリヤにこの宿舎をできるだけ派手に燃やしてもらいます。宿舎には穴を警備している警備兵がいちばん近い。彼らが駆けつけます。イリヤはその前に逃げればいい」

イリヤは真剣な表情で頷きながら聞いている。

話が終わると、カールは百ドル札五枚を出した。

「少ないがイリヤにお礼だ。今はこれだけしかないが」

イリヤがそれを押し返してくる。

「俺は金のためにやるんじゃない。レオニードの話を聞いて、やらなきゃならないと思ったからやる。家族の仇だ。ウイルスには百パーセント以上の恨みがある。軍にも多少の恨みがある」

「悪かった。これはこの計画の資金だ。もっと目立たない上着を買ってってくれ」

イリヤはオレンジ色の蛍光素材のコートを着ている。イリアは頷いて札を三枚だけ取った。

三人は一時間ほどさらに詳しく計画を話し合った。

「明日決行だ。今夜は出かける用意をして、早めに寝ろ。明日は徹夜になる」

カールは二人に言って立ち上がった。

「将来、必ず賞賛される重要な仕事だ。俺はやる」

イリヤが自分自身に言い聞かせるように呟きながら店を出ていく。

2

翌日の夜、カールはレオニードとイリヤと待ち合わせて、タンクローリーの所まで行った。

イリヤはレオニードと同じロシア軍の軍服を来ている。軍の放出品だと言った。しかし下はジーンズにスニーカーだ。

レオニードが運転して、ガスポルトの敷地内に入った。

警備員は自動小銃を持って見張っているが、軍のタンクローリーはそのまま通ることができた。

カールたちはマンモスの穴の見える場所にタンクローリーを止めた。

イリヤは警備兵の宿舎に向かって走って行く。

穴の周りはライトで照らされ、昼間のように明るい。

カールは時計を見た。約束の時間までにあと五分だ。

レオニードに促されてカールはタンクローリーに乗った。

ガスポルト敷地内の南で炎が上がり、爆発音が響いてくる。

「イリヤが警備員の宿舎に火をつけました。爆発は小型のガスボンベです。デイパックに五、六本詰めてました。派手に騒げと言ったでしょ。彼、無事に逃げられるといいんですが」

「今度は我々の番だ。ミスはなしだ」

宿舎から上がるオレンジ色の炎はさらに大きくなっている。

穴の周りの警備員の動きが慌ただしくなった。無線機に怒鳴るような声で話している。

「こちらから人は送れないと言っています。警備員はここに居残るようです」

「時間がない。僕が彼らを引き付ける。その隙《すき》にタンクローリーを穴に落とすんだ」

カールは座席の後ろから銃と手榴弾を取った。

「何をするんです。銃を撃ったことがあるんですか」

「引き金を引けばいいんだろ」

レオニードがカールから銃を取ると安全装置を外してレバーを引いた。

「空に向けて引き金を引いてください。手榴弾の使い方は知っていますか」

「テレビで見てる」

カールはピンを指して引き抜く動作をした。

「すぐに投げてください。ケガをしないように」

「チャンスは一度だ。頼んだぞ」

カールはタンクローリーを飛び出すと、全力で走った。

五十メートルほど離れると、空に向けて銃を撃ち始めた。

闇《やみ》の中に閃光《せんこう》が輝く。手榴弾のピンを抜いて、穴とは反対方向の駐車場に向かって力いっぱい投げた。

轟音《ごうおん》が轟《とどろ》き、止めていた警備員の車が、炎を上げ始める。

穴の方から銃声が聞こえてくる。穴の周りにいた警備員が銃を撃っているのだ。カールは大きく迂回《うかい》して、穴の方に戻った。

タンクローリーがゆっくりとバックしている。わずかにスピードを上げながら、穴に近づいていく。

「飛び降りろ、レオニード」

英語で叫んだ。

タンクローリーの巨大な車体が穴に近づき、後部から空中にせり出していく。運転席にはレオニードの姿が見える。車体はスローモーションのように穴の中に吸い込まれていった。

やがて、穴から鈍い音が響いてくる。車体が永久凍土に激突したのだ。

カールは穴の方に走った。

身を乗り出してみたが、黒い闇が広がっているだけだ。ガソリンに引火は――していない。

「爆発はしないのですか」

声に振りむくとレオニードが背後から穴を覗《のぞ》き込んでいる。

「無事だったのか」

「飛び降りろって怒鳴ってたでしょ。飛び降りやすいようにバックで落としました。計画とは違いますが、うまくいったでしょ」

「失敗だ。爆発しない。逃げよう。警備員が戻ってくる」

「だったら、爆発させます。タンクの中のガソリンが流れ出て、穴の底部に広がってからです」

警備兵の叫び合う声が近づいてくる。

レオニードはポケットから発煙筒を出すと、火をつけて放《ほう》り込んだ。発煙筒は炎と煙を吹き出しながら穴の中に吸い込まれていく。

あたりが明るくなった。同時に、鈍い爆発音が響いた。巨大な炎が穴の中から吹き上げてくる。

二人は爆風と熱によって、背後に飛ばされた。

穴は巨大な窯《かま》のように、吹き上げてくる炎に包まれた。

「逃げましょう。ここは危険すぎる」

立ち上がったレオニードがカールの腕をつかんで引き起こした。

あたりは騒然としていた。怒号と悲鳴に似た叫び声がいたるところで挙がっている。軍の車とガスポルトの警備員の車が集まり、入り乱れている。時折銃声が聞こえた。

爆発音と共に、炎がさらに大きくなった。地下の永久凍土内のガスに引火して爆発しているのかもしれない。

二人は必死に走った。ガスポルトの敷地を出て、五キロほどの所に車を隠している。イリヤもそこで待っているはずだ。

一時間ほど走ると道路の横に人影が見える。

「イリヤです。彼も無事です」

レオニードがほっとした声を上げた。


カールたち三人はチェレムレフカに戻った。イリヤを家まで送り、カールとレオニードはジェニファーを交えホテルの部屋にいた。

「ガスポルトで爆発事故発生」

レオニードがテレビのアナウンサーの言葉を通訳した。

画面には黒煙を上げるガスポルトの敷地内の映像が映し出されている。

「終わったな」

カールがかすれた声を出した。

「我々は太古の貴重な宝と歴史を消し去ったんじゃないでしょうか」

「過去を振り返るのもいいけど、未来を創る方が大切」

ジェニファーがレオニードを慰めるように言う。

「人類を救ったんだ。コロナでは七百万人が死亡した。今度は何人だったか」

カールはレオニードのグラスにウォッカを注いだ。

「ニックたち、ナショナルバイオ社は、マンモスの復活だけを狙《ねら》っていたんじゃない。おそらく――」

カールは言葉を止めた。次の言葉を選ぶようにしばらく無言だった。代わりにジェニファーが続ける。

「ウイルスから生物兵器を作ろうとしていた。十分考えられる話ね」

「同時にワクチンもね。兵器とワクチン。セットになれば、巨額の富を生む」

「考えたくないことね。でも――」

ジェニファーも言葉を濁している。

「感染力が強くて、致死率も高い未知のウイルス。まだワクチンも治療薬もない、性質すらよく分からないウイルスだ。ウイルス兵器としては理想的だ。ユリュート村ではひと夏で村人が全滅して、痕跡《こんせき》も残っていない。人間とウイルスの死骸《しがい》以外はね」

「やめてよ、そんな話」

ジェニファーが抑えた声を出した。

「しかし、いずれ向き合わなければならない問題だ。ＣＤＣメディカルオフィサーとしては」

「分かってる」

ジェニファーが呻《うめ》くように言う。


深夜の研究室。カールはウイルスのデータをまとめていた。

どうしても矛盾している事実が現れる。ダンの行動が説明できないのだ。

彼の言動を思い出すと、疑惑はますます膨らんでいく。

「どうかしたの。浮かない顔をして。また発作が始まったんじゃないでしょうね」

振り向くと、ジェニファーがカールを見ている。

「どこかが違っている」

カールは呻くような声を出した。

「もっとハッキリ言って。もう問題は解決したのよ。あなたはよくやった。いい加減に自分を許したらどうなの」

「そんなんじゃない。もっと重要なことを抜かしている気がする」

「まだパルウイルスにこだわってるの。ウイルスは日々変異してる。人は三十七兆二千億個の細胞でできている。ウイルスは、その細胞に取りつき増殖する。中には、遺伝子のコピーが失敗する場合もある。変異ウイルスの誕生。そのウイルスはどんな性質を持っているか分からない。確率の問題か神様の気まぐれか。私は後の方だと思う」

ジェニファーがカールを説得するように言う。

「そうじゃない。我々は何かを見落としている。もっと簡単で単純。しかも重要なことだ」

カールの声が大きくなる。動揺を押さえ込むように、両腕で自分自身を抱きしめて頭をデスクに付けた。

「落ち着いて。あなたは全力を尽くした。いま必要なのは休むこと。ご両親だって、そう望んでいる」

「ウイルスは待ってくれない。次の宿主を求めて鳴りを潜めているだけだ」

カールは顔を上げジェニファーを見た。

「ダンが送ってきたウイルスは、1とも2とも違う。パルウイルスだ。彼は何の目的で送ってきた。何を望んでいる」

カールは自問するように呟く。

「変異してるって言ってるでしょ。ウイルス1か2が変異してパルウイルスになった。両方の負の遺伝子を引き継いで、感染力が強く致死率も高い最悪のウイルスにね」

「我々が二つのウイルスを発見して、ひと月ほどだ。変異するには短すぎる時間だ。それにやはりパルウイルスは独自のウイルスだ」

「だったら、別のウイルス、つまりパルウイルスに感染したマンモスがいるというの」

「そうだ。ダンはパルウイルスを見つけた。そしてその宿主を捜している」

思わず出た言葉だったが、妙に現実感を持って心に響いた。

ジェニファーもカールの突然の断定的な言葉に、唖然《あぜん》とした表情をしている。

「どこかに別のマンモスがいるはずだ。ダンはマンモス復活計画の初めからかかわっていた。シベリア、アラスカの永久凍土にも何度も足を運んでいる。そのどこかでパルウイルスを発見した」

「でも、私たちが知るどのマンモスにもパルウイルスはいなかった。きっと、あの穴の中で燃えたマンモスの中にいたのよ。パルウイルスも死んでしまった」

「きみは納得してないだろ。自分自身の言葉に」

カールの言葉にジェニファーは視線を外した。下を向いて何かを考えていたが、やがて顔を上げた。

「これ以上、私たちにできることはない」

「ダンが立ち寄った場所をもう一度調べる」

「もう調べている。別のやり方に変えるべき」

カールはパソコンを立ち上げた。

世界地図が現れ、ダンの行程が赤い線でなぞられている。

「ダンはどこかでパルウイルスを見つけた。そのパルウイルスの宿主を探してニックのチームに入った。ニックはシベリアでマンモスを探していた。そしてガスポルトのマンモスに行き着いた。しかしそれはパルウイルスではなかった」

カールは自分自身の考えを整理するようにゆっくりと話した。

「ウイルスに接触した可能性があるのは、シベリアとアラスカだけ。彼が他にマンモスと出会った場所がどこかにあるの」

ジェニファーが地図を覗き込みながら言う。

「世界でユリンダ村と同じ患者が出た報告がないか調べてくれ。特に、アラスカ、シベリア、そしてアメリカの主要都市だ。CDCなら分かるだろう」

カールの脳裏にシベリアのユリンダ村で見た光景が浮かんだ。その光景がユリュート村へとつながっていく。その先にあるものは――。

コロナウイルスは世界にまん延し、六億人の感染者を出し、七百万人の死者を出して収束に向かっている。だがもし、パルウイルスが世界に広がれば。感染力はコロナウイルスよりも低いが、致死率は数十倍におよぶ。変異によって、さらに感染力が強まる可能性がある。

「何としても、食い止めなければならない」

カールは無意識のうちに呟いていた。

「ここで、ダンの痕跡は終わっている」

カールは地図の一点を指した。

アラスカ州アンカレジ。カールたちが最初にマンモスを見た所だ。ダンはここからCDCのカール宛てにパルウイルスを送っている。日付を見ると、カールたちがサンバレーでウイルス2と戦い、終息に向かっているときだ。ダンはカールの動向を追っていたのか。少なくとも、カールがCDCにいることを知っていた。

3

遠くで音が聞こえる。

重く鈍い響きだ。カールの全身を抑え込み、脳に直接響いてくる。身動きができない。撥《は》ね除《の》けようとするが、ますます強い力で締め付けてくる。最後には逃れる気力さえ失《う》せて、力に身を任せる。身体《からだ》がゆっくりと闇の中に引き込まれていく。

夢だということは分かっているが、抜け出せない。すぐにこの闇は精神までも包み込んでいく。カールは大声を上げた。だがそれも声にはならず、かすれた呻き声になって消えていく。これが最後だ。ワン、ツー、スリー——意志の力でベッドの上に上半身を起こした。

闇の中にドアを叩《たた》く音だけが響いている。

カールは立ち上がり、ドアを開けた。

冷気と共に数人の男が入ってくる。

「カール・バレンタイン教授ですね」

「そうだが、なん時だと思ってる」

ベッドの横の時計に目をやると午前二時だ。

「警察です。あなたを逮捕します。密入国の容疑です」

警官は流ちょうな英語で言うと手錠を出した。

「待ってくれ。服を着る。寒いのは苦手なんだ」

カールは椅子《いす》に掛けてあったズボンとセーターを着た。

部屋を出るとやはり後ろ手に手錠をかけられ、女性警官に付き添われたジェニファーが部屋から出てきた。

「悪いのはすべて僕だ。彼女は僕が脅して連れてきた」

カールが大声を出すと、ジェニファーが呆《あき》れたような顔で見ている。

「今さら遅いわよ。彼ら、言い訳は聞いてくれない。電話が許されるなら、あなたはモスクワのアメリカ大使館にかけるのよ。私はCDCの上司にわけを話す」

「わけなんてあるのか」

「正直に話せばいいの。嘘はすぐにばれる。特に、あなたの下手な嘘はね」

カールはよろめいた振りをしてジェニファーにぶつかった。

「ロシア語は分からないふりをしろ。弁護士を呼ぶように言い続けるんだ」

約束してくれ、と小声で早口で言う。

「ロシア語は元から話せない。ここに弁護士なんているの」

「マンモスについては絶対に話すなよ。話せばレオニードたちに迷惑がかかる。そうなると、良心が痛むだけではすまないぞ」

ジェニファーはカールに向かって顔をしかめて、パトカーに乗り込んでいった。

二人は別々のパトカーに乗せられて、町の中央にある警察署に連れて行かれた。

カールは迷ったが、唯一覚えている電話番号をロシア語で言って、電話をするように頼んだ。モスクワの連邦保健省の番号だ。

「何とかしてくれないか。とりあえず、ここから出してくれ。ＣＤＣのジェニファー・ナッシュビル博士も警察署にいる」

カールは英語で話した。

〈何をしたんだ〉

「アンカレジから直接シベリアに来た」

〈入国手続きをパスして、マンモスの牙《きば》を掘りにか〉

「そういうことでいい」

〈話してみるよ。だが色んなことが起こりすぎた。私のところにも報告があった〉

最後にあまりあてにはしないように、という言葉があって電話は切れた。


一時間後、レオニードに連れられたサハロフ教授が来た。

三十分ほど警察署長と話していたが、とりあえずホテルに帰ってもいいということになった。

「我々はなんで捕まったんだ。密入国の容疑と言ってはいたが」

カールはレオニードに聞いた。

「ガスポルトの炎上の件です。怪しい者は連行して、調べているようです」

「なぜ、釈放された」

「ロシアの役人は権威に弱いんですよ。彼らにとって、モスクワ大学の教授は権威の象徴なんです。教授と重要な研究のパートナーということになっています。緊急ということで、入国は申請中ということにしています。パスポートは持ってきてるんでしょ」

ホテルに向かう車の中でレオニードが言う。

「ホテルに預けている。警察が持って行ってなければ」

車の中でカールとジェニファーは、教授に頭を下げ続けた。

「これからどうなるか分かりません。しかし、ことが重大すぎます。あなたがたは重要な情報を持っています。ただしそれは、救いでもあるし、その逆ともなります。どうか、慎重に行動してください」

ホテルに着き、車を降りるときに教授が言った。

ホテルで二人きりになると、突然ジェニファーがカールに聞いた。

「ダンとあなた、どういう関係なの。全《すべ》てを正直に話して」

「なんでダンなんだ。彼は関係ない」

「あなたはダンが送ってきたウイルスを探しにシベリアまで来た。私たちは不法入国して、ウイルスを探し、感染症で全滅する村を見た。あなたは墓も掘り起こしたんでしょ。おまけに、私まで警察に捕まった。すべてあなたがダンを信じたからでしょ」

カールは長い時間考えていた。ジェニファーが無言でカールを見つめている。

やがてカールは話し始めた。

「大学一年からの友人、研究室が同じ、ルームメイト、色々ある。ライバルでもあった。そして――」

あとの言葉が続かない。

カールは考え込んだ。親友――、ライバル――そうに違いなかった。

「ある意味、兄弟以上の存在だったかもしれない。しかし、僕たちはいつも競い合ってた。勉強、スポーツ、遊び。あらゆるものでライバルだった。楽しんで、ふざけあっていても、いつのまにか本気になって競い合っていた。僕は彼にだけは負けたくなかった」

「成績はダンより、あなたの方が良かった」

「思い違いだ」

思わず声が大きくなった。長年心の奥底に封じ込め、消し去ろうとしていた思いが一気に噴き出してくる。そんな感じだった。

「でも、あなたの方が成績が良かったから、教授はあなたを選んだ」

「違う。教授はダンを恐れていたんだ。彼の才能を恐れて、自分から遠ざけようとした。いつか必ず自分の上を行く存在だと分かっていた」

今度はジェニファーも黙ったままだ。

「僕はダンに勝つために必死で勉強をした。だが、ダンはなぜそんなにムキになるんだという顔で僕を見ていた。彼にとっては大学の成績なんてどうでも良かったんだ。大学は、自分のやるべきことの通過点としか思っていなかったんじゃないのか」

「じゃダンは何のために大学に行ってたの」

「それを探すためじゃないのか。何のために自分は生きているのかって。それを見つけようとしていた」

そしてあるとき、突然消えてしまった。卒業まであと半年という頃《ころ》に。過激派と言われている自然保護グループ、グレート・ネイチャーに入ったと噂《うわさ》が流れてきた。

カールは今まで封じ込めていた思いを引き出すように、考えながらゆっくりとしゃべった。

「その後もダンは僕の頭から離れなかった。何かを決めるとき、無意識の内にダンならどうすると、自分に問いかけていた。ダンにとっては、僕などどうでもよい存在だったにもかかわらず」

だが、ダンはカールのことを覚えていた。パルウイルスを送ってきた。ダンはカールに何を求めている。

カールはダンの姿を思い浮かべようとした。しかし、彼の顔が浮かんでこない。浮かぶのは断片的な彼の言葉だけだ。

「それは違う。ダンもあなたを意識してた。だからこそ、パルウイルスをCDCにではなく、あなた宛《あ》てに送ってきた。あなたなら最適に処理してくれると」

カールは答えることができなかった。そうである気もしたし、ない気もした。

「カール、あなた疲れてるのよ。もうすべてを忘れて眠りなさい。私たち、とんでもない目に遭ったんだから。私も寝ることにする」

ジェニファーがカールの頬にキスをすると、立ち上がった。

カールはベッドに横になった。

目を閉じて考えていると、浮かんでこなかったダンの姿が、突如鮮明に浮かんでくる。

「やはりもう一度、アンカレジに行く。僕は何か重要なことを見落としているんだ。もう時間がない」

カールは声に出して言うと、衛星電話のボタンを押した。

「迎えに来てほしい。急いでいるんだ」

〈大丈夫なのか。電話がないので心配してたんだ。おまえ、声の調子が変だぞ〉

ボブの驚いた口調の声が返ってくるが、どこまでが本心なのか分からない。周りからは酔った女の声と音楽が聞こえてくる。

「警察に目を付けられた。密入国がばれたらしい」

マンモスの墓場とそれを燃やしたことは省略した。

〈金で片を付けろ。五百ドルも握らせれば問題ないだろう〉

「とにかく帰りたいんだ。迎えに来てくれ」

〈それで、マンモスは見つけたのか〉

「それどころじゃないと言ってるだろ。警察に捕まったんだ。しばらくホテルを出ないように言われている」

〈しかし、アメリカに帰りたいんだろ。悪くない選択だ〉

ボブは場所と時間を言った。

「あんたらを降ろした場所じゃないが、緯度と経度が分かれば行けるだろ。何もない場所だ。あとは俺《おれ》が見つけてやる。ただし、時間厳守だ。午前十時。日の出の時間だ。あんたら相当ヤバい状況じゃないのか。絶対に当局に悟られるな。シベリアの刑務所はきついぞ。俺は死んでも入りたくないね」

時間には遅れるなと、繰り返して電話は切れた。

カールは衛星電話を切ると、レオニードにメールを送り、いつもの酒場で会う約束をした。


カールが酒場に行くとレオニードはすでに来ていた。

タブレットを出して、ボブが指定した場所を示した。

「今日の午前十時までにこの場所に連れていってほしい。ジェニファーも一緒だ」

「アメリカに帰るのですね。何となく、そうだと思っていました」

レオニードが真剣な表情でカールを見ている。

「きみとルドミラには世話になった。落ち着けば必ず連絡する。サハロフ教授には――」

カールが口ごもっているとレオニードが話し始めた。

「できる限り、あなた方の便宜《べんぎ》を図るようにと言われました。こうなることは教授も分かっていたのでしょう」

「迷惑は掛からないか」

「あなた方には感謝していると伝えてほしいと。人の命の意味を考え直し、医学、科学に対する情熱も思い出したと言っていました。これから忙しくなります。感染した村の医療体制を整えると同時に、ガスポルトの敷地内の調査も行なわれることになるでしょう。実は、僕とルドミラも教授のグループに入ることになっています」

レオニードは姿勢を正してカールを見た。

「僕たちがやったことは絶対に無駄にはなりませんね」

「パンデミックを封じ込めたんだ。胸を張っていい」

カールとレオニードはウォッカで乾杯して別れた。

4

ホテルに戻ると、ジェニファーの部屋に行った。

「黙って僕の指示に従ってくれ」

カールは手でジェニファーの口を押さえた。

ジェニファーが頷いているが、口を押さえたまま小声で言う。

「一時間以内にここを出る用意をしてくれ。裏口にレオニードが待っている」

「やめて。もう、あなたに振り回されるのはいや。どこに行くか知らないけど行きたいのなら一人で行って」

ジェニファーがカールの腕を振り払った。

「ダンは新しいウイルスを見つけた。感染力が強く、致死率も今までのウイルスを超えている。ダンはそれをパルウイルスと名付けた。しかし、そのウイルスの宿主が分からなかった。それを見つけるためにダンはニックたちと行動していた」

すでに何度となく繰り返した言葉を言った。推測にすぎなかった思いが確信へと変わってくる。

ジェニファーの顔も次第に真剣なものに変わっている。

「ダンはここでパルウイルスの宿主を見つけたの」

「まだだと思う。しかしニックたちがそれに気づいた。パルウイルスの存在に」

カールは声を低くして囁《ささや》くように言う。

「クローンマンモスの研究は、単にクローンを作るためじゃなかった。軍事用の生物兵器を目指してたってことなの」

「ダンはそれを阻止しようとした。だから僕にパルウイルスのサンプルを送ってきた」

「すぐに廃棄しろ。メモにはそうあったんでしょ。すべてはそれで終わりになる」

「いや、終わりじゃない」

カールの声がわずかに大きくなった。

「ウイルスはまだ残っている、この地球上のどこかで。ダンは偶然というか、運命的というのか、パルウイルスを見つけた。だが、それは全体のほんの一部だ。彼は宿主を探してシベリアまで来た」

「なぜそんなに宿主を見つけるのにこだわるの」

「宿主を突き止めなければいつかまた現われる。その時には変異を繰り返し、ウイルスの感染力はさらに強く、致死率は高く変異しているかもしれない。ダンも同じ思いで宿主を探している。コロナだって同じだ。未《いま》だに宿主は判明していない。もっと徹底的に調べることが必要だ」

話しているうちに、カールの精神にダンが話しかけてくる。僕はきみを信じている。パルウイルスの宿主を探して、雪原を歩くダンの姿が明瞭《めいりよう》に浮かんでくる。

「ダンは今どこにいるの」

「ダンを見つけるためにアメリカに帰る。アンカレジ経由だ」

「車やスノーモービルじゃ帰れないわよ」

「十時にボブが迎えに来る。十分待つそうだ。時間厳守を繰り返してた」

「私たちにマンモスの発掘場所のウソを言った男よ。あんな男に帰りの飛行機を頼んだの」

「ＣＤＣに迎えを頼むか。きみは懲戒免職。僕はアメリカの刑務所。僕たちは正規の出国も入国もしてないんだ」

ジェニファーは答えない。答えることができないのだ。

一時間後、二人はホテルの裏口に向かった。

裏口にはレオニードとルドミラが、スノーモービルに乗って待っていた。

辺りはまだ闇に包まれている。

カールとジェニファーはボブが指定した場所まで送ってもらった。

雪原に続いて小さな湖がある。他に何もない場所で確かに見つけやすいところだ。ボブはヘリではなくセスナで来るつもりなのだ。

「ホテルを出る前に、きみのパソコンにサンバレーでのウイルス対策の資料を送っておいた。参考になるはずだ」

車を降りる前にカールがレオニードに言った。ジェニファーが目を剝《む》いたが、何も言わなかった。

「色々助けてくれて感謝している。僕たちのことを聞かれたら、知らないで押し通してくれ。落ち着いたら、必ず連絡する」

「お二人と知り合えて勉強になりました。こちらで何かあれば連絡します」

「ガスポルトもすべてを公表できないはずだ。超危険なウイルスを持ったマンモスがいたことが公になれば、操業はストップせざるを得ないから」

カールは二人にチェレムレフカに帰って、大学に行って以前の生活に戻るように言い聞かせた。

スノーモービルの方に歩き始めたルドミラが二人の前に来た。

「お二人はやはり恋人同士です。私にはそう見えます。早く結婚すべきです」

ルドミラは丁寧に頭を下げるとスノーモービルの方に戻って行った。

カールとジェニファーは顔を見合わせた。

約束の十時から一時間がすぎたが、ボブは現れない。

雪原の寒さが身体に染みこんでくる。

「また、だまされた。だから私は言ったでしょ。あの手の男は信用できない」

「モスクワまで行って、アメリカ大使館に駆け込むか。きみはどうなる。ＣＤＣにいられなくなる」

「そうよ。誰の責任か分かるでしょ。やはり正規の手続きを踏むべきだった。あなたの言葉なんか、信じた私がバカだった」

「ロシアのガス田の一部を吹き飛ばしたんだぞ。マンモスの墓場もだ。ロシア政府と世界の古生物学者を敵に回すことになる」

「凍えて死ぬよりいい。レオニードに迎えに来るように頼んで」

ジェニファーが足踏みをしながら言う。

その時、かすかな音が聞こえてくる。

カールは東の山々に視線を向け、目をこらした。

小さな機影が現れ、その大きさが増してくる。

セスナだ。ボブが迎えに来た。

「こっちよ」

カールは声を上げるジェニファーを制止した。

セスナは湖の氷の上に着陸した。

「一時間三十五分の遅刻だ」

「エンジンの整備に時間を食ってな。あんたから、連絡が来ると思わなかったもんでね」

ボブは来てやったのだから、感謝しろという顔だ。

ジェニファーがカールを押しのけてボブの前に出た。

「あなた、私たちを凍死させる気なの。アメリカに帰ったら、訴えてやる」

「だったら、文句を言ってないで、さっさと荷物を積み込め。俺だってこんな所からはオサラバしたいんだ」

ボブはカールとジェニファーの荷物を目で指すと、機体から燃料の入ったタンクを下ろして給油を始めた。

「うまく行かなかったのか。浮かない顔をして」

飛び立ってすぐに、ボブが聞いた。

ボブは操縦桿《かん》に手を置いたまま、振り返ってカールの顔をしげしげと見ている。

「最後のピースが埋まらない」

「難しいことを言うな。マンモスはいたんだろ。色んな噂が流れてくる」

「聞きたいね、どんな噂か」

「マンモスの墓場があったとか、すべて燃えてしまったとか。ロシアのガス田の建設が中止になったとか。色々だ」

ボブは笑いをかみ殺した顔で言う。

「ガス田の操業が中止になったのか。誰《だれ》から聞いた」

「俺だって業界の情報には神経を尖《とが》らせてる。広いようで狭い世界だ。おまけに、インターネットで写真も動画も見ることのできる時代だ。昨日のはガス田の爆発と火事だった」

ボブはスマホの写真をカールに見せた。兵舎が燃えている写真と軍用車が爆発している写真だ。最後の写真は穴から巨大な炎が吹き上げている。

「誰が流したの。まさか、レオニードとルドミラじゃないでしょ」

のぞき込んできたジェニファーが小声で言う。

「この写真だとイリヤだ。彼はしきりにスマホをいじっていた」

「レオニードとルドミラは大丈夫かしら」

「できるだけ早く、アメリカに呼んでやりたい」

カールは心底そう思った。彼らはよくやってくれた。ジェニファーも納得しているはずだ。

ガスポルトのガス田の一つで爆発が起こった。安全確認のために一時操業を中止して点検を行うという公式発表らしい。政府もガスポルトも、公にしたくないことは山ほどあるのだろう。

「シベリアにはよく来るのか」

カールはボブに聞いた。

「夏場はね。マンモスハンターが増える。冬場に行こうなんて、もの好きはあまりいないがね」

「この男は乗せたことがあるか。おそらく、今は髭《ひげ》が伸びている」

カールはダンの写真を見せた。学生時代、大学で撮った写真だ。メガネをかけた硬い表情の男が睨《にら》むように見つめている。

ボブはカールが差し出したスマホの写真をチラリと見ただけで、前方に目を移した。

「髭面は掃いて捨てるほどいるが、この手の顔は珍しい」

「彼はいつもニックと一緒だったはずだ。知的でもの静かな男だ。タブレットを手放さない。スマホじゃない。そういう男も、ここじゃ珍しいだろ」

ジェニファーが驚いた顔でカールの話を聞いている。

「その男がどうかしたのか」

「学生時代の僕の友人だ。プレゼントを送ってくれた。会ってお礼を言いたくてね。やはり、マンモス好きの男だ。ホープ・ホワイトといえば分かるだろう。知らないとは言わせない」

ボブはしばらく考えていたが、口を開いた。

「最後に乗せたのはひと月前だ」

カールは思わず身体を乗り出した。ジェニファーもボブを見ている。

「何度か乗せたことがあるのか」

「合計で三回。送ったのは、あんたと同じ場所だ。最後は一人だった」

「最後は、どこからどこまでだ」

「シベリアからアンカレジ。アンカレジから――忘れてしまった」

悔しそうに両手で操縦桿を叩いた。

「これで思い出してくれ」

カールは百ドル札を三枚、ボブの胸ポケットに入れた。

「あんたのおかげで思い出したよ。デナリ国立公園。アンカレジの北方百七十キロのところだ」

カールは地図を思い浮かべた。雪原の続くツンドラ地帯だ。

「ダンはなぜそこに行くか言ってなかったか」

「俺は客には何も聞かない主義なんだ。だから今まで、問題なくやってこられた」

「飛行場はあるのか」

「言っただろ。俺はどこでも降りることができるんだ」

「そこまで連れて行ってくれないか。アンカレジはパスして、このまま直行だ」

「コース変更しなきゃならない。別料金が必要だ。途中給油が必要になる」

給油は離陸前にしただろうという言葉を呑《の》み込んで、カールはさらに百ドル札を追加した。

「半分も行けやしない。ガソリン代も値上がりしているし、金も時間も倍かかる」

ジェニファーがさらに三百ドルをボブのポケットに入れる。

「何とか飛べるかな。帰りが心配だが、何とかなるだろう」

「あんたはダンを送っていっただけか」

「それ以上何ができる」

「なぜ、ダンがそこに行ったかは考えなかったのか」

「マンモスに関係あるんだろ。彼もあんた同様、憂鬱《ゆううつ》そうな顔をしていた。マンモスに関《かか》わる奴はみんな、おかしいか、おかしくなるんだ」
ボブの答えが何となく正しく思えた。
カール自身も正常ではなくなっているような気がする。

第八章　蒼い墓場

1

　セスナはベーリング海峡を渡り、アメリカ国内に入った。

　アラスカ北部の小さな空港に降りて、燃料を補給した。

　ボブが空港の男と話している間に、カールはジェニファーに言った。

「きみはここで降りてくれ。アンカレジ行きの飛行機はあるだろう。これからどうなるか僕にも分からない」

「パルウイルスを探しに行くんでしょ。それはCDCの役割。つまり、私のね」

　ジェニファーは給油のすんだセスナ機に向かって歩いていく。

　アンカレジに向かって飛んでいたセスナは、ユーコン川を越えたあたりから北寄りのコースに変更した。

　すぐに大きな白い山が見え始める。そのあたりがデナリ国立公園になっている。

「下を見て見ろ。町が見えるだろ。あれがキャントウェルだ」

「ダンはあの町に行ったのか」

「たぶんね。俺《おれ》が下ろしたのは山のふもとだ」

ボブは曖昧《あいまい》な言い方をした。

眼下には雪に覆われたツンドラ地帯が広がっている。シベリアからまだ陸続きだったベーリング陸橋を北アメリカへと渡ってきたマンモスの群れは、この雪原を歩いていったのか。

セスナは高度を下げ始めた。眼下に湖に続く平らな雪原が見える。

雪煙を上げながらセスナは着陸した。確かにボブの腕は大したものだった。雪が少なく、大地が平らで硬い所を選んでいる。

「本当にあんたはここにダンを下ろしたのか」

「間違いない。ここだ。いや、この辺りだ。半径十メートル以内だ」

ボブは辺りを見回しながら言う。辺り一面、雪と白樺《しらかば》の世界で、目印となりそうなものはない。

「何もない所だ。どうやって特定した」

「緯度と経度は大地に線が引かれているわけじゃない。ここだよ」

ボブは人差し指で頭を指し、拳《こぶし》で胸を叩《たた》いた。

「頭脳とハートというわけね」

ジェニファーがカールのポケットから衛星電話を取ると、位置情報を見ている。

「このあたり、電波状態が悪いの？」

「時々ね。オーロラが出るときは携帯電話の電波状態が悪くなると聞いたことがある。もちろん、衛星電話もだ」

ボブが肩をすくめた。

「ダンはここからどっちに向かった」

ボブは無言で北の方を指した。その先にはデナリ山をいただくデナリ国立公園が広がっている。

「ダンはあの山に向かったと言うのか」

カールの言葉にボブは肩をすくめている。知らないということか。

「俺は事実を言ってるが、その先は知らない。まずは、北に行け。五キロばかりで村がある。先住民の村だ。何ごともなければ、二時間もあれば行き着ける」

ダンはそこで何を見つけた。口に出そうとした言葉を呑《の》み込んだ。

「迎えはいいな。村まで行き着けば、どこにでも行ける。車もあるし近くに道路も通っている」

ボブは機内からスノーシューを出して、二人の前に投げた。

「俺からのプレゼントだ。これがなければ、百メートル進むのに一時間かかる」

ボブはカールに向かって手を差し出した。握手すると、「良い一日を」と言って、セスナに乗り込んでいく。

セスナは雪煙を上げて離陸し、轟音《ごうおん》を響かせて飛び立っていった。

ジェニファーが衛星電話のＧＰＳを見ている。

「本当に何もない所だ。まずは先住民の村に行ってみよう」

カールはスノーシューをはくと、リュックサックを担ぎ上げた。

「なぜ、こんな所に降りたの。もっと町に近い所で降りるべきよ」

「ここが着陸に最も都合がいい場所なのかも知れないし、町の者に見つかりたくなかったのかも知れない。ただ、おそらくダンもここで降りて歩いたんだ」

カールはポケットから地図を出した。

「ダンはここから五キロほど北のタルエント村に行っている。ボブの言葉から考えると、先住民のネイティブアメリカンが五十人ほど住んでいる」

「なぜ、そんな村まで行ったの」

「それを調べたい」

ジェニファーは時計を見て空を見上げた。

「急ぎましょ。すぐに暗くなる」

ジェニファーは歩き始めている。


目の前には荒涼とした雪原が広がっていた。どこかで見た光景だ。

一時間ほど歩いたところで陽《ひ》が沈んだ。辺りは月明かりでぼんやりと明るい。

見上げると、透明な空気の中にわずかに欠けた月が浮かんでいる。天空いっぱいに無数の星の輝きが見えた。月はこんなに明るく、星はこれほど多かったのか。わずかに見える緑の輝きはオーロラか。カールの精神に今まで感じたことのない思いが湧《わ》き上がってくる。二人は天空からの光の中を無言で歩き続けた。

ボブの言った通り、二時間ほどで雪原の端に村が見え始めた。

月明かりの雪原に十軒余りの家が寄り添うように建っている。タルエント村に違いなかった。

カールとジェニファーは村に入った。

月明かりに照らされて、プレハブ式の家が並んでいる。アメリカの一部とは思えなかった。

カールは周りの家々を見ながら歩いた。人の姿はなく、村全体が薄い闇の中に沈んでいる。どこか不気味なのだ。シベリアで見たユリンダ村に似ている。

「まさか、すでに全滅じゃないだろうな」

思わず口に出た言葉だ。

「縁起の悪いことは言わないで。ここはアメリカのアラスカ州、ＣＤＣの管轄区の一つなのよ」

「この村の存在を知っていたか」

ジェニファーはカールを見ただけで、何も言わなかった。

「政府から取り残された村の一つだ」

「注意して。どこかおかしい」

カールは思わず村を見直した。ジェニファーから無意識に出た言葉だろうが、妙に気になった。

二人はわずかに明かりが漏れる家に近づいていく。

「医者はいるか。ユリンダ村には一人いた」

ジェニファーは無言だ。表情が変わり、立ち止まると家の方を見ている。

「待って」

ジェニファーが歩き始めたカールを制止した。腰のポーチからサージカルマスクとゴム手袋を出して、一組をカールに渡した。カールは無言で受け取り、マスクと手袋を付けた。

「まず、生存者の確認だ。絶対にこの村の住人には触るな。家の中のものはもちろん、屋外にあるモノでも接触はなしだ」

分かったな、とお互い目で確認し合って通りを歩いていく。

「明かりがついているのが集会所か何かだろう」

カールはドアの前に行き、中の様子をうかがいながらノックをしたが返事はない。

「蹴《け》破《やぶ》るか」

ジェニファーが腕を出してドアノブを回した。ドアは開いた。

薄暗い明かりの中に人の気配はない。不気味さだけが漂っている。

カールは入り口に立ち、懐中電灯で部屋の中を照らした。

「明かりをつけないで。眩《まぶ》しくて頭痛がひどくなる者もいる」

部屋の隅からやっと聞こえる程度の女性の声がした。

カールは光を天井に向けて、声の方に行こうとした。

「待って」

ジェニファーがリュックから医療用のガウンを出した。

二人はガウンを着て中に入った。

ソファに女性が座っている。

女性の膝《ひざ》には、五歳くらいの少年が目を閉じて横たわっていた。

「何が起こったんだ。正確に話してくれ」

「悪魔が――降りてきた。気が付くとこうなっていた」

「どうなったんだ。具体的に教えてくれ」

「最初の病人が出たのが二日前。村の人口は五十二人、今私の知っている限り生きてる人は十四人。他の人は知らない」

「二日で残りの者は死んだというのか。きみは確かめたのか」

女性は答えず目を閉じている。ジェニファーがカールを押しのけて前に出た。

「私たちはCDCの医者よ。あなたたちを助けるためにここに来た。何が起こったか、話してください」

「誰《だれ》も助けられなかった。クスリも効かない。電話も通じなくなっている。私たちは神さまに見捨てられた」

女性が目を閉じたまま答える。

集会所の中には二十人あまりの村人がいたが、十人はすでに死んでいた。ベッドに数人で横たわっている者や、床に座り壁にもたれている者たちもいた。五人は死にかけている。残りの者もかろうじて動ける程度だ。

カールとジェニファーは遺体を一つの部屋に移し、残りの者をリビングに集めた。

医薬品はすでになく、各自に台所にあったペットボトルを与えることしかできなかった。

「この村にはもっと住人がいるんでしょ。残りの者は各家にいるの」

「そうでしょうね。行ってみるのがこわい。それに私たちには無理」

「行く必要はない。行っても、何もできない。早く助けを呼ぶしかない」

「携帯電話が通じません」

「我々は衛星電話を持っているが入るのは雑音ばかりだ」

「電波状態が良くなるのを待つしかありません。地形のせいでこうなるんです。オーロラとデナリ山が電波の邪魔をします。特にオーロラの影響は大きい」

「オーロラは出ていません。通じるまでかけ続けるしかないということね」

ジェニファーが覚悟を決めたように言う。

「しかし、二日でここまでひどくなるとはね」

カールが言ってため息をついた。

「朝には咳《せき》と頭痛程度の患者がその日の夕方に突然、呼吸困難に陥り血を吐いた。そして、翌朝には死んでいた」

女性がやっと聞き取れるほどの声で話した。

「半日で病状が悪化し、一日で死に至るってわけね。急変はコロナでも聞いたけど、ここまで極端なのは初めて」

ジェニファーが言う。

カールが立ち上がってドアの方に行った。

「他の家を見てくる。きみはここにいればいい。危険を冒すのは一人にしよう」

「どこにいても危険は同じ。私がここにいても何もできない。できる限りのことはやりましょ」

二人は集会所を出たところで、マスク、手袋、医療用ガウンを新しいものに代えた。

隣の家には誰もいなかった。全員が集会所に行ったのだろう。

通りを隔てたところの家には四人の家族がいた。十歳前後の娘が二人と四十代の両親だ。

カールとジェニファーの姿を見て驚いたが、すぐにホッとした顔になった。

四人とも元気だった。おそらく感染はしていない。

二人は家の中には入らず、ドアの前に立ったまま話した。

ジェニファーがＣＤＣの者であることを伝えた。

「私たちを助けに来てくれたのですか」

「助けを呼びたいが電話が通じない」

「この時期は数日通じないことはよくあるんです。でも、いずれ通じる」

父親が言う。

「集会所はどうなっていますか。様子が変なので家に鍵《かぎ》をかけて閉じこもっていました」

「それが正解です。集会所はひどい状態です。絶対に近づかないように」

「何が起こってるんですか。感染症ですか。コロナがこんな所までやってきたんですか」

「コロナウイルスとは違います。もっと、ひどい」

「ひどいって――」

母親が娘たちを引き寄せた。

「やめなさいよ。怖がらせるだけでしょ」

ジェニファーがカールを制止した。

「他の家の状況は分かりませんか。この村には五十二人が住んでるんでしょ。集会所には二十五人いました。何人かは生き残っていた。でも時間の問題だと思う。あなた方家族は全員無事だった」

「感染症なんでしょ。コロナで学んでいたので、おかしいと思って家に閉じこもっていました。あなた方、他の家族を調べに行くんでしょう。だったら、ここには帰ってこないでほしい」

母親が二人の娘を抱きしめて言う。

「とりあえず、生存者を調べる」

カールとジェニファーは家を離れ、他の家を調べて回った。

残りの家の半数に感染者がいて、他の者は分からなかった。まだ病状は出ていないが感染者の家族と暮らし、看病していたのだ、感染している可能性は高い。

カールとジェニファーは村に一軒ある雑貨屋から持ち出した、食料と水を各家庭に配った。雑貨屋は無人だった。集会所に行ったのか。

「感染者が出た家族は集会所に集まったってことか。賢明な判断だな。自ら隔離したわけだ。そのおかげで、感染を免れた家族もいる。コロナの教訓だ。無駄ではなかった」

ジェニファーは頻繁に衛星電話の電波状態を試している。

「オーロラが出ている間は通じないんじゃないか。しかし、アメリカ国内にこんな取り残された場所があったとはね」

カールはもどかしさを隠しきれない口調で言う。

「いちばん近いCDCの事務所はどこだ」

「アンカレジね。でも、ヘリでも二時間はかかる」

ジェニファーが空を見上げながら言う。北の空を覆っていたオーロラが薄くなったように感じる。


衛星電話が通じ始めたのは、オーロラが消えて二時間後だった。

交代で三十分おきにCDCにかけていた電話がつながったのだ。

カールはジェニファーと自分の身分を説明した後、タルエント村の位置を伝えた。

〈衛星電話からタルエント村の正確な位置は確認できます。村の状況を詳しく教えてください〉

電話の向こうから女性の落ち着いた声が聞こえる。

「僕の指示に従ってからだ。医療班の緊急出動と、村にいちばん近い警察か軍に村の封鎖の要求をしてくれ」

カールの言葉に慌ただしく指示を出す声が聞こえる。

〈バレンタイン博士の指示に従いました。何が起こっているか教えてください〉

カールは村の状況を話した。彼女は無言で聞いている。周りに複数の人がいる気配が伝わってくる。電話をスピーカーにしているのだ。

〈一時間以内にアンカレジから警察と州兵が到着して、村の封鎖を行います。CDCからはすでにヘリで緊急医療部隊が出動しました。バレンタイン博士の指揮下に入ります〉

「僕はCDCをやめている。ジェニファー・ナッシュビル博士が指揮を執る」

カールは衛星電話をジェニファーに渡した。

一時間後、村の周辺は騒然としていた。村の出入り口は軍の車両で埋め尽くされている。白い防護服を着たアラスカの州兵たちが村を封鎖した。村を貫いて走る一本の道路の出入り口二カ所に、車止めと軍用車両をおいて、交通を完全に遮断したのだ。もっとも、冬場にこの辺りを通る車はいない。

上空には十機近くのヘリが飛び交っている。村の中央には数個のコンテナが運ばれ、臨時の感染対策本部とウイルスの研究室が設置された。

その横に作られたプレハブ式の病院に、生き残っていた感染者が運ばれた。二十代の男女が五人、十代の女性が二人。最後の一人は、七十代の男性だった。全員が脱水状態で、あと半日遅れれば死んでいただろうと医師は言った。

「マスコミに漏れないようにお願いします。ここにまで押しかけられると、感染が広まる可能性が高い。新規のウイルス感染の可能性があり、現在、詳細を調べています。時期を見計らって、政府が発表します」

ジェニファーがCDCメディカルオフィサーとして指示を出している。

CDCの迅速で適切な行動で、数時間で村はロックダウンされた。

「感染者の血液をCDCに送って、ウイルスの特定と培養を始めるように伝えてほしい。遺伝子解析もだ」

「血液はすでに送った。ウイルスの特定と培養も最優先でやるように伝えてある。遺伝子情報については明日の朝には連絡が来る。おそらく、ここのウイルスがパルウイルス」

カールの言葉にジェニファーが答える。

「まだ確定されたわけじゃない」

カールの脳裏にユリンダ村が浮かんでいた。さらにサンバレーの二つのウイルスが蠢《うごめ》いている。ウイルスは何万年もの長い年月をかけ進化を続けながら、シベリアからアラスカに到着し、パルウイルスに進化していったのか。しかし、という思いもある。ダンとパルウイルスの姿が重なる。

ジェニファーが不満そうな表情でカールを見ている。


カールはジェニファーと集会所前のベンチに座っていた。

温度は昼間でも零度より数度高いだけだ。

「ダンは本当にこの村に来たの」

ジェニファーがカールに聞いた。

「あの夫婦はそう言った」

カールは集会所の向かいにある家の夫婦に聞いたのだ。

ＣＤＣの医療班が到着して、家族四人で隔離のために村から出ることになった。バンに子供たちを連れて乗り込んだ夫婦に、写真を見せて尋ねた。彼らは目を合わせ、二人同時に頷《うなず》いた。

ダンは丁寧な口調で、近くで感染症が出ていないか聞いた。彼らは知らないと答えたという。ダンはホッとした様子で隣の家に回っていった。しかし子供たちは、あのおじさんはがっかりした様子だったと言う。

「どういうこと。大人と子供ではダンから受けるイメージが違ったっていうの。まさかダンがウイルスを持ち込んだんじゃないでしょうね」

「ダンは感染で滅びた村を追っている。彼はパルウイルスについて調べに来たんだと思う」

「この村の感染はどこから起こったの」

「僕もそれを知りたい」

カールは今まで起こったことをまとめようとしていた。ニューヨークの郊外でウイルス１が感染を引き起こした。しかし、ウイルス１は感染力も毒性も低く、感染者に微熱と倦怠感《けんたいかん》、そして病院の封鎖を主張したカールの悪評のみを残した。

ウイルス２は、サンバレーで感染者を三千人近く出し、死者を千二百人以上出しながらも、ＣＤＣの対応で感染が始まってひと月余りで封じ込めた。今では、感染者はゼロになったと聞いている。

シベリアで村をいくつか消滅させたウイルスは、ウイルス2が変異したものだった。では、ダンが送ってきたパルウイルスは何なのだ。ウイルス1ともウイルス2とも違う。感染率も致死率もはるかに大きな数値になると遺伝子情報からは推測される。パルウイルスはどこにいて、原株はどこにある。宿主はどこにいる。ダンの足跡をたどってここまで来た。ダンは確かにパルウイルスを発見し、それをカールに送ってきた。

「ダンは町の人に他には何か聞かなかったの」

「ここらでマンモスの牙《きば》が出なかったか聞いたそうだ。マンモスの牙は出てないと答えたようだ」

「なぜ聞いたんだろ。そういえば、雑貨屋にヘラジカの角やセイウチの牙があった。でもマンモスとは違うわね」

マンモスの牙――カールの脳裏に何かが浮かんだ。

その時、ジェニファーのスマホが鳴り始めた。

ジェニファーは何度も頷きながら聞いている。最後は、有り難うと言ってスマホを切った。

「CDCから。この村のウイルスはパルウイルスだった。やはりダンは、パルウイルスを追ってこの村まで来た。彼が来たときはまだ感染はなかったけれど」

ヘリのローター音が聞こえてくる。音の方を見ると、CDCのヘリのローターが回っている。

「あのヘリは――」

「アンカレジに帰る便よ。こちらのサンプルを持ち帰り、医療品を積んで帰ってくる」

「乗せてくれるよう頼んでくれ」

カールは立ち上がった。

2

その日の夕方、カールとジェニファーはアンカレジに着いた。

ホテルに行く前にカールは博物館に寄った。閉館までに三十分しかない。

博物館に入ると、前に来た時に会った、元学芸員の男を探した。彼の名前はサミュエルだ。

サミュエルがカールたちに気づいて近づいてきた。

「前にいらした方ですね。たしか、マンモスに興味があった人だ」

「ダン・ウェルチについて聞きに来ました。あなたは彼と話したと言っていました」

「あの物静かな方ですね。髭《ひげ》を生やした。彼なら先週も来てました。たしか五日前です」

カールの動悸《どうき》が速くなった。ジェニファーも驚きの表情を隠せない。

「何の話をしたんですか。ちょっと変わった奴《やつ》で、現在何に興味を持ってるか知りたいんです」

サミュエルが考え込んでいる。

ダンはパルウイルスについて何かを探している。おそらく宿主だ。ダンは偶然、パルウイルスを手に入れた。だが宿主が分からない。そのヒントを得るためにここに来た。

「彼は何を調べにここに来たんですか。大事なことです。思い出してください」

「ちょっと待ってください。彼が来たのは一度じゃないんです。一年ほど前から二、三カ月に一度くらいの割合で来ています。そのたびに色んな話をしました」

「先週も来たんですね。その時の話を聞かせてください」

気が付くとカールの声が大きくなっていた。周りの入場者がカールの方を見て顔をしかめている。

カールの突然の言葉に驚きながらもサミュエルは話し始めた。

「最初はアラスカの歴史の話をしました。その後、原住民についてです。イヌイットの生活に興味があったようです。もう何度も話しているので、確認のように聞いてきました」

サミュエルは考え込んでいたが、やがて続けた。

「シベリアから来たマンモスはどこを目指していたか。しいて言えば、そういうことではなかったのかな」

「どう答えましたか」

「生物の習性について話しました。生き残るのに最も適した場所を求めて移動する。人類といっしょです。つまり、食べ物を求めてです。マンモスの場合、草を求めてです」

「死に場所を求めてということは考えられませんか」

サミュエルが怪訝《けげん》そうにカールを見ている。唐突ではあったし、そういう質問は初めてだったのだろう。

「ダンはすべての生物には意思があると考えていました。もちろん、マンモスにもです。仲間を思い、そのために自分を犠牲にすることさえあると。自分の欲望のために仲間を犠牲にするのは人間だけだと」

ふと、昔のダンの言葉が浮かんだのだ。

「子供の時、父から聞いたことがあります。ゾウの墓場というものがある。ゾウは自分の死期を悟ると、誰も知らない滝の裏側なんかにある、墓場に向かうと」

「本能としてはそういう習性があるかもしれません。しかし、そういうことがあるとしても、一世代の話ではありませんか。一つの地域で生活していた動物が、ある特定の死に場所を決めている。しかしシベリアからアラスカまでは、何カ月も、あるいは何年もかかる旅です。一つの世代では決めきれない――」

サミュエルは戸惑いながらも答えた。

「マンモスは種の死期を感じてベーリング陸橋を渡って、見知らぬアラスカの地にやってきた」

カールは思わず言った。サミュエルは真剣な眼差《まなざ》しで聞いている。

「そういう学説は存じません。あなたはどこで読みましたか」

「いや、僕の想像です。ダンはそういう話はしなかったですか」

「最後のマンモスの骨は東シベリア海のウランゲリ島で発見されました。しかし私たちが知らないだけで、他の場所で生き続けていたのかもしれません」

「ダンはこれからどこかに行くとは言ってませんでしたか」

「ホテルに帰って考えると言ってました。マンモスの本とアラスカの地図を買っていきました。

その場所を探すつもりですかね」

「ホテルはどこか聞いてませんか」

サミュエルは知らないと答えた。

「歩いて帰ると言ってました。ここから近いはずです」

カールは売店でダンのことを話して写真を見せた。

中年の女性は写真とカールを交互に見て、ジェニファーに視線を止めた。

「一年ほど前から時々来てましたよ。不定期だけど。数カ月、間が空くこともあった。来たらいつも、二、三時間はいました。熱心に展示を見たり、サミュエルと話したり」

「彼、どこに住んでるか言いませんでしたか」

「アンカレジじゃないね。アラスカ関係の学者じゃないの。アラスカ関係の本や地図を買ってたから。ここには、それしか売ってないんだけど」

ちょっと待っててよ、と言って店の奥に入っていった。

「最初のころ、十冊ばかり本を買ってね。この住所に送ったことがある。彼、これからシベリアに行くからって」

住所を書いたメモをガラスケースの上に置いた。住所はチャディーズになっている。

「アンカレジから西に二百キロほど。チャガック国立森林公園の外れの町。静かですごくいい所よ」

「この住所、メモしてもいいですか」

「ダメよ。お客さんの住所だもの。知らない人に教えるなんて、マズいでしょ」

ジェニファーが野球帽を被《かぶ》って間に入ってくる。

「一つ大きいサイズはないかしら。きつくって」

中年女性が帽子を持って、もう一人の店員の方に行く。

ジェニファーがスマホを出して、メモの住所を写真に撮った。


二人は博物館を出てホテルに向かった。角を曲がったところでジェニファーが言う。

「ダンについてあんな話は知らなかった。あなたのお父さんが、あなたにした死にかけたゾウの話も初めて聞いた」

「ダンについては本当だ。父は株と投資の話しかしなかった。ダンは頭は最高だったが、変わった奴だった。ウイルスにも意思があると言って、教授と言い合ったこともある」

「哲学的な言い方じゃないの。本能は意思に通じる。生物とは遺伝子の乗り物だっていう考え方と同じ」

「そうだといいんだけどね。ダンは、いずれ人類は自滅し、ウイルスや細菌が生き延び、進化していくって本気で信じてたところがある。だからいつも嚙《か》み合わなかった。研究室では、ダンとは議論するなという雰囲気が広まり、彼は孤立していった。突然大学からいなくなって、グレート・ネイチャーに入ったって聞いたときも、やっぱりと思った奴が多いんじゃないかな。でも、ニックと一緒にいたと聞いた時はエエッと思った。何かあると思ったらやっぱりだ。彼が企業に協力するとは思えなかった」

「マンモスは種としての死に場所を求めてアラスカまでやってきた。サミュエルに言ってたでしょ。それって、どういうことなの」

「シベリアに住んでいたマンモスが、自分たちの運命を感じ取って、新しい土地に移住した。死に場所を求めてというより、新しく生き直すためかもしれない」

カールはシベリアの、ガスポルトの敷地内にあったマンモスの墓場を思い浮かべた。数十頭のマンモスが折り重なるように死んでいた。あのマンモスたちは他のマンモスに感染させないために、一カ所に集まったのではないか。究極の隔離だ。シベリアにはあんな墓場がまだいくつもあるのかもしれない。

「シベリアでウイルスが発生して、マンモスの群れが次々に死んでいった。マンモスはウイルスから逃れるために、本能的に新しい地を目指したのかもしれない。あるいは――」

カールは言いよどんだ。

まだ感染していないマンモスを守るために、感染したマンモスの群れは他の地を目指した、と言いたかったのだ。

「ものは言いようね。マンモスは食料となる草原を目指してアラスカに来た。私はそう習った」

ジェニファーが素っ気なく言って、スマホを出して写真をカールに送った。ダンの住所が書いてあるメモだ。

「体内にウイルスを宿したままね」

転送された写真を見ながらカールが呟《つぶや》いた。

カールとジェニファーはホテルの前のレストランに入った。

ジェニファーがデイパックからタブレットを出して、地図を表示する。

「チャディーズ。聞いたことがあると思ったら、やはりここね。永久凍土の上に作られた町」

人口四万人。チャガック国立森林公園の外れにある町。南側にコロンビア大氷河がある。

ジェニファーが地図を示しながら言う。

「知ってるのか」

「昔、調べたことがある。アラスカ州中南部の先住民の村に、正体不明の感染症の記録があってね。一九七三年、一九八八年、二〇〇一年。けっこう起きてる。すべてチャディーズから半径百キロ以内。カナダ側でも起きている」

ジェニファーがタブレットを見ながら言う。

「被害状況は？」

「最初の時は、感染者三十五人、死者二十八人。二番目が感染者二十三人、死者十九人、最後が感染者三十五人、死者二十八人。これらの村は、すべて人口五十人以下。それで、これだけの感染者が出て死者も出ている」

ジェニファーはタブレットを操作して表を出した。

「立派な感染症だ。致死率八十パーセントのね。問題にはならなかったのか」

「先住民の村よ。衛生状態が劣悪、で片付けられてるんじゃないの。当時はインターネットが今ほど一般的じゃなかった。SNSもね。おかしいと思って私がチェックしようとしたら資料がほとんどない。ちょうどその頃、エボラやマーズが流行《はや》って、それどころじゃなくなった」

「すべて致死率が八十パーセント以上。医者はいなかったのか」

「データには出ていない。感染力はかなり強い。ウイルスはサンバレーやユリンダ村と同じかしら」

「感染力はもっと強く、致死率も高い。違うウイルスによる感染症だ。早急に調べる必要がある」

パルウイルスが頭に浮かんだが言葉には出さなかった。

分かったと言って、ジェニファーはスマホを出した。CDCに電話をすると、要点を述べて調査を依頼した。

「明日の朝には分かるな。ダンはおそらく、このウイルスを追っていたんだ」

「ダンはすでにこのウイルスの存在を知っていたと言うの。じゃ、どこで知ったのかしら」

「僕だって、それを知りたい」

カールはタブレットの写真を見た。山々に広がる森林と湖、チャガック国立森林公園。その南側にはコロンビア大氷河が続いている。その氷河の後退も近年は激しいと聞いている。

翌朝、レンタカーを借りて、カールとジェニファーはチャディーズに向けて出発した。

アンカレジからチャディーズまでの道は数台の車を見かけたが、途中の山道に入った辺りからほとんど他の車を見なくなった。

山と木々と湖の世界だと観光ガイドには書いてあるが、その通りだ。

「ダンはここにマンモスを探しに来たのね」

ジェニファーが、前方と左右に連なるチャガック国立森林公園の山々を見ながら呟いた。

いいや、ダンが探していたのはマンモスじゃない。パルウイルスを探しにここに来た。カールはその言葉を呑み込んだ。

ダンが本を送るように指定した住所のゲストハウスは、チャディーズの東の外れにあった。十キロほど北に行けばチャガック国立森林公園だ。

ゲストハウスはすぐに見つかった。

呼び鈴を押すと女性が現れた。愛想のいい中年女性だ。

カールはスマホを出して、ダンの写真を見せた。

「この人、ダン・ウェルチさん。そうなんでしょ」

ダンはここでは本名を使っていた。

「僕の大学時代の友人です。彼、どこに行ったか分かりませんか」

ゲストハウスの女主人は答えず、二人を値踏みするように見ている。

「僕たちはアンカレジからカナダに向かう途中です。ダンがこの町にいると言うので寄ってみたんです。彼、もう町を出ましたか」

ジェニファーが身分証明書を出して大学時代、同じ研究室にいたことを説明した。

「おかしな人たちじゃないみたいね。私はこの家のオーナー。マーサよ。ついて来て」

マーサは二人を家の中に入れた。

「実は私も、どうしようかと思っていたところ」

ついてくるように言って、二階に上がっていく。

「ここがダンさんの部屋。彼は大学の先生なんでしょ。いつも難しそうな本を読んでた」

マーサは突き当たりの部屋に入っていく。

二人はあとに続いた。デスクとベッドだけの質素な部屋だ。ベッドの上に旅行用トランクがあって、衣類と数冊の本が入っている。ジェニファーがその中の一冊を取って、カールに見せた。

『遺伝子、その生命の起源』。

「ダンはあなたのこと、無視してたんじゃない。しっかり敬意を払ってる」

カールは本を受け取って開いた。所々に赤線が引いてあり、書き込みもあった。

「帰ってこなくなって三日目。部屋を空けるときは必ず私に言うんだけどね。今回はそれもなし。どこかで事故にでもあったのかと思って警察にも届けた。失踪《しっそう》と断言するには、まだ早いって。でも、突然死んじゃうってこともあるでしょ。身元不明者の遺体安置場なんて一人じゃいけないし」

マーサはすっかり困った顔をしている。

「ダンはマンモスを追っていると言ってました。昔、シベリアからベーリング陸橋を歩いてきたマンモスです。知っていることを教えてください。どんなことでも構いません」

「昔と言っても大昔、三万年前です。当時はアラスカとシベリアはつながっていました。一つの大陸だったんです」

「ダンは何かを言ってませんでしたか」

カールとジェニファーが交互に話した。

マーサはしばらく何かを考えるように黙っていた。そして、ゆっくりと話し始めた。

「ダンさんが初めてうちのゲストハウスに来たのは、一年ほど前。それから、たびたび来るようになった。来ると十日はいた。その間、山に出かけることが多かったね」

「山で何をしてたか分かりませんか」

「マンモスに興味を持ってたのは確かよ。この辺りでマンモスが発見されたなんて聞かないけどね。でも、いつだったか、マンモスの痕跡《こんせき》を追ってたらここまで来たって言ってたわね。マンモスが人類を引き連れてきたと。どういうことかしらね。それに、先住民の村を回っていたようね。私にお土産を買ってきてくれたこともある」

マーサは右腕のブレスレットを見せた。木の球を糸に通したもので、球には彫り物がしてあった。

「それから数日、アンカレジに行ってた。大学と博物館に行くって」

「アンカレジから帰ってきて、何か言ってませんでしたか。どこかに行くとか」

「マンモスを追っていると言ってた。私は冗談だと思ってた。でも冗談を言う人でもないし。マンモスはもっと北の方なんでしょ」

「ダンはこの町に何をしに来たのですか」

マーサは考え込んでいたが、しばらくして話し始めた。

「最初は永久凍土の研究だと言ってた。何万年も前の真実を語ってくれるそうね。私にはよく分からなかったけど」

「マンモスを探しに来たんじゃないですか。永久凍土じゃなくて」

「地球温暖化で永久凍土が融け出して、氷河の後退が話題になってたからね。いろんなことがつながると言ってた」

デスクにパソコンが置いてある。

「見てもいいですか」

「それはだめ。いくら大学の同級生でもね。ごめんなさいね。それに開けないと思うよ。パスワードがなければ」

マーサは大げさに顔をしかめた。

「さあ、そろそろ行きましょ。本人がいないとは言っても、来月まではダンさんの部屋なんだから」

マーサは二人に帰るように促しているのだ。

「今日、僕らはこの町に泊まります。どこかホテルはありますか」

「そうね。今は冬だから、スキー客が多いかもしれない。でも、うちは空いてるよ。一部屋だけどいいでしょ」

「明日は早いですが、よければお願いします」

カールはジェニファーを見ると、眉根《まゆね》を吊《つ》り上げている。

3

二人は部屋に荷物を置くと、近くのレストランに入った。

「私がベッドで、あなたは床で寝袋ね」

テーブルに座るなり、ジェニファーが言う。

「気が付いたか。ダンの部屋のデスクにあった本」

「ダイナマイトの本のこと」

デスクの上にマンモスやアラスカの永久凍土の本に混ざって、ダイナマイトの本があったのだ。

「まさか本物はなかったわよね。もっと調べればよかったのかしら」

「部屋には何か手掛かりがあるはずだ。ダンがどこに行ったのか」

「でも驚いた。一年も前から、ダンはあの民宿に泊まって、この辺りを調べてたんだ」

窓からはチャガック国立森林公園の木々が見える。確かに一歩踏み込めば、別世界が開けそうな所だ。

「あの山に入ったのかもしれない。ということは、マンモスがいる可能性がある」

「約七百万エーカーある公園よ。どうやって探すと言うの」

ジェニファーがカールを見て言う。

「マーサはダンのパソコンを開こうとしたんだ。でも、パスワードを知らないので開けることができなかった」

「あなたなら開けることができるの」

「それを確かめようと思ってね、今夜」

カールはタブレットを出して、ダン・ウェルチを検索した。環境保護の過激組織グレート・ネイチャーに所属して、何度か新聞やテレビにも出たことがある。逮捕されたこともあるはずだ。今もＦＢＩの要注意人物のリストに載っていると聞いている。しかしある時期よりピタリとマスコミには出なくなっている。グレート・ネイチャーからも距離を置いている。誕生日、生まれた町、両親の名前など思いつく単語を書き出した。三十ほど書いてボールペンを置いた。

「これでだめなら諦《あきら》めるしかない」

「部屋のカギはどうするの」

「マーサはリビングの壁にまとめてかけている」

カールはタブレットでチャガック国立森林公園を検索した。

アメリカ第二の面積の国立森林公園で、森林、河川、湖、山岳、氷河などの素晴らしい自然景観を楽しむことができると書いてある。森や湖の写真が多数掲載されていた。しかしマンモスの記述はない。

二人は午後九時をすぎるまでレストランですごし、部屋に戻った。

階下で聞こえていた物音も十時をすぎる頃《ころ》には消えていた。

マーサが寝室に入り眠ったのを確認すると、二人はリビングからカギを持ち出して、ダンの部屋に入った。

パソコンを立ち上げて、レストランで書き出したワードを打ち込んでいった。一時間ほど試したが、パソコンは開かない。

「諦めましょ。やはりムリなのよ。私たち、ハッカーじゃないし」

カールはジェニファーの言葉を無視して打ち込んだ。

〈パルウイルス〉

パソコンは開いた。

カールはメールアプリにカーソルを持っていった。

「メールを読むのは気が引ける。生のダンに触れることになる」

「ダンの居場所が知りたいんでしょ」

ジェニファーが腕を出してエンターキーを押した。

最初の画面は書きかけのメールが入っている。

「誰に出すつもりか書いてない。あなただったかもしれない」

ジェニファーがディスプレイに身体《からだ》を近づけた。

〈僕はいま、美しい街にいる。北の海の近くにある町だ。そこで、太古の昔に思いをはせている。

この冬の時期、ここでは夜は長く、昼間は短い。都会とは時の流れる速さが違う〉

カールはジェニファーを押しのけて、声に出して読み始めた。

〈こうして時の流れを考えていると、人類など取るに足らない生物に思えてくる。地球上の生物は、何度も滅びては復活している。隕石《いんせき》の衝突、氷河期の到来、巨大火山の噴火……、人類の存在もその過程の一つにすぎないのではないか。人類――。僕に言わせれば、もっともずる賢く罪深い生物だ。他の生物を犠牲にしても生き残ろうとする。いや、繁栄を望んでいる。この地球をすら汚染し、枯渇させ、死の惑星にしようとしている。だがそれも、あとわずかかもしれない〉

カールの脳裏に自然破壊、自然汚染に本気で腹を立てている学生時代のダンの姿が浮かんだ。

ジェニファーが早く読めと言うふうにカールの肩を指で突《つつ》いた。

〈宇宙誕生から百三十八億年、地球が誕生して四十六億年、生命誕生は三十五億年前だ。さらに人類が生まれて七百万年。瞬《まばた》きにも満たない時間だ。その人類が、わずか数百年で地球の環境を変えようとしている。コロナウイルスを含め、新しいウイルスは、地球が自分自身と他の生物たちを守るために太古の生命に託した祈りなのかもしれない。ここですべてを白紙に戻す。リセットされた地球に、人類に変わる知的生命が生まれるかもしれない。しかしそれもまた、消え去る運命かもしれない。いずれ、命を育み、尊び、愛し、慈しむ生命体が現れるまで、その過程は繰り返される〉

「なんだか不気味ね。科学というより宗教。でもダンらしい気がする」

ジェニファーが呟くように言う。カールが続けた。

〈マンモスたちはベーリング陸橋を渡り、アラスカにやってきた。将来、地球を滅ぼす者たちを引き連れて。僕はどうすればいい。僕の使命は――〉

カールの声が途切れた。

「どうしたの。続きを読んでよ」

「ここで切れている。書く気がなくなったのか。それとも何か急用ができたのか」

「ダンは何を言いたいのかしら」

「昔から言ってたことだ。人類を滅ぼすのは人類自身だって。人類は果てしなく進化を続けると言った教授と衝突したこともある」

「それで自然保護グループに入り、最近はニックとマンモスを探してたってわけね」

「偶然だと思うか、パルウイルスを見つけたのは。そうじゃない。ダンだから見つけることができた。ウイルスがダンを引き寄せたんだ」

カールはダンの様々な言動を思い出しながら言った。

ジェニファーが写真のファイルをクリックした。

数十枚の写真が入っている。スマホからパソコンに転送したものだ。

「最近の写真は、チャガック国立森林公園内の写真ね。ダンは、少なくともこの景色が見える所にいた。一番新しい写真は、二日前になってる」

ダンはマンモスを探して移動し、写真を撮って自分のパソコンに転送した。写真に混ざって地図がある。

カールはその写真と地図を自分のタブレットに転送した。

ジェニファーのスマホに着信音がした。

「CDCからよ。部屋に戻りましょ。あなたはカギを返してきて」

ジェニファーは先に部屋に戻った。

カールがカギをリビングの壁に戻して部屋に戻ると、ジェニファーが深刻そうな顔をしてベッドに座っている。

「どうかしたのか」

カールが聞くと耳に当てていたスマホをベッドにおいて、スピーカーにした。

「カールが帰ってきた。もう一度話して」

〈ダンがきみに送った肉片はマンモスではなかった。人間のものだ〉

意外な言葉だったが、カールは何とか平静を保った。心の深層部分では感じていたのかも知れない。ジェニファーが顔をしかめている。

〈それもそんなに古くはない。せいぜい五年以内だ〉

スティーブ・ハントの声が聞こえてくる。彼はまだサンバレーのCDCを仕切っていると聞いていた。

「古くないことは分かっていた。だからパルウイルスはまだどこかで生きているんだ」

〈人の肉片だってことで、CDCでは問題になって、上層部で扱いに時間がかかっていた。つまりヒト・ヒト感染がすでに起こっている。カールの暴走には気を付けろということになってる〉

「だからダメなんだ。彼らには本質が分かっていない。何が本当に重要なことなのか」

「あなたにも責任がある。そのあなたの無責任さにね」

ジェニファーが強い口調で言うと、カールを睨《にら》みつけた。

「だから上層部はきみに僕を見張らせていたというわけか。カールに貼《は》りついて報告しろと」

「違う。私は自らの意思であなたと一緒だった。それは今も変わらない」

カールに責める言葉はなかった。ジェニファーの目に涙が浮かんでいたのだ。

〈内輪もめはあとにしてくれ。僕の電話も上とは関係ない。これは僕自身の判断でかけている〉

スティーブの声は今までになく真剣だった。

〈ＣＤＣの研究所から色々と情報が届いてる。まず、きみがサンバレーから送ったウイルスの電子顕微鏡の写真と遺伝子解析の結果。それに、二日前に送ってきた、タルエント村の先住民から採取した血液からのウイルスの電子顕微鏡写真と遺伝子解析の分析結果だ。色がついているのは光学顕微鏡を使ったものだ。デカいので何とか映像が撮れた〉

ジェニファーがスマホの横にタブレットをおいて、タップした。

ディスプレイに鮮明な画像が現われる。

全体に青みがかったエボラウイルスに似たウイルス。蒼《あお》ざめたウイルスだ。

〈二つのウイルスの電子顕微鏡写真は同じだった。つまり、きみたちがタルエント村で採取した血液からのウイルスと、ダンがきみ宛《あ》てに送ってきたウイルスは同じ、パルウイルスだった〉

「ガスポルト内で採取したウイルスの遺伝子解析結果は分かったのか」

〈サンバレーのウイルスとほぼ同じ。つまり、ウイルス2の変異株。感染力が高く、強毒性のウイルスだ。でもすでに治療法は分かってる。ワクチンと抗ウイルス剤の開発に入ってる〉

問題は――と言って、スティーブの声が途切れた。沈黙が続いた。

「パルウイルスの遺伝子情報が分かったんだな」

数秒の間があってスティーブが話し始めた。

〈CDCは遺伝配列から、ウイルスの特徴を推測した。致死率は八十パーセント、感染力はウイルス2のほぼ三倍。変異は異常に早い。つまり、ワクチンが作りにくい。こんなウイルスが世界に広がったら、コロナどころではなくなる。人類は滅びる〉

ジェニファーがすがるような視線をカールに向けている。

「いや、もう感染者は出てる。タルエント村だ。CDCは何とか封じ込めに成功した。これからどうするつもりだ」

〈きみたちが迅速に行動したおかげだ。僕は評価している。だから僕は――〉

再び声が途切れた。

〈この電話はCDCには内緒でかけている。きみたちもそのつもりでいてくれ〉

背後でドアの開く音がしたと同時に、スティーブの声は途絶えた。

「ダンはパルウイルスの宿主を探していたんだ。シベリアに飛び、アラスカに戻ってきた」

ダンはパルウイルスをサンバレーのカール宛てに送ってきた。どこで手に入れた。タルエント村ではない。彼がタルエント村を訪れたのは、村に感染が広まる前だ。「がっかりしたように見えた」。感染を免れた家の子供が言っていた言葉だ。

ダンはかなり前にパルウイルスを手に入れていたのだ。アラスカ、シベリアと、その宿主を探していた。「すぐに廃棄しろ」とメモにはあった。危険性は十分に承知していた。パルウイルスの存在をカールに報せようとしていたのか。様々な思いがカールの脳裏を駆け巡った。

「ダンは宿主を見つけたのかしら」

ジェニファーの声で我に返った。

「分からない。原株は分かっている。シベリアのマンモスを宿主にしたウイルス1だ。それが変異を繰り返し、感染力を増し毒性を増したのがウイルス2だ。パルウイルスはウイルスの変異、いや進化の過程で、どこかで大きく枝分かれしたものだろう。人類がホモサピエンスとネアンデルタール人に分かれ、やがてホモサピエンスが本流となったように、いずれパルウイルスが大きな流れとなる可能性もある。そうなると、コロナウイルスよりも人類にとって大きな脅威となる。その存在を左右するほどに」

カールはタブレットを手に取って、パルウイルスの電子顕微鏡写真を見た。これらのマンモス由来の一連のウイルスは、通常のウイルスの倍近くある。だから、光学顕微鏡でもその姿を見ることができた。ニューヨークで初めて見た、青白い影のような姿はカールの精神《こころ》に今も鮮明に焼き付いている。

「先住民の村にパルウイルスが広まっていたということは、近くに感染源があるということだ」

「ダンはそれを見つけたのかしら」

「間違いない」

カールの脳裏にアラスカ先住民のタルエント村やシベリア先住民の村の惨状が浮かんだ。口や鼻、耳、目、身体中の穴から血を流し、細胞を溶かして横たわる人間たちだ。

ジェニファーも同じらしく、気付かれないように顔をしかめている。

「タルエント村の状況から推測すると、パルウイルスは感染から発症が極めて早い。二日で発症している。強毒性なので、発症後一日で重症化して、早い場合は翌日には亡くなっている」

「感染を止めることは、そんなに難しくはないということね」

「そうとは限らない。一個のウイルスで感染し、死に追いやる。パルウイルスは感染と同時に、体内で異常なスピードで増殖を始める。数時間で全身に広がり、各臓器を侵し始める」

カールはＣＤＣからのデータを見ながら言い切った。脳裏にはタルエント村の状況が浮かんでいた。

「感染源を見つけ、このウイルスを消し去る必要がある」

カールが強い意思を込めて言うと、ジェニファーが頷く。

感染源を見つけ、それを断たないと、爆発的な感染はいつの日か必ずおこる。そして、世界に広まる恐れがある。その時には――、カールの全身に悪寒に似たものが走った。

「ダンのパソコンの写真からは、チャガック国立森林公園に行ったと推測できる。公園内にパルウイルスを持ったマンモスがいるということだ。彼はそれを追って公園に入った」

「ウイルス２に感染したマンモスがベーリング陸橋を渡ってきた。ウイルス２がマンモスを追ってきた古代人に感染し、ウイルス3に変異した」

「そのウイルス3が強い感染力と高い致死率を持つウイルス、パルウイルスだ。約三万年前、人類は何の知識もなく、手の打ちようがなかった。多くの死者を出したのだろう。太古のパンデミックだ」

だがなぜ人類は生き残った。カールの脳裏に浮かんだが口には出せなかった。

「ダンは感染したのかしら。パルウイルスに。だから――」

ジェニファーは途中で黙り込んだ。戻ってこない、と続けるつもりだったのか。

カールはタブレットでチャディーズとチャガック国立森林公園の地図を開いた。

「ダンはマーサに外泊を告げずにゲストハウスを出た。夜には帰ってくるつもりだった。しかし、何かの都合で三日間も帰ってきていない。おそらく事故にあった。あるいはパルウイルスに感染した」

カールは言葉に出したが、実感は湧《わ》かない。

「チャガック国立森林公園に行ってみる必要がありそうね。でも約七百万エーカー。かなり広いわね」

「公園というより巨大な森だな。キャンプもできる。ただし夏の話。冬は雪に覆われ、吹雪になるとかなり危険だ」

山腹にはいくつかの氷河が見られる。コロンビア氷河は山から直接海へ続いている最大の氷河だが、ここ十年あまりの間に氷河の融解が著しく進んでいるとある。

カールはタブレットに、ダンのパソコンにあった写真を出した。

「これらの写真、二日前だ」

カールは最後の写真の数枚を指した。

「二日前、ダンはこの風景の見える所にいて、写真を撮って、ゲストハウスに置いてあるパソコンに転送した」

木々に囲まれた空間、山の中だ。前方に雪のかたまりがあり、崖《がけ》に続いている。その他に木々の間から山々が見える写真もあった。

「他にダンの位置情報が分かるものはないか」

二人でパソコンに入っていった写真と地図を調べていった。

「先週この町に戻り、出かけた。マーサに何も言わず帰ってこない。町に来た目的はマンモスに関係がある。おそらくチャガック国立森林公園に入った。これらの写真はその時に撮ったんだ」

地図の中にチャガック国立森林公園の南東部のものがあった。三カ所にバツ印が付いている。その下に六桁《けた》の数字が書いてある。

「この数字は何なの。六桁の数字」

ジェニファーがディスプレイの隅の数字を指さした。

「緯度と経度だ。このあたりは――。アンカレジの東だ」

「ここに何かあるの」

ジェニファーがその数字を自分のタブレットに打ち込んでいく。

地図上に旗が立った。チャガック国立森林公園の中だ。

「この中のどこかに行ったのかしら。どれも十キロ以上離れてる」

カールはスマホに取り込んだ写真を出した。

「写真の条件に当てはまる場所はどこだ」

さほど手間のかかる作業ではなかった。十分後には場所が特定できた。

「明日、この場所に行ってみよう。何か分かるはずだ」

「ダンはマンモスの墓場のような場所を見つけたのかしら」

カールはガスポルトのすり鉢型の穴を思い出した。数十頭、あるいはそれ以上のマンモスが折り重なって埋まる墓場だ。チャガック国立森林公園にもマンモスの墓場があるのか。

4

午前十時をすぎて辺りが明るくなり始めたころ、カールとジェニファーはゲストハウスを出た。

冬のアラスカは雪で覆われ、その中を道路が走っている。両側には背の高い針葉樹がそびえ、自然に抱かれている感覚に陥る。道路を外れると湖や川があり、冬でも数は少ないが観光客はいるとマーサが言っていた。

「山の天候は変わりやすい。吹雪にでもなれば凍ってしまうよ。あんたたちは道路の外には出ない方がいい。迷子になりやすいタイプのようだから」

マーサは昼に食べるようにと、サーモンのサンドイッチを二人に渡すときに言った。

「行き先は決まってるんでしょうね」

走り始めて十分ほどたった時、ジェニファーが聞いた。

カールはカーナビを指した。画面には道路を外れた山の中にゴールの旗が立っている。

「パソコンにあった緯度と経度が入れてある。途中から歩きだが、スマホさえあれば正確な場所に行くことができる」

「スマホが通じさえすれば、の間違いじゃないでしょうね」

「大丈夫だ。衛星電話を持っている。これで位置が分かる」

一時間ほど走ってカールは道路を外れて車を止めた。

「ここからは歩きだ。ダンの目的地は直線距離で十キロというところ」

「冗談でしょ。マーサも言ってた。道路の外には出ないようにって。山道の十キロは普通の道とは違うでしょ。おまけに雪が積もってる」

ジェニファーの言葉を聞きながら、カールはボブがくれたスノーシューを靴に付けた。

「無茶なことは分かってる。しかし、どうしてもダンが何をやろうとしているか知りたい。上手《うま》く行けば、今日中にダンに会える」

カールは心底そう思っていた。カールの言葉を聞きながら、ジェニファーもスノーシューをつけ始めた。

「ダンは僕にパルウイルスを送ってきた。僕は何としても、彼に会わなければと思っている」

カールはチャガック国立森林公園に一歩を踏み出した。

森に入ると雪原よりは歩きやすかった。

すぐにジェニファーが横に並んだ。彼女は何も言わず黙々と歩き続ける。

いつの間にか雪が降り始めた。風も強くなっている。しかし、森にいると木々に守られてさほど気にならない。

二人は肩を寄せ合いお互いの体温を感じながら歩いた。二時間ほどたった時、カールは立ち止まった。

「これ以上進むと危険だ。どこかで休憩しよう」

「家なんてない。私たちがどこにいるのかさえ分からない」

カールはスマホを出した。すでに圏外になっている。

衛星電話で位置を確かめた。

「ダンが来たのはここだ。GPSの緯度と経度は同じだ」

カールの正面にトウヒの木がある。どこかで見た風景だ。

スマホを出して写真を表示した。

「ダンのパソコンにあった写真ね。トウヒの木とその背景。ダンはここで何を見つけたの」

カールとジェニファーは写真と見比べながら辺りを探した。

視野に入るのは雪と木々とその間から見える山々だけだ。

「こんな場所にマンモスが埋まっているとは思えない」

諦めかけたとき、ジェニファーが声を上げた。

「たしかに、誰かがこの辺りを通ってる。何週間も前じゃない。せいぜい数日」

指差す先に靴跡がある。雪で半分以上隠れているが、木の根の陰で残っているのだ。

二人はもう一度、写真を確認して周囲を探した。

「この岩と岩の隙間《すきま》、人が通れそうだ」

カールの眼前の岩に、半分雪で覆われた亀裂《きれつ》が見える。おそらく氷河で覆われていたところだろう。氷河が溶け出し、後退したことによって現れたのだ。

カールは懐中電灯を出して中をのぞいた。人がやっと入れるほどの細い亀裂が奥まで続いている。

「ダンがこの中にいると言うの」

「入って見なきゃ分からない」

カールはリュックを下ろして頭から隙間に入り込んだ。

数メートル這《は》うようにして進むと亀裂は広がり、立って歩けるほどになった。その亀裂は下へと続いている。

「待ってよ、私も行くから」

声と共にジェニファーが亀裂を這ってくる。

二人は洞窟《どうくつ》を降りて行った。

急に辺りが開けた。ライトを天井に向けたが光は届かない。

ジェニファーの目が固定されている。

カールはジェニファーの視線の先にライトを向けた。光が反射して青白く輝いている。氷の水源だ。

ジェニファーが強くカールの腕をつかんだ。もう一方の手で、悲鳴を抑え込むように口に手を当てた。その顔には驚愕《きょうがく》の表情があらわれている。

カールも平静さを保つのが精一杯だった。恐れ、畏敬《いけい》、そして驚きの感情が入り交じっている。

透明な氷の中には半裸の男女が閉じ込められている。ある者は身体を丸め、ある者は両手を広げ、抱き合っている男女もいた。子供を抱いている女性も多い。愛《いと》おしそうに腹を抱える妊婦もいる。数人で手を取り合っている者たちもいた。家族だろう。子供、若者、老人、年代も様々だった。おそらくその数は数十体。

懐中電灯の光が壁、水源に反射して洞窟全体を幻想的に輝かせている。

「何なの、これは。集団で死んでる」

「毛皮だ。彼らが身に付けているのは動物の毛皮。彼らは古代人だ」

男女とも髪は長く、男たちの多くは髭を生やしている。

「若者も多くいる。彼らは老衰で死んだんじゃない。ある時期にほとんど同時に死んでいる」

「それじゃあ――」

ジェニファーが途中で言葉を止めた。

カールの脳裏にシベリアのガスポルト社の敷地内で見たマンモスの墓場が浮かんだ。数十頭のマンモスが折り重なって、永久凍土の中に埋まっていた。マンモスたちはウイルスに冒され、全滅したのだ。そしてここでは、古代人たちが眠っている。彼らはやはり――。

ジェニファーの目も氷の下に眠る古代人たちに吸いついている。

「ダンはこれを見つけたの」

ジェニファーのかすれた声が聞こえた。

「おそらく……」

カールの口から呟くような声が漏れる。

凍った水源に近づこうとするジェニファーの腕をカールがつかんだ。

「彼らはパルウイルスに冒されている」

カールの口からかすれた声が漏れた。

「でも――彼らの身体はきれいなまま。顔の表情も穏やかに見える。発症前に死んでいる。ウイルスに冒されて死んだのなら――」

カールの脳裏にタルエント村で見た遺体が浮かんだ。ウイルスに細胞を破壊され、血にまみれ、やせ衰えていた。顔には恐怖と苦痛の跡があった。だが目の前の古代人たちは――。ジェニファーも同じ思いなのだろう。

「パルウイルスの宿主は人類だった。おそらくマンモスからヒトに感染した。最初は無毒だったが、ヒトの間で感染を繰り返しているうちに強毒化した」

カールは水源に目を落とした。氷の中には古代人たちが眠っている。パルウイルスはその体内に封じ込められた。そして永い眠りにつき、その復活を待っていたのだ。

「彼らの体内のパルウイルスが地上の村に現れて感染を広めたというの」

「この洞窟には僕たちが通ってきた穴以外にも外とのつながりがあるんだ。氷河期以来ふさがれていた道が、地球温暖化で氷河や永久凍土が溶けて再び通れるようになった。そこから入り込んだ小動物が水源から溶け出た水を飲んだ」

カールはシベリアで、マンモスが発見された永久凍土の側《そば》で死んでいたヘラジカを思い出していた。

「その小動物と村人が接触し、感染が広がった」

ジェニファーがカールに続けた。

「この森をロックダウンする。カナダとアメリカ、いや世界が協力してこの感染を封じ込める必要がある」

「致死率は高いけど、感染力はさほど強くないんでしょ」

「CDCの報告書を読んだだろ。先住民の村が全滅している。人の数と動きは止めることができない」

カールの脳裏にマンモスの群れが甦《よみがえ》ってくる。

ベーリング陸橋。はるか三万年前は、シベリアとアラスカはつながっていた。氷と雪で覆われた雪原。その中を草を求めて、マンモスの群れが歩いていく。それを追って古代人もベーリング陸橋を渡ったに違いない。

シベリアから東方を目指したマンモスの群れはアラスカにたどり着いた。そこで子孫を増やしていた。やがて氷河時代は終わりを遂げる。

マンモスの体内に宿っていたウイルスは変異を繰り返し、毒性が強くなり、マンモスを滅ぼすと同時に人類の祖先をも襲った。

「そのウイルスが三万年の時をへて甦った」

カールは懐中電灯で洞窟の中を照らした。

永久凍土の壁は光を受けて重厚な輝きを放っている。洞窟全体が巨大な棺《ひつぎ》のようにも見えた。

「ダンを探しているのね。この近くにいるはずなの」

「ここにたどり着いていればね。いや、彼は写真を送っている。彼は必ずここにいる」

カールはそう思った。ふと思ったことだが、確信となってカールの心に広がっていく。

水源の周りを、懐中電灯の光でダンを探してゆっくりと歩いた。

凍った水の中から古代人たちが、自分を見つめている錯覚に陥る。彼らが呼んでいる。カールの歩みが乱れた。

「気を付けて。足元がふらついている」

ジェニファーの声で我に返った。

ダン・ウェルチは水源の反対側の壁のくぼみにいた。岩の間に座り目を開けている。古代人たちを見つめている様に見えた。

ダンに触れようとしたカールの腕をジェニファーがつかんだ。

「ダンは――死んでいる」

「彼はパルウイルスに感染してるんじゃないの。だから死んだ」

違うと言って、ダンの右足を指した。ズボンが切り開かれて、ふくらはぎから骨が突きだしている。

「ケガをして動けなくなったんだ。洞窟で調査をしているときに、何かが起こり足を複雑骨折した。ここまで来たが、動けなくなった。多少の違いはあっても、そういうことだろう」

ダンは岩壁に身体をもたせかけ、膝に置いた手にはスマホが握られている。

カールはそのスマホを取った。ダンの指でスマホを立ち上げ、レコーダーの再生ボタンを押すとダンの声が流れ始めた。

〈気を失っていたんだ。すでに五時間もたっている。熱で火照っていた全身が冷えてきている。あれほど痛んでいた足の痛みは今はない。大地に抱かれている感じがする。私の身体の下には数十、いや数百人の古代人たちが眠っている。彼らはマンモスを追ってこの地に来た。しかし、この地に来たのは、マンモスだけではなかった。マンモスを宿主とし、共存しているウイルスも共に来たのだ。マンモスを狩り尽くす古代人を殺し、マンモスが滅びるのを救うためだったのかもしれない〉

ダンの声が洞窟にうつろに響いた。

〈こうしてここに座り、彼らを見ていると自分が三万年前の世界に来たように感じる。そしてある思いに取りつかれる。ここに眠る古代人たちは、自分たちがウイルスに感染していることを知り、他の古代人たちを救うためにここで死んでいったのかもしれない。そして、人類を破局に導くウイルスを封印した。しかし三万年後の現在、人類は自らの欲望に任せ地球を破壊しようとしている。古代人たちが自らを犠牲にして封じ込めたウイルスを再び解き放とうとしているのかもしれない。愚かな人類を救う必要があるのか。このままウイルスを放出して、地球を救うことが神が望んでいることなのかもしれない〉

ダンの思考と沈黙を感じる。ダンは闇《やみ》の中で呟きながら迫る死を受け入れようとしている。

〈あと少しで私も彼らの一人として、眠りにつくだろう。そして、いつの日か、誰かが私を見つけ——人類もあとわずかだ——疲れた。少し眠りたい〉

ダンの声が途切れ、しばらくしてスマホが切られた。

「彼は自分の死に場所にここを選んだ」

「ここにいる古代人はパルウイルスに感染しているのね。彼らは自分たちの行く末を知っていた。だから発症前にここに来て、自ら死ぬことを選んだ。それが感染していない仲間たちを護《まも》ることになった。しかし、人類もあとわずかだ、なんて」

カールは立ち上がり辺りを見回した。水滴で青みを帯びて光る洞窟の壁。その下のダークブルーの水源とその中で眠る古代人たち。カールの全身を悪寒に似たものが貫いた。

「パルウイルス。やっと意味が分かったよ。蒼ざめたウイルス。蒼ざめた馬なんだ」

カールはそう言うと、ポケットから出した紙にペイルウイルス、Ｐａｌｅｖｉｒｕｓと書いた。

ジェニファーに視線を送ると、ペイルとウイルスの間のｅを斜線で消した。

ペイルウイルスがパルウイルスに変わる。

「学生のころから言葉遊びが好きな奴だった。ペイルウイルスとパルウイルス。だがダンにとっては、パルウイルス。仲間だったんだ」

「何を言い出すのよ。ここにあるのはペイルウイルス。蒼ざめたウイルス、死のウイルス。パルウイルスなんかじゃない」

ジェニファーはそう言うと辺りを見回した。洞窟全体がダークブルーに染まり、幻想的な雰囲気を醸し出している。たしかにここにあるのは、深く神秘に満ちた蒼ざめた死だ。しかしそれは、ダンにとって希望の光だったのかも知れない。

「ダンはこのウイルスを自分の仲間だと思おうとしたんじゃないのか。ペイルウイルス、死のウイルスではなく、共に人間から地球を救うウイルス。パルウイルスだ」

カールはもう一度、パルウイルスと呟いてみた。不思議な響きが洞窟に木霊し、染み入るように返ってくる。

ジェニファーがカールに身体を寄せてきた。その身体は細かく震えている。

蒼ざめた馬は「ヨハネの黙示録」に登場する。蒼ざめた馬、ペイルホースに乗った騎士は「死」を象徴する。蒼ざめたウイルス、ペイルウイルスも、やはり死を象徴している。ペイルウイルスに取りつかれた者は死へといざなわれる。

「ダンはペイルウイルス、つまりパルウイルスを追って、チャディーズまで来た。そして、この洞窟を見つけた」

「なぜ、今まで見つからなかったの。こんな近くにあるのに」

「永久凍土の下だ。さらに氷河に覆われ、地下深くに埋もれていたんだ。それが最近の異常気象で入り口を覆っていた氷河と雪が溶けだし、洞窟の入り口が現れた」

「今までも、感染者は出たんでしょ」

「他に出入り口があるのか、同様な太古の洞窟が別のところにもあるのかもしれない。それが、地球温暖化で徐々に解き放たれて、三万年の年月を経て二十一世紀の世界に再度出現した。たまたまそれに出会った先住民が感染して、ウイルスと共に村に帰った」

　話しながらカールの脳裏にゆっくりと雪原を歩くマンモスの群れがよぎった。その群れを古代人の集団が追っていく。

「マンモスがアラスカに来て、何百年も、何千年も時間は流れていった。マンモスを宿主としていたウイルスがマンモスから古代人に感染するうちに変異を繰り返し、強毒化した」

　カールの声が洞窟内に不気味に響いている。

「それが蒼ざめたウイルス、パルウイルスだ」

「そして、古代人は全滅した」

　ジェニファーが続ける。カールは軽い息を吐いた。

「いや、全滅はしなかった。生き残った古代人もいる。だから我々が存在する」

　ある時代、仲間たちが次々に死んでいった。彼らはウイルスの存在は知らなかったが、本能的に分かったに違いない。仲間の死の原因は自分たちの内にあると。だから仲間から離れ、この洞窟に来た。そして自らを封じ込めた。

二人は長い間、無言で水源を見ていた。水源の中からも古代人が二人の方を見ている錯覚に陥っていく。

「このまま放《ほう》っておくとどうなるの」

「地球温暖化は続き、水源の氷が溶けて古代人が現れる。彼らはパルウイルスに感染している。彼らを閉じ込めていた水は地下水となって流れ出る。その水は川に合流する。それを動物たちが飲み、人間が飲む。あるいは、野生の動物が洞窟に入り込み、古代人を食べるかもしれない。その動物を人間が食べる。ウイルスはいずれ人間社会に現れる。いや、すでに現れている」

「このままだと人類は滅亡する」

ジェニファーの声が聞こえる。

カールはCDCが送ってきた感染のシミュレーションを思い浮かべた。

「私たちはどうすればいいの」

「ダンはそれを止めようとしていたはずだ」

「ダンは目的を達したのかしら。パルウイルスを封じ込める」

ジェニファーが我に返ったように言った。

カールは立ち上がり、辺りを見回した。

カールの頭にはアンカレジでの倉庫の爆発炎上の光景が浮かんでいた。あれはダンがやったのだ。マンモスの体内にいるウイルスを広めないために。ダンは人間を救おうとしていた。

「ダンはここに何をしに来たんだ」

呟くように言う。ジェニファーも辺りを見ている。

「ダンはこの洞窟を再び埋めに来たんだ。ダンが残したものは何かないか」

カールの懐中電灯の光が洞窟の壁をなぞっていく。

5

懐中電灯の光の中に壁と水源が蒼く光っている。カールはゆっくりと見回していく。

自分の考えを整理するように呟き始めた。

「ダンはこの場所を見つけた。この辺りは何万年もの間、氷河の下にあったんだ。洞窟の入り口も氷河で埋まっていたはずだ。その氷河が溶け、ゆっくりと山を下って行った。ウイルスと一緒にね」

「そして、洞窟の入り口が現れた」

ジェニファーがカールの言葉を続ける。

カールは再度、ダンの周りに光を当てた。岩の隙間を探っていく。光の動きが止まった。

岩の隙間に身体を近づけると、スマホ大の金属の箱が挟まっているのが見えた。

腕を入れてその箱を取り出した。

「爆薬の起爆装置だ」

カールは再び辺りを見回した。

ゆっくりと懐中電灯の光を洞窟内に当てていく。凍土の壁が巨大な恐竜の皮膚のようになまめかしく光っている。

「これじゃ分からない。広すぎる」

カールはダンを見た。彼の視線の先には何があるのだ。

ダンの身体の方向に目を向け、懐中電灯の光を上下に移動させた。

岩のくぼみに人の頭ほどのナイロン袋が置いてある。

カールは袋のところに行った。三本のダイナマイトと点火装置のようなものがある。

「これで洞窟を爆破するつもりだったのね。自分と古代人たちを永久に閉じ込めるために」

ジェニファーの声がうつろに響いた。

「でも、たとえこの洞窟を爆破して外との接触を断って、小動物の侵入を阻止しても、地球温暖化により古代人が眠っている水源の氷は解け、ウイルスは地下水に交じり地表に現れる」

「それにはまだ時間がかかる。ダンは私たちに時間をくれた。人類が賢ければ、地球温暖化は止まり、パルウイルスはそのまま封じ込められる」

カールは洞窟内に光を当てていった。光の輪の中に永久凍土の壁が浮かび上がる。

「爆薬は他にもあるはずだ」

注意して探すとさらに二つの袋に入ったダイナマイトと点火装置があった。

「ダンはスイッチを押すつもりだったの。でも、押せなかった」

ジェニファーの声が聞こえたが、カールは答えることができなかった。

二人はダンの横に座り込んだ。無言で蒼い光の中の古代人を見ていた。静寂が二人を包み、お互いの鼓動の音が聞こえそうだった。時間だけが過ぎていく。

カールは再度スマホのボイスメモのスイッチを入れた。

しばらく沈黙が続いた後、ダンは話し始めた。

〈三年ほど前、僕はアメリカ国内の僻地《へきち》のコロナの広がりを調べていた。その時、アラスカの先住民の村に流行《はや》る伝染病があることを知った。コロナとは違う。むしろエボラ出血熱に似ている。その病を調べていると、一人の感染者から、この洞窟について聞くことができた。しかし、彼も翌日には死んでしまった。彼は救世主たちが住む洞窟と言っていた。救世主たち――。僕は初め、彼の話が信じられなかった。しかし、コロナウイルスが世界にまん延し、人々が死んでいく様を見ていると、人の命のはかなさ、人知を超えた力を感じざるを得なかった。朝、普通に話していた者が夜には呼吸困難になり、翌朝には死んでいる。こうした状況が世界に広がり、数億人が感染し、数百万人が死んでいった。これらは一個のウイルスがわずか数日の内に世界に広がり、起こった結果なのだ〉

ダンの声が途切れた。低い呻《うめ》きのような声が聞こえる。泣いているのかも知れなかった。

〈僕は新しいウイルスを必死で探した。彼の言葉に従って、チャガック国立森林公園をひと月以上探し続けて、やっとここにたどり着いた。しかし、ここは古代人の墓場だった。だったらなぜ、彼は救世主と呼んだのか。僕は考えた。眠る古代人たちは自らの感染を知り、自分たちの意思でここにきたのではないだろうか。仲間たち、他の古代人たちを護るために。感染した自らを隔離したのだ。しかし現代人は愚かだった。自分たち自身で、滅びようとしている。自分たちの行いで太古のウイルスを復活させようとしている。

音のない洞窟の中に、ダンの息遣いだけが聞こえている。

やがて、切れぎれのダンの呟きがカールたちに語りかけるように、再度響き始めた。

〈全身が熱に包まれているようだ。周囲の温度は氷点下なのに。これは、神の情けなのか。私の下に眠っている、古代人たちもやはり、私のように穏やかに眠りについていったのか。彼らの――〉

沈黙が続いた。

「録音が切れている。ここで、力尽きたんだ。そして、眠りについた」

「結局、ダンはスイッチを押さなかった。いや、押せなかったのでしょうね」

ジェニファーがカールの手を握った。

「それとも、誰かに後を託した。ダンは自分ができなくなった時、あなたに託そうと考えたのよ。だからあらかじめパルウイルスをあなたに送った」

「僕にはムリだ。押せば人類の歴史を破壊することになる」

「押さなければ、人類そのものを破壊することになるかもしれない。人類は愚か。今までの多くの戦争が物語ってる。そして、地球温暖化、環境汚染は止まりそうにない。自分たち自身で滅びようとしている」

ジェニファーの手に力が入った。

「過去の歴史なんて、何の意味があるのよ。私たちは未来を見て生きていければいい」

「きみはスイッチを押せと言っているのか」

「他に人間を救う方法があるの。私はあなたに従う」

カールは深く息を吐いた。自分は、どうすべきか。

「軍がウイルスを手に入れようとしているのは確かなのか」

「ありうることね。使い道は色々ある。ナショナルバイオ社もウイルスを探してるんでしょ」

「生物兵器だ」

不気味な単語の響きが洞窟内にこだました。

「ダンはそれを恐れたのか。だから一人で始末をしようとした」

「彼は自分ができないときのために、あなたにそれを託した」

「ダンは何を望んでいたんだ」

カールは自問するように呟いた。脳裏にアンカレジの倉庫の爆発と炎上の光景が浮かんだ。

「すべてを燃やそうとした。灰にして消し去るべきだと。いや、未来にこの歴史を託したのではないか。古代人は仲間を救うために、自らこの地に赴き死んでいった」

「スイッチを押せばどうなるの」

カールは改めて辺りを見回した。洞窟の至る所に爆薬が仕掛けられている。

「天井が崩れ、すべてが洞窟ごと埋まってしまう」

「ダンはあなたにそれをしてもらいたかった。次のパンデミックから人類を救いチャンスを与えようとした」

「すでにCDCはパルウイルスを持っている」

「最高レベルで管理して研究すればいい。天然痘《てんねんとう》ウイルスと同じ。軍には渡さない。ワクチンを作り、治療薬を開発する。ダンはすべてを受け入れたうえで最後の決定をあなたに託した」

ジェニファーの声がダンの声となってカールの精神に響いてくる。

そうかもしれない。人類がもっと賢く、謙虚になった時、自分たちのルーツを知り、滅びていったマンモスや古代人たちを知り、さらなる未来を築くことができるようにと。

カールはダンのスマホをポケットに入れ、起爆装置を持って立ち上がった。

立ち上がろうとするジェニファーの身体が揺らいだ。カールが腕をつかみ、滑り落ちるのを防いだ。バランスを崩したカールはジェニファーの腕をつかんだままダンの上に倒れた。

6

カールはジェニファーを連れて、洞窟の入り口に移動した。

二人は立ち止まり、再度洞窟内を眺めた。正面に二人を見つめるダンの姿が見える。

カールはスイッチを押した。

爆発音と共に数カ所の壁が崩れ落ちた。

やがて静かな振動が伝わってくる。それは振幅と響きを増して、カールとジェニファーを包み込んだ。

カールは呆然《ぼうぜん》と大地の変化を見つめていた。洞窟の壁が押し寄せるように中央に迫り、天井が落下してくる。

「逃げましょ。行くのよ」

ジェニファーがカールの腕を強く引いた。我に返ったカールはジェニファーをかばうようにして走り出した。

二人は出口を目指して必死で走った。腹に響く地響きが追いかけてくる。

「出口だ」

前方にかすかな明かりが見える。

背中に空気の振動を感じる。それはジェニファーも同じらしく、必死で走っている。

爆風を全身に感じた。無意識の内にカールはジェニファーを抱きしめていた。身体が浮き上がり、壁に叩き付けられる。右足首が激しく痛んだ。その上を土砂が埋めていく。

「先に行け」

カールは倒れたまま、ジェニファーの身体を岩の亀裂に押し込んだ。ジェニファーが外に出たのを見届けて、土砂から這い出してジェニファーの後を追った。小さな光がすぐに大きく広がる。

二人が崖の割れ目から飛び出すと同時に、亀裂から砕けた土砂が噴き出してくる。その大量の土砂は、一瞬で亀裂を埋めていく。

カールはジェニファーの上に覆いかぶさった。二人の上に土砂と雪が降り注いだ。

「私たち、助かったのよね」

「まだだ、できるだけ遠くに走れ」

轟音とともに、亀裂のあった辺りに土砂と雪がなだれ落ちてくる。

二人は立ち上がり雪の中を懸命に走った。

しばらくして振り返ると、入り口のあったあたりは崖の形が変わり、土砂と雪で覆われていた。

洞窟に入る数時間前からの吹雪は、ますます強くなっている。吹き付ける雪が洞窟の入り口があった辺りを見る間に覆っていく。


カールとジェニファーは森の中を歩き始めた。

カールが遅れ始めている。

「あなたおかしい。足を見せて」

「どうもしない。先を急ごう」

近づいたジェニファーをカールは腕で払った。

歩き出したカールがよろめいて、雪の中に倒れた。立とうとして足首に力を入れると激痛が走る。

ジェニファーが腕をつかみ、ひきずるようにして木の陰に連れて行った。多少は雪よけになる。

足首を見ると内出血で紫色に変色して腫《は》れている。

「捻挫《ねんざ》してる。爆風から私をかばったときね。岩に当たって」

「助けを呼んだ方がいい」

カールは衛星電話を出した。真ん中が大きくくぼんでいる。洞窟の壁に叩き付けられたとき岩に当たったのだ。

「先に進もう。雪は激しくなるし、陽が沈む」

「五キロほど行けば監視小屋があるはず。そこまで行けば、スマホが使えるかもしれない」

カールは立ち上がって、歩こうとしてよろめいた。ジェニファーが腕をつかんで倒れるのを防いだ。

「大丈夫だ。先に行ってくれ」

ジェニファーはカールの言葉を無視して、無理矢理カールに肩につかまらせて歩いた。

一時間ほど歩いて、ジェニファーが立ち止まった。

目の前が開け、湖になっている。対岸に小さな小屋が見える。あれが地図にあった監視小屋だ。

「湖を歩けば小屋まで一キロほど。湖に沿って回り道をすれば五キロだ」

「湖を回りましょ。歩けなくなれば私が背負う」

ジェニファーが迷いなく言った。

「突っ切ろう。雪がますます激しくなる」

「マーサが言ってた。今年は暖冬だって」

「これが暖冬か。僕は凍えそうだ。きみ一人だったら、迷わず湖を渡るはずだ」

カールはリュックからロープを出してジェニファーに渡した。

二人はロープでお互いの身体を縛り、数メートルの距離を取って慎重に氷上を歩き始めた。

湖の上に出ると風が強くなった。つま先に力を入れて足を踏み出していく。そのたびにカールの足首に激痛が走った。三十分近くかけて湖の半分以上を進んだ。カールの息が荒くなった。

立ち止まって身体を起こした時、足元でかすかだが鋭い音がした。氷が砕け、身体が湖に吸い込まれる。

カール、私につかまって。ジェニファーの声が聞こえたが、身体が水中に引き込まれていく。必死で両腕で水をかいた。身体が浮き上がり、伸ばした腕で氷をつかんだが氷が割れ、再び水中に引き込まれる。思いっきり水を蹴った。頭が水の上に出た。リュックのひもをつかまれた。〈腕に力を入れて、氷の上に上がるのよ〉頭の中に声が響く。カールは全身の力を込めて、氷の上に這い上がった。

それからのことはよく覚えていない。〈しっかりロープをつかんで〉〈放しちゃダメよ〉〈目を開けてしっかり息をするのよ〉無意識のうちに声に従っていた。

氷の上をロープで引きずられていく。

湖を渡ると、身体を支えられて小屋まで歩いた。吹き付ける雪と寒さでほとんど意識はない。

「早く服を脱いで。凍え死んでしまう」

ジェニファーが大声でしゃべりながらストーブを点けている。カールの服を脱がして、小屋にあった毛布でくるんで寝袋にいれた。

カールの震えは止まらなかった。身体に感触はなく、意識も混濁している。

闇が広がっている。深くて濃い闇だ。その中から無数の手が伸びて、カールの身体をつかもうとする。手から逃れようと必死で声を出し、身体を動かした。闇の中に引き込まれようとしたとき、強い力で引き戻された。

ジェニファーが身体をこすって温めようとしている。生きるんだ。何としても生きたい。カールは朦朧《もうろう》とした意識の中で考えていた。

「眠っちゃダメよ。このまま死んだりしちゃ、承知しないから」

ジェニファーの声が遠くに聞こえる。意識が遠くなるのが分かった。震えが収まらない。

カールの身体を摩擦していたジェニファーが立ち上がった。側にいてくれ。僕から離れないでくれ。切れぎれの意識の中で叫んでいた。

温かい身体がカールによりそった。柔らかい人肌がカールを包んでいる。冷え切った体内に体温が染み込んでくる。震えが徐々に引いていく。次第に気分が落ち着いてきた。

やがて、眠りに引き込まれていった。何年かぶりに感じる心地よい眠りだった。


「少し楽になったみたいね」

カールが目を開けると、目の前にジェニファーの顔があった。

あれほど重く氷のように硬かった身体が体温を取り戻し、軽く柔らかくなっている。

「僕から離れた方がいい」

カールは思い出したように言った。

「ダンの傷口に触れた」

「私が滑り落ちるのを止めてくれたときね。触れたんじゃないでしょ。骨が刺さったのね」

ジェニファーがカールの手をとった。手のひらに一センチほどの傷があり、血が固まっている。

「感染していても、一日は症状が出ない」

「何を言ってるの。今さら遅いでしょ」

強い力でカールは抱きしめられた。

「正直、どうでもよくなってきた。私たちは精一杯やった。あとは神さまの領域。なるようにしかならない。ねえ、そう考えると色んな事が楽になるでしょ」

ジェニファーが笑っている。今まで見たことのない笑顔だ。

窓を見ると吹き付ける風と雪で細かく震えている。唸《うな》るような響きは風の音か。

「携帯は?」

「まだ通じない。でもしばらくはこのままでいたい」

ジェニファーが欠伸《あくび》をして目を閉じた。

カールはジェニファーを見ていた。薄い光の中のジェニファーは美しかった。柔らかく優しい体温が全身に伝わってくる。今まで感じたことのない感情が沸き起こってくる。いや、感じてはいた。心の奥に封じ込めていただけなのかもしれない。カールはそっとジェニファーを抱きしめた。

　いつの間にか眠っていた。


　次にカールが目覚めたとき、ジェニファーの姿はなかった。

　慌てて起き上がると、ストーブで湯を沸かしている。

「やっと目が覚めたの。トータル十時間近く眠ったことになる。少しは元気が出たみたいね」

　ジェニファーがカールに向かって笑いかけている。

「これを飲んで。温かいスープ。もっと元気が出るから」

　ジェニファーがカールの身体を支えてカップを口に当てる。

「あまり僕に近づくな。感染しているかもしれない」

「ダンは感染していないかもしれない。あなたが言ったのよ。それにもう遅い」

　カールの脳裏に洞窟を出てからのことが甦ってくる。小屋にたどり着いてからも、意識は混濁していて記憶は定かではないが、さほど悪いものではない。いや、歓迎すべきものだったような気がする。

　小屋にはストーブの燃料と数日分の食料が保存されていた。

　吹雪はまだおさまりそうにない。

　カールは何年かぶりにゆったりした気分だった。ジェニファーも同じらしく、仕事の話はしない。今、自分たちにできることは何もない。

翌日の午後になってスマホが通じた。

「足を捻挫しているけど、命に別状はありません。天候が良くなったら救助をお願いします」

ジェニファーは救助要請をして位置情報を知らせた。

「ここでしばらくゆっくりしたい。救助はもう二、三日後で良かった」

「私もそう思う。でもあなたの思い通りになりそう」

二人は窓を見た。雪はやや小降りになってきたが、風はまだおさまりそうにない。

落ち着くと山に入ってからのことが夢のように断片的に脳裏を横切った。

谷の壁に開いた洞窟の入り口。細い通路と凍土の壁。地底に広がる洞窟と凍った水源。その中に閉じ込められた古代人。懐中電灯の明かりに蒼く幻想的に輝いていた。そしてパルウイルス。数頭のケナガマンモスの群れが、ベーリング陸橋を渡ってくる姿が浮かんだ。その後を古代人たちが追ってくる。

やがて時がたち、マンモスは絶滅の道をたどった。古代人も新たな農耕生活を手に入れたが、パルウイルスによって絶滅の危機に遭遇した。だが我々は生き残っている。古代人たちはあの洞窟で自らを犠牲にするという究極の隔離を行ったのか。

パルウイルスは永久凍土と氷河によって閉じ込められたが、人間の引き起こした地球温暖化で再び目覚めることとなった。ダンはそれを阻止しようとした。

「もう大丈夫そうね。あれから二日がすぎた」

ジェニファーはカールのパルウイルス感染について言っているのだ。

カールは頷いた。

「やはりダンは感染してなかった。あの地を自分の死に場所に選んだんだ。あの古代人たちとともに」

「終わったのね」

ジェニファーの呟くような声が聞こえた。

「いや、始まりかもしれない」

無意識のうちに出た言葉だった。

「歴史はつながっているということね」

「時間の流れとしての歴史はね。でも、人類の歴史はどこかで途切れてもおかしくはない。むしろ、その方が自然なのかもしれない。過去にも何度かあったのかもしれない。氷河時代の到来、巨大隕石の衝突、巨大太陽フレア。そして、地球温暖化だ。生命の歴史の中で、多くの生物種が絶滅して、異なる生物が生まれ繁栄した。しかし、ある種は衰え、ある種は消えていった。おそらく消えていった種の方がはるかに多い。その消えていった種に人類がいても不思議ではない。すべての生命は生き残るために全力を尽くしているのだから」

ウイルスさえも例外ではない。カールは声には出さず呟いた。

「あの古代人たちは、感染していない古代人たちを護るために、自らあの水源の中に閉じ籠《こも》った。あなたやダンはそう言いたいんでしょ」

「少なくともダンはそう考えていたと思う。シベリアのマンモスの墓場もそうなのかもしれない。種が生き残るための行動だ。でも、ダンによって再びあの古代人たちは永久凍土の洞窟の中で眠りについた」

「ダンは警鐘のためにあなたにパルウイルスを送ったというの」

「分からない。でも、そう信じたい。ダンは人類を守ろうとしたんだ。決して、滅ぼそうとしたんじゃない」

ダンは起爆スイッチを押さなかった。いや、押せなかったのだ。誰かに自分の遺志を継いでもらいたい。そう、願って押せなかったのかもしれない。

「これからも地球温暖化は進んでいく。それにつれて、永久凍土が解け出し、北極海の氷が解ける。南極の氷が解けて、南極大陸がむき出しになる。そうした状況は新しいウイルスやバクテリアを目覚めさせることになる。すべて、人間の身勝手が引き起こすことだ。お互いに殺し合い、傷つけ合うのは人間だけということだ」

「ダンはいつからパルウイルスについて知っていたのかしら」

「僕にも分からない。ただ、アンカレジのマンモスを爆破し、燃やしたのはダンだ。ダンのカレンダーに印が付いていた。あの日、ダンはアンカレジにいた」

「サンバレーのマンモスはどうなの。まだ冷凍保管されている」

「あの時点でダンは、サンバレーのマンモスのウイルスはパルウイルスではないと気付いていた。だからより脅威となるパルウイルスを僕に送ってきた。彼なりのメッセージではなかったのか。

何とかしてほしいと」

「あなたはダンが自分自身ができなかった時の保険だったということ」

「よそう。僕たちには、どれだけかは分からないが、時間が与えられた。もっと賢く、優しく、柔軟になれば生き残ることができるかもしれない」

カールは窓を見た。

陽が差してきた。いつの間にか雪と風が止《や》んでいる。

カールとジェニファーは小屋の外に出た。

寒気が二人を包んだ。ジェニファーがカールに身体を寄せてくる。優しい体温を感じ、カールはジェニファーの身体を抱き寄せた。

小屋の前の湖が陽の光を浴びてさざめくように輝いている。その向こうにはチャガック国立森林公園の森が続いている。そしてその地下には――。

遠くからヘリの音が聞こえてくる。

カールとジェニファーは空を見上げた。青い空の中に小さな点のようなヘリが見えた。

エピローグ

カールは空を見上げた。

青く、どこまでも青く晴れ渡っている。その中のオレンジ色の輝きがまぶしい。

地上で何が起ころうとも意に介せぬと、この青空は太陽の光を受け入れている。コロナ禍の間は、空の青さ、太陽の輝きなど目に入らなかった。頭にあったのは感染者の恐怖と絶望、家族の嘆きと懇願、直径百ナノメートルの無慈悲なコロナウイルスだけだ。

カールはジェニファーと一緒にニューヨーク郊外の墓地に来ていた。両親の墓参りのためだ。

「前に来たのはいつなの。まさか、お母さんが亡くなって初めてというんじゃないでしょうね」

「そうなるのかな」

カールが他人事《ひとごと》のように言う。墓地の前までは何度か来た。しかし、入れなかったのだ。両親の前で何を語り、何を祈ればいいか分からなかった。

「いいものでしょ、お墓参りも。心が穏やかになり落ち着く」

「反対はしない。マンモスと古代人の墓場を見てきた後だから」

「ほんとにイヤな人ね。笑えない冗談。ところで、ダンの親戚《しんせき》は分かったの」

ニューヨークに帰ってダンの肉親を調べたが、両親は二人ともパンデミックの初期に、コロナで亡くなっていた。

「驚いたね。だから、ウイルスに対して敵対心というか執着心というか、憎しみを持っていたんだ」

「分かりやすいわね。ウイルスに恨みを持っていた。だから、一人でも徹底的に戦った。あなたたち、似たところがある」

ジェニファーは言葉には出したが、全面的には納得していないようだった。カールも同じ気分だった。ダンが考えていたのはもっと深く、遠い未来を見据えたものだったのだろう。

「勝ったんだろうな、人類が。今のところは、どのウイルスも封じ込めている」

カールはぽつりと言った。「だが、彼らは復活を狙《ねら》っている」という言葉を呑《の》み込んだ。

ウイルスと人類。ダンは同じようなものだと言っていた。どちらも、生き残りたいという生物の本能をむき出しにしていると、ダンは感じ取っていた。ダンにとっては、ウイルスも人と同じ生命体なのだ。

現在、CDCはアラスカ州に注意を払っている。特に先住民の村の情報には神経をとがらせていると、ジェニファーから聞いている。彼女の進言によるものだろう。

カールも何人かの政府の要人に会って、経過について話すことになっている。

「CDCには何も言わなかったのか。核心については」

カールはジェニファーに聞いた。詳しい報告書が求められたはずだ。

「言いようがないでしょ。三万年前、遥《はる》かシベリアからベーリング陸橋を渡ってアラスカまでやって来たマンモス。それを追ってきた古代人。その古代人はマンモスを宿主とするウイルスによって滅ぼされるはずだった。それを救った蒼《あお》い水源に眠る古代人。誰《だれ》が信じると言うの。ダンについても同じ。ただ、人類を滅ぼすほど強い感染力と致死率を持つウイルスの存在はCDCも政府も認識した。パルウイルスの存在によってね。今後の計画に生かされるはず」

ジェニファーが提出した報告書には、ダンと古代人の部分が抜けていたのだ。

パルウイルスが軍に利用されるのを恐れたのか。ただ、未知なるウイルスの存在には詳しく触れていた。

「マンモスからエボラウイルスに似た強毒性のウイルスが発見され、そのウイルスはアラスカの村で発生した伝染病と大きく関《かか》わりがある。これで十分じゃないの」

サンバレーのウイルス２についてはスティーブ・ハントが詳しく書いている。

これらのウイルスはCDC本部のあるアトランタの研究所に運ばれ、保管され、詳しく調べられている。

「地球温暖化と永久凍土の崩壊も入れたんだろうな」

ジェニファーはタブレットを出して立ち上げた。

「このまま温暖化が進むと、新たな人類の危機がやってくる。異常気象や海面上昇、氷河の後退や永久凍土の凍解ばかりではなく、氷河や凍土の中に封じ込まれているウイルスやバクテリアが活性化されて、地表に出てくる可能性がある。もし、感染力が強く、致死率が高ければ、人類存亡の脅威になる。私たちはコロナウイルスによって、十分な教訓を得て、学んだ。だがコロナウイルスによるパンデミックは、ウイルスとの戦いの序章にすぎない」

ジェニファーは読み上げると、タブレットをしまってカールを見た。

カールは墓に視線を向けた。長い時間、無言で墓石に刻まれた両親の名前を見ていた。

二人は並んで歩き始めた。

墓地を出て通りを渡り、アメリカハナミズキの下にあるベンチに腰を下ろした。肌寒い風がなぜか心地よく感じられた。

ジェニファーが心持ち身体《からだ》をカールの方に寄せてくる。

「どうしてここに来る気になったの。あんなに嫌がっていたのに。それもあなたの方から私を誘うなんて。私には正直に話して」

カールはポケットから折り畳んだ数枚の用紙を取り出した。

「三日前に来たダンからのメールだ」

ジェニファーが何を言ってるの、という視線を向けてくる。

「僕のパソコンに入っていた。ダンはこのメールを書いて、自動的に送信されるようにセットしていたんだ」

カールはその用紙をジェニファーに差し出した。

「私が読んでもいいの」

「きみにはその権利がある」

ジェニファーは戸惑いながらも声に出して読み始めた。

〈今日が何の日か、カール、きみは覚えていないだろう。おそらく覚えていないだろう。僕ときみが初めて出会った日だ。そして、ルームメートになろうとお互いに決めた日だ〉

ジェニファーが用紙から目を外してカールを見た。

「あなたは覚えてたの」

「ダンが覚えていたとは意外だった。少し感動したよ」

ジェニファーは頷《うなず》いて再び用紙に視線を戻した。

〈この手紙を読んでいるということは、僕はもうこの世界にはいないということなんだろう。そしてきみは、様々なことをうまく切り抜けたんだと思う。おめでとう〉

「ちょっと待ってよ。これを書いたのはいつなの」

「日付は書いてないが、そんなことはどうでもいい。先を読んでくれ」

カールの脳裏にあの洞窟の岩陰に、古代人たちを見守るように座っていたダンの姿が浮かんだ。

〈僕はコロナウイルスなどには興味はない。アメリカで、世界で何十億人が感染して、何億人死のうと関心はない。それは自業自得というものだ。これだけ自然を破壊し、大海と大気を汚染し、大地からその細胞である鉱物を盗み取っていく。何億種という生物種を発展と開発という名のもとに、絶滅へと追いやった。この人間が滅んでも、何の痛みも感じない。いやこの地球と、そこに生きる生物にとっては喜ばしいことだ。しかし、この地球の僻地《へきち》でひっそりと暮らしている先住民が、このウイルスに蝕《むしば》まれていくのには耐えられない。彼らにどんな罪があるというのだ〉

「だめ。私にはとても読めない。ダンの考えにはついて行けない」

ジェニファーが用紙をカールに返した。コロナウイルスと戦って、多くの犠牲者を見てきた彼女には、ダンの言葉こそ人間の驕《おご》りなのだろう。

「ダンが僕たち人類に宛《あ》てたメッセージだ。彼は自分の命を犠牲にしてパルウイルスを封じ込めたんだ。きみはダンの言葉を聞かなければならない」

カールは用紙を取ると、ジェニファーの代わりに読み始めた。ジェニファーは無言で聞いている。

〈僕はアラスカの僻地の先住民の村を訪ねた。コロナの広がりと、コロナ禍での彼らの生活が知りたかったんだ。コロナ・パンデミックが起こった翌年、その実態の幾ばくかを知るためにアラスカの地に行った。そこでは先住民のいくつかの村を回った。最果ての地での彼らの生活は、およそコロナとは無縁だった。僕が尋ねるとおおむね歓迎してくれた。素朴な夕食を囲んで、先住民たちは多くを語ってくれた。だが僕の興味を誘ったのは、コロナがはやる前にすでに全滅した村がいくつかあるという話だった。州も政府も気にも留めなかったらしいけどね。僕はその村を訪ねた。すでに廃墟《はいきょ》となった村だ。言葉通り人は誰もいない。しかし、墓地はある。墓石を見ていった。最も新しいもので二〇一八年。コロナが流行する二年前だ。その年の墓標は四十以上。人口五十人ほどの村なのに。僕は墓を掘り返し、肉片のサンプルを取った〉

ジェニファーの深いため息が聞こえた。

〈僕たちの組織、グレート・ネイチャーには第一線の科学者も多い。僕はシカゴの仲間が所属する大学で、Ｐ３ラボを借りて採取してきた肉片を調べた。そこであるウイルスを発見した。最初はエボラウイルスかと思った。しかし、大きさは倍近くあった。三つ目の蒼ざめたウイルスだった。電子顕微鏡写真を撮り、遺伝子解析を行った。驚いたね。遺伝子解析からの推測では、コロナウイルスどころではなかった。おそらく感染力、致死率共に遥かに危険なものだ。蒼い巨大なウイルス。僕はパルウイルスと名付けた。僕は何としても、パルウイルスの宿主を見つけなければと決心した。そして、アラスカの先住民の歴史と感染症について調べた。そのうちに、シベリアでも同じように先住民の村が消えていることを発見した。地球温暖化については調べていたので、永久凍土の融解とも関係あるのじゃないかと思い始めた。シベリアにも行かなくてはと思っていた。ちょうどそのころ、ニックがシベリアでマンモスを探していることを知った。それで、僕も彼のチームに参加することにした〉

「やはり気になる。この手紙が書かれた時期。どこかに書いてないの」

ジェニファーが用紙を覗《のぞ》き込んでくる。

「おそらくひと月ほど前だ。ダンがパルウイルスの宿主の目処《めど》が着いた頃に書いたのだろう。もし自分の身に何かが起こったら、と思ったのだ。でも、書いてあることは二〇二一年の出来事。コロナ禍の真っ最中だ。世界がロックアウトしているとき、ダンはアラスカに行ってる。コロナウイルスを追ってね。そしてシベリアに向かった」

「そして、ついにマンモスを発見した、というわけね」

カールは頷くと用紙に目を移し、読み進めていった。

〈シベリアには何度か足を運んだ。そこで二頭のマンモスに出会ったんだ。僕はニックに内緒でマンモスの肉片を採取して、調べた。そして二種類のウイルスを発見した。危険なウイルスであることは分かった。でも、パルウイルスほどじゃない〉

「ニューヨークとサンバレーのウイルス1とウイルス2だ。ダンはすでに二つのウイルスを知っていたんだ」

〈アンカレジできみを見かけたときは驚いたよ。しかも、ナショナルバイオ社の者と一緒だった。僕は港のマンモスが保管されている倉庫を爆破し燃やすために、アンカレジに戻っていたんだ。そして成功した。次にサンバレーのマンモスも燃やすつもりだった。でも、きみとジェニファーを見て、少し待ってみようという気になった。彼女はＣＤＣのメディカルオフィサーなんだろう。テレビで見たよ。きみたちがサンバレーに行くことは分かっていた〉

「私たちが倉庫の火事を見ていた時に、ダンは私たちを見ていたのね」

「もっと早く気付くべきだった」

〈期待してた通り、きみはサンバレーでのパンデミックを食い止めた。さすがだと感心したね。それで、サンバレーのマンモスはきみらに任せることにした。政府もコロナの終息に浮かれている場合ではないと思い知っただろう。人類は、もっと危険なウイルスの恐怖にさらされている。それを警告するために、僕はパルウイルスをきみに送った。期待通り、きみはパルウイルスに興味を持った〉

ジェニファーの息遣いが聞こえる。ＣＤＣのメディカルオフィサーとしては耳の痛い話だろう。

〈僕の知る限り、パルウイルスは最強、最悪のウイルスだ。こんなウイルスが広まったら、ましてや悪意のある人物や組織の手に渡ったら。僕はウイルスの宿主を見つけようと思った。宿主を見つけ根絶しない限り、いくら感染を抑えこんでも、ウイルスは必ずいつか復活するからね。ひょっとして、さらに凶暴なウイルスとなって。マンモス由来であることは分かっていた。マンモスの移動を調べたが分からない。それで、初心に戻ることにした。最初に話を聞いたアラスカの先住民の村に〉

「メールはここで切れている。おそらく、このメールはチャディーズのゲストハウスで書いたんだ。そして、ダンはあの洞窟に行った」

ジェニファーは無言で聞いている。

カールの脳裏に蒼い水に満たされた水源とその中で眠る古代人の姿が浮かんだ。ジェニファーも洞窟のことを考えているらしく、呆然《ぼうぜん》とした顔をしている。

「ダンは本当は人間を愛していたんだ。生き残ってほしいと願っている。だから我々に現実を伝え、時間をくれた。自らの行為で滅びるのではなく、もっと賢くなって生き残れと」

無言だったジェニファーがカールに視線を向けた。

「あの洞窟《どうくつ》の奥に眠る古代人はいつの日か、人間に掘り出されることがあるのかしら」

カールは凍った蒼い水源の中で眠っているように横たわり、お互いに慈しむように抱き合い、あるいは踊るように絡み合っている古代人たちを思った。彼らが自らを犠牲にして、我々人類をウイルスから救ったのだ。

「もっと人間が賢く、精神的に成熟してからにしてほしいね。我々のルーツを探るためにも必要なことだ」

そんな時は来るのだろうか。カールは思ったが、口には出さなかった。

「これからどうするんだ」

「私はＣＤＣを辞める気はない。あなたはどうするの。最近、発作はどうなの」

忘れていた。ダンの親戚について調べ、色んな雑用に追われていると自分の身体のことは忘れていた。

「ＣＤＣに戻るという選択肢もある。きっと大歓迎よ。ただし私の部下としてね」

「僕はそうは思わない。煙《けむ》たがられるだけだ。ただ――」

次の言葉が出てこない。

「ただ――どうなの」

「しばらくは生きていることを楽しみたい。できれば、きみと一緒に」

冷たい風が二人に吹き付けてくる。ジェニファーがカールに身体を寄せてきた。

カールはその身体を引き寄せた。二人の体温が混ざり合うのを感じる。

カールはジェニファーの手を握った。

ジェニファーがその手を握り返してくる。

〈参考文献〉

『アラスカへ行きたい』石塚元太良、井出幸亮（新潮社）
『遺伝子技術とクローン』生田哲（日本実業出版社）
『ホット・ゾーン』リチャード・プレストン、高見浩訳（飛鳥新社）
『遺伝子ビジネス』奥野由美子（日本経済新聞出版社）
『謎の感染症が人類を襲う』藤田紘一郎（ＰＨＰ研究所）
『生物兵器テロ』黒井文太郎・村上和巳（宝島社）
『史上最悪のウイルス　上・下』カール・タロウ・グリーンフェルド、山田耕介訳（文藝春秋）
『ウイルス』児玉浩憲（ナツメ社）
『殺人ウイルス』金子隆一（二見書房）

その他、官公庁をはじめ関連するウェブサイト。
シベリア、アラスカ、マンモスに関する新聞記事、テレビ特集など。

本書は書き下ろしです。
また本書はフィクションであり、
実在の個人・団体等は一切関係ありません。

著者略歴

高嶋哲夫（たかしま・てつお）
1949年岡山県生まれ。慶応義塾大学工学部卒。同大学院修士課程を経て、日本原子力研究所研究員に。1979年、日本原子力学会技術賞受賞。カリフォルニア大学に留学し、帰国後作家に転身。『メルトダウン』で第1回小説現代推理新人賞、『イントゥルーダー』で第16回サントリーミステリー大賞の大賞・読者賞をダブル受賞。2010年に発表した『首都感染』が2020年の新型コロナウイルス感染症拡大を予言していたと話題になった。著書に『M8』『首都崩壊』『EV　日本自動車産業の凋落』『落葉』など多数。

Kadokawa Haruki Corporation

高嶋哲夫

パルウイルス

*

2023年3月8日第一刷発行

発行者 角川春樹
発行所 株式会社 角川春樹事務所
〒102-0074 東京都千代田区九段南2-1-30 イタリア文化会館ビル
電話03-3263-5881(営業) 03-3263-5247(編集)
印刷・製本 中央精版印刷株式会社

ISBN978-4-7584-1437-1 C0093
http://www.kadokawaharuki.co.jp/

高嶋哲夫の本

EV《イブ》　日本自動車産業の凋落

近い将来、地球温暖化対策で多くの自動車規制が始まる。欧米ではガソリンエンジンの新車販売の禁止、中国は国内の新車販売をすべて環境適応車に変更する。このような世界情勢を前にしても、日本政府は既存産業への配慮と圧力から有効な手立てを打てない。経産省の自動車課に籍を置く瀬戸崎は焦りを募らせる。このままでは、五百万人を超える日本の自動車関連就業人口の多くが路頭に迷う可能性がある……。時代を予言する作品を数多く刊行してきた著者が、日本経済に警鐘を鳴らす禁断の小説！

ハルキ文庫

長沢樹の本

クラックアウト

令和ぶっちぎりのノワール降臨。中国系マフィア、ヤクザ、警察。池袋、ワルたちの狂宴——。強固な組織力と圧倒的暴力を持ち、池袋に本拠を置く中国系反社組織「玄武（シェンウー）」。この組織を率いてきた孟会長の死期が迫っていた。表面化し始める跡目争い。この機を虎視眈々と狙う対立ヤクザ久和組、そして反社撲滅を目指す警視庁。危ういバランスを保っていた街は、玄武が飼う暗殺者・送死人が一人の女優を殺したことにより、破滅に向かって派手に弾け始める——。作家・深町秋生氏が激賞した衝撃作！

単行本